最強」戰
近藤達也
四騎士
關於我轉生變成史萊姆這檔事
14
Regarding Reincarnated to Slime
Story by Fuse, Illustration by Mitz Vah
伏瀨
插畫／みっつばー

爾德拉・坦派斯特
佳澤

暴風龍
維
白冰龍
維爾薩

東方帝國
神樂坂優樹
達姆拉德
皇帝魯德拉
維爾格琳

關於我轉生變成史萊姆這檔事 14

Regarding Reincarnated to Slime

Kadokawa Fantastic Novels

目錄 一 龍魔激戰篇

序章

小丑們的決斷

Regarding Reincarnated to Slime

帝國境內尚未收到這個消息。

但那對帝國的臣民來說算是一件幸福的事情吧。

照理說正穿過朱拉大森林侵略西方諸國的帝國士兵和將領——換句話說，他們所愛的家人正束手無策遭人諸殺之類的。

將近百萬的大軍進攻，哪有可能戰敗。

他們必定會完成帝國的夙願，成功征服西方，以帝國皇帝魯德拉之名樹立完全統一的國家，所有人都對此深信不疑。

儘管朱拉大森林是一道難關，但如今邪龍維爾德拉已經變弱了，再也沒什麼好怕的了。

照理說應該是這樣。

——在偉大的皇帝陛下統治下，堪稱歷年來最強的帝國軍終於要在這一刻展開侵略作戰——

一般的子民們都是這麼想的，別說是戰敗了，根本沒人料想過會陷入苦戰。

更何況都還沒抵達西方諸國，他們的霸業就在朱拉大森林中瓦解，根本沒人想過。

然而帝國軍沒有達成任何目的就被殲滅了。

朱拉・坦派斯特聯邦國——因為這個完全沒被他們放在眼裡的伏兵，他們才見識到這個世界有多麼寬廣。

要不了幾天，帝國的臣民們就會知道這件事。

●

地點來到帝都的混合軍團根據地。

在分配給軍團長的豪華房間裡，有些人悄悄聚集。

以這個房間的主人優樹為首，卡嘉麗、拉普拉斯、蒂亞、福特曼這些中庸小丑幫的成員也在。還有「三巨頭（Cerberus）」的首腦之一米夏。

威格正在跟魔獸軍團一起作戰，這次沒有參加。

此時拉普拉斯和米夏正好報告完畢。

聽完他們的報告，優樹臉上不禁浮現苦笑。

雖然他早就預想過各種情況，但那樣的結果可以說在預料之外。

情況實在太過於一面倒，比預料中還要快上許多。利姆路他們的作戰成果實在太豐碩，甚至讓他必須重新審視作戰計畫。

最讓人驚訝的是魔王利姆路勢力增強的程度。

「沒想到……竟然三兩下就滅掉那麼大的軍隊。雖然我早就猜到他們會贏，但在利姆路先生他們那邊都沒出現犧牲者，也太扯了吧。」

「讓人難以置信。有那樣的軍事力量，就算同時對付來自三方勢力的魔王，似乎也能跟他們打到勢均力敵……」

「不，跟十大魔王相比，『八星魔王（Octagram）』的戰鬥力完全是不同層次。金已經是另一個次元的，而魯米納斯和達格里爾從以前開始就在爭奪霸權對吧？至於雷昂的勢力，想必你們也很清楚；就連沒部下這件事出了名的蜜莉姆也不例外，都把原本是魔王的卡利翁和芙蕾收來當部下。這下落單的就只剩菈米莉絲和迪諾不是嗎？」

卡嘉麗原本打算出言反駁優樹那番言論，但聽完解說後就露出恍然大悟的表情。

的確，跟以前卡嘉麗在當魔王時的情況已經不同了。

金這邊就不用多說。

如今連蜜莉姆都是朱拉大森林以南的廣大領土支配者。

至於魯米納斯和達格里爾，即使經歷跟天使大軍的戰鬥，勢力依然沒有衰減，還是坐擁龐大的勢力。

像雷昂那樣的例外姑且不論，這已經不是卡嘉麗以前在當魔王時的那些新進魔王比得上的。

就連坐擁這麼多部下的魔王本身能不能存活都要看運氣而定。套用在卡嘉麗——也就是「咒術王」卡札利姆身上也是一樣的道理。

因此她才會絞盡腦汁，打算跟其他魔王合作。為了活下去，不惜動用一切手段。

（「鮮血的霸王（Bloody Lord）」羅伊・瓦倫泰只是替身，神魯米納斯才是魔王。就連那個魯米納斯都未能在跟達格里爾的勢力爭奪戰中取得勝利。跟我們這些吊車尾不一樣，強者真讓人羨慕。卡利翁和芙蕾很聰明。若我也更聰明一點就好了。那樣就不會讓大家感到悲傷，也不會失去克雷曼……）

如今想想，就算強行讓許多魔人當部下也沒意義。不管找來多少人，對於有一定程度力量的人來說，大軍根本毫無意義。

看克雷曼失敗就能明白這點。

卡嘉麗他們真正該做的，是增加推心置腹的夥伴。

（不，就是因為走到今天才能這麼說。對一再遭人背叛的我們而言，實在很難去相信他人。）

對。若是沒有遇到優樹，如今卡嘉麗依然憎恨這個世界吧。

事到如今去想那些也沒用，卡嘉麗決定將這份懊悔留在心中。

沒注意到卡嘉麗的內心所想，對話繼續下去。

「話說回來，拉普拉斯你很辛苦呢。」

「就素說啊。這次一樣很慘。」

看起來一臉疲憊，拉普拉斯點點頭。

「哈哈哈。聽說你持續作戰將近十天？」

「素啊。那個叫做德蕾妮的大姊，她真素亂強一把。別說手下留情哩，一個不小心沒注意，窩還會被幹掉咧。而且戰場還在森林裡頭，說有多不利就有多不利，窩覺得自己非常努力嘍。」

拉普拉斯抱怨個沒完。

都怪他看起來太可疑，算自作自受，但這次他似乎有點埋怨。

看拉普拉斯這樣，優樹說著「好啦好啦」，試著安撫他。

「無論如何，最後不是讓她相信了嗎？」

「在窩被她五花大綁、完全不能抵抗之後才相信的。而且還被魔王利姆路的幹部們看守，都做到這種地步哩，哪能說是取信於對方。」

即使如此，拉普拉斯還是跟對方交涉並把消息帶回來，可以說拉普拉斯果然厲害。

「都這樣了，虧你還能平安無事被他們放回來。」

「這素因為魔王金好像有先打點過。與其說他們相信老大，還不如說素在利用這種情況比較貼切。」

假如雙方依然維持明確的敵對關係，被抓到的拉普拉斯根本不可能被放走。更重要的是，拉普拉斯根本也不可能深入敵營。

這下拉普拉斯的牢騷總算發完。

到這邊優樹暫且放心，但要完全鬆懈還太早。

「我的心情也跟拉普拉斯先生一樣。這次真的很累人。我的任務是去煽動卡勒奇利歐軍團長，讓戰爭延長。雖然非常明白這點，但進行到一半，我是真心想請求撤退。遭到拒絕的時候，我原本還想用美色迷惑那個男人，把他殺了也要逃走……」

米夏苦澀地接話。

不過當她如此進言的時候，其實已經為時已晚。

之所以會放過米夏，都是因為優樹和利姆路聯手的關係。若非如此，如今她早就被迪亞布羅殺掉了吧。

「總之，算妳好運。幸好利姆路先生是會遵守約定的類型。」

「話說回來，那個叫做利姆路的史萊姆真是異於常人。印象中機甲軍團的成員裡頭也有猛將存在，都足以跟魔王媲美呢。」

「有啊。」

「確實有。雖然用不著魔王利姆路出馬，他底下的人就把他們收拾掉了。」

就連令人畏懼的惡魔大公（惡魔貴族）都加入利姆路麾下，米夏用傻眼的語氣如此解釋。米夏自己覺得這實在不

具現實感，解釋的時候有些自暴自棄。

沒想到不受任何人束縛的最高階惡魔、堪稱最頂尖的人物竟然會去跟隨一個魔王……

「讓人震驚的是，就像在殺天竺鼠一樣，有兩個『個位數（Double O number）』被宰掉。說真的，我認為去挑戰那種怪物也不是明智之舉。」

即使米夏下了如此結論，大家聽到還是覺得難以置信。

為了改變愈來愈沉重的氣氛，優樹換個話題。

「話說邦尼和裘的真實身分也讓人驚訝。沒想到竟然被達姆拉德擺弄到這種地步，我個人也覺得懊惱不已。」

這是優樹的真心話。

達姆拉德是背叛者——這件事實對優樹他們造成衝擊。

他原本是優樹的心腹，數年來優樹都很信賴他。是打進優樹陣營中樞的大幹部。

為了在帝國內站穩腳跟，甚至讓他負責祕密結社「三巨頭」，優樹就是如此信任他。連這樣的人物都背叛，他被迫要重新審視至今為止的一切戰略。

正幸只是一個棄子，卻讓兩個帝國的最強戰力跟著他。這件事情也證明達姆拉德是多麼有遠見。

看來達姆拉德站在比優樹更高的視角上，來影響優樹他們的行動。如今發現這點，優樹的自尊心早已變得七零八落。

「說得也是。如此想來，克雷曼之所以會失控，達姆拉德很可能脫不了關係。」

就連若有所思的卡嘉麗都這麼說。

優樹認同她的看法。

「這點似乎無法否認。我們的計畫會全盤失敗，如今回想起來確實有點奇怪。不過，我並不認為這樣對達姆拉德有什麼好處。我們的勢力之所以能夠壯大，都是因為有他的幫忙。假如他是想要奪走我們的力量，那一開始別幫不就好了。」

「就是這點讓人疑惑。達姆拉德對優樹大人心悅誠服。看起來一點都不像是在演戲，讓人感覺他是真的很忠心。再說多虧有他的幫忙，我們才能完成各式各樣的計畫。」

「若要我從同僚的視角出發來表示意見，我認為達姆拉德先生是真的在為組織賣命。他拿出很棒的功績，想必也是真的對老大效忠。不過，那個男人確實也有冷酷無情的一面。他負責掌管『金錢』，可以看出一方面也奉行合理主義。因此有可能基於某些理由才背叛老大──」

不能說完全沒有這種可能性──這番話來自米夏。然而優樹回答她的時候搖了搖頭。

「達姆拉德確實是背叛了。但不曉得他是否真的發自內心想這麼做。」

不，應該是發自內心的吧──之後優樹一面苦笑一面小聲補上這句。

「我也贊成老大的看法。假如那些全都是在演戲，那達姆拉德的行為就毫無意義了。」

看樣子卡嘉麗也得出跟優樹一樣的結論。

說完這句話，她開始闡述自己的意見。

「就容我說明吧。因為蓋多拉大師傳回消息，我們才發現達姆拉德背叛。蓋多拉被殺的地方是皇帝魯德拉的寢宮，站在他眼前的，就是潛伏在帝國暗處的人──據說正是近藤中尉。」

「皇帝的寢宮……原來如此。這就表示達姆拉德的地位夠高，能夠進入那邊是吧。」

聽完米夏這番話後點點頭，優樹進一步補充情報。

「是啊。還有，根據妳帶回來的情報，我也推測過達姆拉德的真實身分。要說有誰能夠命令『個位

數』，除了皇帝，沒有幾個人能辦到吧。」

聽完優樹這番話，大夥兒全都恍然大悟地點點頭。

「原來是這樣啊。那就說得通了。這樣想想，一切就變得理所當然。」

「對。達姆拉德並不是背叛我們，只是在照皇帝的命令辦事吧。」

「或許他並非真的想這麼做，但事到如今那些都無所謂了。」

或許他從一開始就是優樹等人的敵人，也有可能並非如此。然而眼下達姆拉德是背叛者這個結果就代表一切。

拉普拉斯他們不能容忍背叛行為。

「沒錯，大概就像老大說得那樣吧。可是咧，假如有可能是達姆拉德去誆騙克雷曼那個笨蛋，窩們難道不能找他討個公道嗎？」

「就是啊、就是啊！我們去把他幹掉！」

「呵呵呵。我們萬事屋最講究信用，絕不放過背叛者！」

拉普拉斯吊兒郎當地提議肅清。

聽到這句話，蒂亞和福特曼也認同。

只不過，優樹制止他們三個人。

「哎呀，你們稍安勿躁。話說達姆拉德的真實身分，可是帝國皇帝近衛騎士團裡頭的強者。把他看成比下級魔王更危險的對手就對了。你們是否能夠戰勝他都有疑慮呢。」

「……說得也是。雖然不想承認，但就連全盛時期的我都沒辦法戰勝那個蓋多拉大師吧。雖然是偷襲，但能夠一出手就幹掉這樣的蓋多拉大師，想必達姆拉德的實力不容小覷。」

「話素這麼說沒錯……」

「而且——我認為在達姆拉德的那些行為中還隱藏某種訊息。」

稍微想了一會兒後，優樹這麼說。接著他先是說了一句「但那都只是假設」，這才開始表明自己的想法。

「達姆拉德是個心思縝密的男人。他對我們的事情很熟，也對魔王利姆路的情報瞭若指掌。而這樣的男人當然會知道『復生手環』的事。」

「這話什麼意思？」

「意思就是，我認為達姆拉德早就察覺蓋多拉有可能復活。」

「但那不就——莫非——！」

其實他不是要把蓋多拉收拾掉，而是要放他逃走——米夏也聯想到這個可能性。

「最後跟蓋多拉對峙的可是『以情報為食的怪人』呢。若是讓蓋多拉活著，他就會落入近藤中尉手裡吧。如此一來，近藤中尉就會透過各種手段把蓋多拉知道的情報全都挖出來。」

「也就是說，到時候我們的目的都會在他掌控之中？」

「大概吧。但也有讓人不解的地方。因為封住蓋多拉的嘴巴，因此利姆路先生的情報也沒有洩漏出去，結果讓帝國大受打擊。我不認為達姆拉德會為了跟我們的情義讓帝國遭受損害……」

就是這點說不通，優樹說完露出苦笑。

聽了這番話，卡嘉麗再次說出自己的推論。

「比起優樹大人，達姆拉德對皇帝魯德拉更忠誠——這應該八九不離十。同時他也把我們當成夥伴……不，不是這樣。他應該是覺得我們有利用價值，或是想讓我們扮演什麼角色吧？」

「嗯嗯，繼續說。」

「至於帝國軍會戰敗，那也是順從皇帝魯德拉的旨意——也有可能是這樣。」

「怎麼可能。」

「不至於有這種事吧。」

米夏跟拉普拉斯立刻否認，但優樹似乎覺得這個看法挺有意思。

「若有這個可能，有辦法推敲出達姆拉德的目的是什麼？」

「很簡單。大量傷亡對大型儀式來說不可或缺。就如同要覺醒成魔王需要許多『靈魂』，那達姆拉德或皇帝魯德拉是否也要把帝國軍當成祭品？」

「有這個可能性呢。繼續說。」

「如此一來，就算他去妨礙期許帝國軍只能成功不許失敗的近藤中尉，那也沒什麼好奇怪的。同時也隱約能看出他想藉此對我們睜隻眼閉隻眼……」

蓋多拉打算去警告皇帝，而達姆拉德出面妨礙。

假如蓋多拉擁有的情報流入近藤手中……

到時帝國軍就不會蒙受這麼大的損害了吧。而且對付利姆路等人的作戰行動也會變得更加不同。

達姆拉德這麼精明的男人不可能沒察覺到這件事，想必他這麼做是故意的。

那他的目的又是什麼？

「在當試金石？」

「對，八成是如此。」

聽到優樹如此回應，卡嘉麗露出滿意的笑容。

「為了催生出真正的強者，犧牲多數人是被默許的。而他也想利用我們，當成棋子催生出強者吧？」

「或者是想收買我們。」

「——？」

「克雷曼那傢伙，他不會對我或卡嘉麗以外的人言聽計從對吧。」

「也是咧。」

「嗯嗯。」

「確實是這樣沒錯。」

「既然能夠讓那樣的克雷曼失控，他八成耍了些花招。」

「有道理。像是洗腦之類的？」

當卡嘉麗點出這點，優樹跟著點點頭。

「即使不是有如此強大影響力的伎倆，我想克雷曼也有可能遭到『思考誘導』。可能像我們一樣用了某種道具，或是像瑪莉安貝爾那樣隱藏著能夠控制他人的技能，這都是有可能的。」

聽完這番推論，大家臉上的表情都很僵硬。

「這下麻煩了。」

大夥兒都認同米夏的說詞。

轉頭環顧這樣的夥伴們，優樹面帶笑容開口：

「不過，你們可以放心。那種能力對我起不了作用。我現在要跟你們一一接觸測試，可以吧？」

所有人都答應了，說沒問題。

在這裡否認就等同不打自招，讓人知道自己被操控。為了證明自己的清白，沒有人拒絕優樹的提議。

「看樣子都沒有人被洗腦。反正言行舉止奇怪馬上就會被發現，只要不是單獨行動應該就沒問題了。」

「那窩不就危險哩。」

拉普拉斯這時從位子上站了起來，整個人轉一圈。然而優樹和卡嘉麗異口同聲否認。

「不不不，你哪會有事。」

「就是說啊。就只有你不用擔這種心吧。」

聽他們那麼說，拉普拉斯像在鬧彆扭似的回到位子上，開始抱怨。

「搞什麼。你們該多擔心窩一點吧，真受不了。」

拉普拉斯這種搞笑的態度讓現場氣氛不再那麼沉重。

一陣笑聲響起，讓大家轉換心情。

對此感謝之餘，優樹開口，重新主持大局。

「那接下來，達姆拉德在想什麼暫且先擺一邊。眼下問題是今後該何去何從。」

「是啊。正想去找達姆拉德問問，看我們的企圖究竟外洩到哪種地步呢。」

「喂喂喂，現在素悠哉說這種話的時候？窩們的企圖早就被拆穿哩對吧？」

「因為之前已經跟達姆拉德說過所有的計畫。所以現在問題重點已經不是有沒有洩漏出去了。」

「那窩們素不素應該快點逃走比較好？」

「其實這也不盡然。」

目前優樹這幫人把據點移到帝國境內。

雖然還有些人潛伏在西方諸國，但那些都是極少數。他們不可能去那邊落地生根，要準備新的藏身地點也沒這麼簡單。

更重要的是，要讓基層的組織成員全部逃走的話，他們的時間和準備都不夠充裕。

「至少可以確定的是，要我一個人來經營『三巨頭』是不可能的。過去多方面都很仰賴達姆拉德的處理能力，而我也沒辦法掌控那個人的部下。」

至於另一個頭頭威格，那男人的可取之處就只有暴力。無法期待他在組織的營運層面上有所表現。

米夏是基於這些才那麼說。

「我懂。『三巨頭』就只能放棄了。就算要將達姆拉德的部下全部放逐，更大的問題在於混合軍團。放掉這樣的戰力很可惜──應該說我想避免失去所有的據點。」

其實也能夠採取停損的手段，但這次的損失實在太大了。

這世界上找不到任何地方能夠容納高達十萬名的人員吧。這樣一來就只能拋下那些部下了，如此一來，留下來的人肯定會遭到肅清。

說來，照達姆拉德的企圖推測，他應該沒有把優樹等人的祕密說出來。

「達姆拉德之所以要封蓋多拉的口，理由應該有幾個，其中之一應該就是不想將我們的情報透露給近藤知道。我猜皇帝近衛並不團結。至於我們計劃在帝都發動政變，達姆拉德應該希望能夠成功吧？」

「雖然不清楚他的意圖，但從達姆拉德隱瞞我們底細這點來看，他的目的也就只能解釋成這樣了吧。」

優樹和卡嘉麗都提前看穿彼此的想法，開始互相對照意見。

其他人都一頭霧水地看著這兩個人。後來似乎是忍不住了，拉普拉斯加進來插嘴。

「不不不，先等一下。故意放蓋多拉逃走，那都只素老大的推測吧？這不就有可能單純只素會錯意，其實近藤跟達姆拉德關係很好？」

大家都覺得這番話說得很有道理，但優樹卻自信滿滿地回答「沒那回事」。

「聽好了。我們之所以策劃政變，一方面都是基於和魔王金的交易使然。達姆拉德也知道這點。與其去妨礙我們的計畫，還不如造成帝都混亂來欺騙金，這才是他的打算吧？」

「嗯嗯，也可以這麼說……大概吧？」

「人家搞不懂。」

「呵呵呵。」

看來蒂亞和福特曼的腦筋已經完全轉不過來了。那兩個人開始丟沙包玩起來。

「在帝都引起混亂，皇帝的心腹會允許這種事情發生？」

即使米夏想要統整自己的思緒，她還是沒能跟優樹和卡嘉麗站在同一個視角上看事情。

其實從某個角度來說，這是很正常的反應。

畢竟優樹他們的思考模式是為了達成目的不惜犧牲一切，只有完全講究邏輯的人才能辦到。這種思考模式最大限度貼合優樹他們個人的利益，其他人看來只會覺得充滿矛盾，瘋狂到就連米夏都無法理解。

要其他人理解是不可能的。

「米夏，別想得太複雜。要看的重點在於達姆拉德把誰當成敵人、在警戒什麼人。對達姆拉德來說，不是優樹大人也不是魔王利姆路，從頭到尾他都只有把魔王金．克林姆茲當成敵人看待。得出這個結論後，他默許我們在帝都做亂這點就解釋得通了。」

「近藤就不同了。不只是針對金，只要跟皇帝作對的人，都被他當成敵人。他追隨皇帝魯德拉，用的觀點跟達姆拉德截然不同。」

因此有可能對立，這是優樹的結論。關於這點，卡嘉麗也認同。

「好吧。既然老大跟卡嘉麗大人都這麼說，窩就只能相信哩。」

拉普拉斯毫不介意地做出定論。

蒂亞和福特曼贊同地跟著點點頭。

此時米夏提出核心問題。

「那麼優樹大人，今後該採取什麼樣的方針？既然知道達姆拉德是敵人，無論他的真正心意為何都無法信任，這是理所當然的吧。那要終止政變計畫，雖知道難以達成仍採取逃亡行動嗎？幸好目前混合軍團六成人馬都去進行矮人王國東部（伊斯特）都市封鎖作戰。除了這些，再加上留在帝都境內的戰力，還有我若盡可能發動支援，想必輕輕鬆鬆就能打下地方都市。若是把那裡當成據點——」

「對帝國不滿、遭到併吞的國家都會紛紛起義，可以結合成反抗帝國的大聯軍是嗎？」

「是、是的。這大概是最能確保戰力，勝算最高的作戰計畫吧？」

「聽起來不錯。想要找出被帝國貴族壓制住的地方都市，要多少有多少。我們去那些地方就不會變成叛亂軍，能夠自稱解放軍了。」

「那麼？」

「很可惜，這個提議駁回。」

這是為何——米夏正打算如此反問，然而卻沒能問出口。

「我們為了活下去就只能發動政變。是這樣對吧，達姆拉德？」

這是因為米夏都還來不及開口，優樹就先說了這番話。

她還來不及意會過來，在場的小丑們就進入備戰狀態。緊接著，原本緊閉的門扉開啟，有個男人走進來。

「答對了。不愧是老大。」

這個男人就是達姆拉德。

跟平常一樣，穿著商人的服裝。然而他似乎絲毫不打算隱藏身上那軍人獨有的氣息。

房間裡頭的氣氛頓時緊張起來。拉普拉斯在那瞬間真的想採取行動，卻被達姆拉德用沉穩的聲音制止。

「勸你別這樣。這座建築物已經被我的部下包圍了。」

一直在觀察他的優樹放鬆肩膀力道，整個人靠到沙發上。

「有時間可以讓我們慢慢聊嗎？如果有的話，你也坐吧？」

「可素老大，現在哪能那麼悠哉——」

「沒關係、沒關係。好了，你也乖乖坐回位子上吧。」

催促看似不滿的拉普拉斯也就座後，臉上帶著倨傲笑容的優樹盯著達姆拉德。

「那麼，你的目的是什麼？」

「我就猜老大肯定是誤會了。我也有我的苦衷，現在就是來解釋的。」

一面回答，達姆拉德按照指示坐到位子上。看他如此膽大妄為，拉普拉斯等人只覺得掃興。

接著——

把周遭其他人當成空氣，優樹展開和達姆拉德的問答。

「有苦衷是吧。」

「對。我是真心希望老大能夠達成政變啊。」

「放走蓋多拉也是為了這個？」

「呵呵，他果然沒事啊。其實這是一個賭注，但想到那個男人謹慎深沉的心思，我就猜到他會活下來。」

「目的是在於不想把情報交給近藤？」

「沒錯。」

「你不是宣誓對皇帝效忠嗎？」

「曾經宣誓過喔。」

「曾經宣誓過啊。那現在呢？」

「已經說了好幾次，或許您不相信，但我效忠的是老大。」

「我怎麼可能相信。」

「也對。」

說到這邊，他們兩人臉上都浮現笑容，開始唇槍舌戰。

「只要把蓋多拉擁有的情報壓下來，那機甲軍團就形同毀掉了吧。而且如今魔獸軍團也離開帝都。就算已傳遞機甲軍團的情況，魔獸軍團調回來也需要時間不是嗎？目前看來，守護帝都的戰力大幅度減少。要行動就趁現在，老大不這麼認為？」

「我想過。甚至讓人懷疑這是鴻門宴，情況對我們來說太有利了。」

「正是如此。我花了好幾年才安排出這個局面——」

「達姆拉德，你……」

「老大，其實我呢，人生目標就是為了打倒魯德拉陛下。這是唯一能夠拯救那位大人的方法。因此最上策就是讓您取得天下。這個想法到現在依然沒變，時機也成熟了。剩下的就看您如何決斷。」

「哼。」

優樹看起來一點都不領情，對此嗤之以鼻。

一切都按照達姆拉德的計畫進行，這讓他打心底吃味。

不過，拒絕也非明智之舉。眼下就如達姆拉德所言，目前情況是最完備的。

問題就只有一個——是否要相信達姆拉德。

「讓我問個問題。」

「儘管問。」

「為什麼都沒跟我商量就把克雷曼當成棄子？」

優樹和中庸小丑幫已經互相發過誓言，說絕對不會背叛彼此。是這個世界上為數不多、值得信賴的人們。

當中的克雷曼，對優樹來說也是很重要的夥伴。

卡嘉麗、拉普拉斯、蒂亞還有福特曼，他們一聽到優樹提出的問題，身上氣息突然變了。目光都集中在達姆拉德身上，等著他，就像在說不准他找藉口搪塞。

在這樣肅殺的氛圍下，達姆拉德冷靜回答。

「克雷曼的事情與我無關。我大概知道犯人是誰，但沒想到那傢伙會採取這種手段。」

現場頓時一片寂靜，打破這片寂靜的人是優樹。

「你說那傢伙是指近藤達也？」

「……」

「看樣子你對近藤的事情知道不少，感覺也藏了不少祕密，不覺得這樣還要我們相信你，未免想得太美？」

看達姆拉德保持沉默，優樹說出心中論調。對此，達姆拉德帶著苦惱的表情聽著。

他沒有反駁，聽完之後輕聲回應。

「——這關係到禁止事項，我沒辦法全面做出回應。關於近藤，我並不清楚他所有的實力——我能說的就只有這個。即使如此，還是希望您能相信我。這都是為了拯救魯德拉陛下。」

當達姆拉德說出這些話的時候，小丑們都冷眼看他。

看大家臉上的表情，擺明就是不相信他。

優樹也一樣。

然而眼下的情況對優樹等人來說也不樂觀。

除了建築物外頭有達姆拉德的部下在待命，房間外頭還傳來讓人無法忽視的氣息。想必是達姆拉德帶了一些在近衛騎士之中也是數一數二的高手吧。

想要突破這樣的包圍網逃走，即使是優樹他們也難以辦到。

（如果只有我或許還有方法可行，但不可能保證大家平安無事。既然如此，在這個時候接受對方的提議其實也不失為一種選擇……）

優樹如此盤算。

接著，他突然注意到達姆拉德堅定又直率地看著自己的視線。

自從他遇到達姆拉德之後，那眼神一直都沒有變。

優樹閉上眼睛，想起往事。

自從他們兩人相遇後，達姆拉德一直都是無所畏懼又厚臉皮，只要支付「金錢」，不管是什麼樣的要求都願意受理。明明如此，為了夥伴卻會不惜挹注資金，這個男人的行動充滿矛盾。

我啊，只要是為了自己信賴的人，不管做出怎樣的犧牲都在所不惜——達姆拉德曾經這麼說過。

當時達姆拉德眼中看的人究竟是誰……

（應該不是我吧。但我當時很中意那個眼神呢……）

他把優樹稱做老大，發誓會對他效忠。

即使達姆拉德做到這個地步，他同時也有讓人難以信任的一面。

如今回想起來，自己曾對此感到落寞吧。發現這件事情後，優樹睜開眼睛望著達姆拉德。

「你的話不完全是真的。除了對我盡忠，從很久以前開始，你就一直效忠皇帝魯德拉了。到現在依然沒變。是這樣吧？」

「呵呵，真是什麼都瞞不過老大呢。」

只見他輕聲肯定。

而這反而成了讓優樹信任達姆拉德這個男人的動機。

「好吧。與其在這邊跟你們作戰，還不如讓政變成功更有利吧。」

面對優樹的決定，並未有人表達不滿。

「沒辦法。既然優樹大人都決定這麼做了，我們也只能追隨。」

「素啊。達姆拉德，若你到時候背叛，窩可不會對你手下留情。」

「算人家一份，拉普拉斯！」

「呵呵呵，可別忘了帶上我。」

就在這一刻，小丑們做出決斷。

他們決定相信老大優樹。

背後是夥伴之間的堅強羈絆在支撐他們。

而達姆拉德也是其中的一分子。

第一章

獎勵與進化

Regarding Reincarnated to Slime

讓大約有七十萬人的帝國軍士兵將領復活的隔天。

在競技場上，於本次防衛戰中有活躍表現的人們都列隊在此。觀眾席上坐滿一般士兵們。

今天是慶功宴。

雖然還在跟帝國作戰，但為了提昇士氣，這是不可或缺的吧，因此才有了這個企畫。

從聖騎士團那邊派遣過來的巴卡斯和魯米納斯的部下「超克者」們也來參加。

雖然被袞殺害，但幸好是在迷宮裡頭發生的。他們復活了，也接受道歉。

他們都不約而同說「是自己身手還不夠厲害」，但這畢竟是在我國境內犯罪。因此做個形式是很重要的。

總而言之，幸好傷害壓到最低。在慶功宴進行到後半段的時候，我們預計拿出美味的料理招待，希望大家都能盡情享用。

在迎賓席上也有來自外國的賓客。

不只是以援軍身分參加防衛戰的阿爾比思，稍晚還有法比歐和兩名「雙翼」成員也帶著精銳人員趕來參加。

「因為蜜莉姆大人擔心到坐立難安，芙蕾大人就派我們過來。」

「但看樣子果然沒這個必要了。我們也都相信利姆路大人必定會贏得勝利。」

金頭髮的露琪亞小姐和銀頭髮的克萊亞小姐用好聽的聲音異口同聲對我這麼說。

看樣子似乎讓蜜莉姆擔心了，跟她回報這次的勝利消息，她肯定就能放心了吧。城鎮那邊也多虧維爾德拉和菈米莉絲，得以平安無事，照這樣看來應該馬上就能回去過安穩的日子。

「我負責聯絡工作。因為『魔法通訊』沒辦法取得聯絡，為了以防萬一才把我派過來。還有——沒什麼，失禮了。」

萬一我們很有可能輸掉這場戰爭，他們預計立刻回國調派援軍。考量到魔素的力場混亂，可能會不能使用魔法，才選派腳程最快的法比歐過來。

在那之後他好像還想說些什麼，說到一半卻打住了。雖然他在看阿爾比思這點令人在意，但我想他要說的事應該已經解決了，所以聽聽就算了。

我跟他們三人道謝，帶他們到貴賓席那邊。

還有另一組人馬。

德瓦崗也派了來賓過來。

是在德瓦崗擔任首席宮廷魔導師的老婦人珍，還有擔任護衛的天翔騎士團團長德魯夫先生也一起過來了。

這組人馬主要是來抱怨的。

要我們別在朱拉大森林裡頭使用禁咒。

還來質問我為什麼要收編「始祖」，氣到眼神大變。

說真的，我心中有著滿滿的歉意。

但那又不能怪我。

當我發現的時候，事情就已經發生了，這已經算是不可抗力。

「這不是能用不可抗力帶過的問題！雖然我已經活了這麼長的一段時間，但從來沒有像這次如此目瞪口呆過！」

「對不起。」

這下也只能道歉了。

總之就先安撫她，跟她解釋，讓她別這麼生氣，想辦法說服對方。

其實說真的我很想當場請珍婆婆走人，但我們還需要為了今後的安排討論一下。

應該說，這次來訪問的目的其實是那個才對。

在德瓦崗的東部都市前方(伊斯特)，如今仍有優樹的部下六萬人在場。我跟他們說過目前和優樹暫時結成同盟，因此雙方沒有開打，一直維持著緊張狀態。

但又不能就這樣丟著不管。我也跟優樹談過了，因此想跟珍婆婆他們討論一下今後的方針。

目前我們放走被抓起來的拉普拉斯，要他替我傳話。現在我們正在等優樹跟我們聯絡。

有鑑於此，我也把珍婆婆和德魯夫先生帶到貴賓席那邊。要讓他們參觀我們的慶功宴。

總之，在外國來賓的注目下，慶功宴開始了。

我待在特別高的頒獎台上。那裡放了一張椅子，我以史萊姆的姿態坐在上面。

利格魯德和利格魯並排站在我背後。以這兩個人為首，文官們朝著左右方一字排開。

眼下的隊伍中，平常不怎麼露面的迷宮十傑也在裡頭。他們是今天的主角，當然會出場。

他們原本是迷宮的關卡魔王，來露臉不太妥當。但今天露臉沒關係。因為我們並沒有把鎮上居民和義勇軍的冒險者們找過來。

首先是站在我旁邊的朱菜上場。她先表示接下來這番話是我要對大家說的，接著就開始發表演說來

慰勞大家。

內容很棒，可是想出那些演講內容的並不是我。

而是朱菜。

比起第一祕書和第二個祕書，朱菜是更能幹的祕書。

我不擅長演講，這對我來說幫助很大。

紫苑根本就不是演講的料，交給迪亞布羅又讓人不安，可能會在這場慶功宴上，從頭到尾就只顧著讚美我。

有朱菜在真是太好了，心懷感激之餘，我開始去想接下來的行程安排。

在這次的慶功宴上，除了表揚功績，同時也預計要頒發獎賞。換句話說，要試著讓一些部下覺醒。

…………………

…………

……

根據智慧之王拉斐爾大師所說，只要給出十萬個「靈魂」，部下們覺醒後的力量就足以跟「真魔王」媲美。

對象只限於擁有資格的人，但令人驚訝的是，竟然有十二個人。

而這些人分別是蘭加、紅丸、紫苑、戈畢爾、蓋德、迪亞布羅、戴絲特蘿莎、烏蒂瑪、卡蕾拉、九魔羅、賽奇翁、阿德曼。

條件似乎是靈魂要和我有所連繫，而且已經獲得「魔王種」。

比較讓人好奇的是阿德曼。

我並沒有替這傢伙命名，但他為什麼有進化的資格？

《答。個體名「阿德曼」的信仰之心已經突破一定程度，如今已跟主人確立了連繫。》

原來，我從魯米納斯那邊學到「信仰與恩寵的奧祕」，還教給阿德曼。因為這樣，才會出現強度跟命名不相上下的連繫是嗎？

阿德曼真不是蓋的。靠自己的力量獲得資格，看來那強大到不行的信仰力量都發揮出來了。

雖然對象是我個人有點難為情，但在此還是得乖乖誇他。

阿德曼這邊我明白了。

接下來問題是要讓幾個人進化。

數完發現在我體內儲存的「靈魂」數量大約超過百萬。雖然跟死者人數對不起來，但這其中的祕密就出在智慧之王拉斐爾大師身上。

《有一提議。已確認獲得的「靈魂」存在個體差距。要重新進行均一化嗎？　　YES／NO》

它都這麼問了，我就在一頭霧水的情況下選了ＹＥＳ。緊接著，數量就膨脹到超過百萬。

對於那些復活的帝國將領士兵，雖然只有一些些，但有給他們回注一些能量。因此我還以為數量會更少一些，結果卻相反。

除了像卡勒奇利歐這種覺醒者，還有大量的高手進攻迷宮。這些人身上的能量比一般人還要多，雖然是借來的，但裘和邦尼具備究極技能，我也從他們身上奪來大量能量。

解釋起來就是個人身上擁有相當於數十甚至數萬人份的「靈魂」能量吧。

於是算下來將能夠讓十個人覺醒。

嘗試的時候，有幾件事令人擔憂。

其中一個是情報洩漏。

當著阿爾比思和珍這些來賓的面，做這麼高調的事情沒問題嗎？——問題就出在此。

然而關於這點，我決定別多想，請對方相信我就對了。並非因為我們是同盟關係，而是我覺得早晚會穿幫。

不可能騙過蜜莉姆，至於蓋札王那邊，關於迪亞布羅的事情，當時我也要他相信我。珍婆婆對我發很大的火，事到如今就算她知道迷宮內部班底的事情也不能怎麼樣。

反正不久之後去攻略迷宮的人就會開始傳出流言，說關卡魔王強到不自然。

因此我認為對在場眾人隱瞞也沒用。

再來就是還不清楚會發生什麼事情。

這是我第一次嘗試覺醒進化，可能會發生意料之外的狀況。因此就要菈米莉絲用她的能力將這整個競技場隔離起來。

如此一來不管發生什麼，都能防止外部遭殃。而且還能保住機密，可謂一石二鳥。

最後令人擔憂的是覺醒成魔王時可能會發生的進化豐收(Harvest Festival)。

之前我遇到的情況是陷入休眠狀態，連續三天失去意識。假如這次會發生同樣的情形，那主力幹部們就會在這段作戰期間內陷入沉睡。

到時候將會有兩三天處於無法採取任何行動的狀態，要是出什麼事情就頭痛了，這點令人擔憂。

雖然有點煩惱，但我想這部分也不會有問題。

目前這邊都沒有帝國軍。而從卡勒奇利歐他們那邊挖來的情報指出機甲軍團中已經沒有能夠立即出動的戰力。這也難怪，畢竟已經把高達九十四萬的將領士兵都殺光了，怎麼可能還有剩。

帝國這邊只剩下魔獸軍團和混合軍團。

優樹率領的混合軍團暫時跟我們處於同盟關係，魔獸軍團則是被機甲軍團殺手鐧「空戰飛行兵團」載運，要往別的地方去。

靠我的「神之眼(Argos)」也能掌握飛空艇的動向，就算他們從那個地方緊急轉變行進方向，計算結果也顯示要抵達我國得花三天以上。

通常速度平均是時速四百公里。最大戰鬥速度似乎超越音速，然而魔力消耗太過巨大，只能維持一小段時間。說來也讓人懷疑他們是否真的能夠持續飛行那麼長一段距離。

雖然速度不是船和列車比得上的，但空中似乎有天上才有的威脅。某些地點存在劇烈的氣旋，而某些地點的魔素混亂，完全沒辦法發動任何魔法等等。

聽說有些地帶還有麻煩的空中魔物棲息，無法採取直線飛行，而是必須想出安全的航空路線。在這個世界上，光只是具備能夠以音速移動的手段就是一種威脅，但看樣子並非如想像中有利。

我想我們這邊沒必要警戒。

再來要考量的，就剩帝國皇帝近衛騎士團出動的可能性……

雖然這次獲得壓倒性勝利，但那是因為有迷宮帶來的優勢。處在死了也能復活的狀況下，我們才能沉著應對。

如果是我，應該能設法應付吧。

嘴巴上一直說些謙虛話，但照理說紅丸也能獲勝才對。

可是紫苑和蘭加又如何？

至於戈畢爾和蓋德，他們就危險了吧。

如此一來，有必要盡早想方法應對。

假如真的不小心遇到強敵，至少要能夠爭取時間。如今我們的靈魂之間仍有連繫，那確立為「靈魂迴廊」，跟我的連繫已無可撼動了。有了這個，不管處在什麼情況下，應該都能使用「思念網」聯繫。

一遇到強敵就跟我聯繫，之後再用夾擊的方式解決對方——可以採取這樣的作戰方式。

為了以防萬一，我想要趁現在讓大家都覺醒。

想先做好能做的保險措施。

有鑑於此，可以說眼下就是最佳時機。

…………

……

…

事不宜遲，現在就開始吧。

首先點名的當然就是紅丸。

他身為大將軍，漂亮指揮全軍。

他本人對於戴絲特蘿莎等人的活躍看似不滿，但那些可以說是場意外。

不是紅丸的錯，也不是我的問題！

就結果來說完全沒問題，可以說這場仗打得漂亮吧。

結束演講的朱菜點名紅丸。

對此做出回應，紅丸向前一步，接著在我前方跪下。

「很好！那麼紅丸老弟，我現在就要頒發獎勵——」

「可以請您在叫我的時候別加『老弟』嗎？您肯定要做什麼壞勾當吧？」

我不懂。

明明什麼都還沒做卻被看穿。

其實這次的覺醒進化是個驚喜。

若是跟人商量肯定會遭到反對，因此我決定暗中進行。

朱菜開始宣讀紅丸的功績。在這段期間，我跟紅丸的對話持續進行。

「其實在這次的戰爭中，我得到一大堆『靈魂』。好像是戴絲特蘿莎她們獻給我的。只要利用這些，似乎就能讓跟我有連繫的人們覺醒。」

「我怎麼沒聽說？」

「咦？因為我現在才說啊？」

我跟紅丸對望。

我想說講出來八成會遭到反對。

紅丸這個人意外認真，感覺他比較希望靠自己的實力變強。當我進化成魔王的時候，他好像也有點意見。

雖然我認為迪亞布羅和紫苑應該會樂得接受。

「那覺醒具體而言是怎樣？」

這問題問得好。

換成我的話，魔素和魔力都提昇十倍以上，不僅如此，跟靈魂系譜相連的所有魔物都受到祝福。

雖然不清楚有多少成長率，但想必力量會大幅度增加。

「這個嘛，簡單講就是我變成魔王時不是有進化嗎？想成會出現跟那一樣的現象，進化成魔王就對了。」

「什麼？那不只是我，我的部下們也會受到影響？」

「我想應該會。」

雖然不清楚影響會有多大，但至少「紅焰眾」會受到祝福吧。

「不不不，都沒經過商量就突然提起這麼重大的事項——」

「你別急。或許你說得沒錯，但現在沒空在這裡爭辯。眼下還不清楚敵人那邊有多麼強大的高手在，所以必須強化我們的戰力對吧？」

「話是這麼說沒錯……」

只見紅丸看似煩惱地閉上眼睛。

接著他睜開眼，看著我發出深深的嘆息。

看來他已經做出覺悟了。

也許只是放棄掙扎，但這沒多大的差別吧。

「那麼，會覺醒的應該不是只有我而已吧？在這種時候讓我們的戰鬥力降低很危險，這部分您怎麼看？」

「有十二個人具覺醒資格，而目前只能讓九個人覺醒。我判斷讓戴絲特蘿莎她們留下來擔任護衛，撐幾天應該沒問題。」

「原來如此。再加上我們這邊還有迷宮，只是要爭取時間應該沒問題。」

聽完我的說明，紅丸也能接受。

剩下的問題就是失控可能性。

「但有一點讓我在意。」

「哪一點？」

「如今你比以前進化當時的我還要強。還不清楚覺醒後會帶來多少成長率，有可能會變得比我更強。」

到時候受到究極技能「暴食之王別西卜」的「食物鏈」影響，我應該也會獲得回饋。

但即使如此，他們還是有可能變得比我更強。應該說，迪亞布羅八九不離十會超越我。

我不認為紅丸他們會背叛，但不可否認他們可能會控制不了力量而失控。

我個人是覺得應該沒問題，而且為了防止他們失控，才會準備出這個隔離空間，但對此感到不安也是事實。

「就算心中有這樣的不安，還是想要強行讓我們覺醒？」

「可以這麼說。」

「您真是愛護我們。為了讓我們不管遇到什麼樣的敵人都不會輸掉，所以才不惜使用一切手段吧。既然如此，我一定會回應您的期待。」

就算沒有把話全部講白，紅丸還是能夠理解我的想法。還誇下豪語，說他絕對不會失控。

真可靠。

「我相信你。」

「包在我身上。」

剛好就在這個時候，朱菜的演講全部結束了。

那我就趕快來頒獎吧。

＊

「紅丸！你在這次戰鬥中指揮得很漂亮！從今天開始封你為『赫怒王(Flare Lord)』！」

「是，謝主隆恩！」

儀式開始進行。

即使平常態度友善，來到士兵面前就變成大將軍。紅丸就是像這樣公私分明。

我給這樣的紅丸「赫怒王」這個稱號。一方面由於就算進化成「真魔王」也不能以魔王自居，想用這個稱號作為代替。

「赫怒」的意思是非常憤怒。

他個性上有點沉不住氣，但如今看來總是能夠保持冷靜。話雖如此，本質上還是一道熊熊烈焰。只是這股憤怒靜靜地燃燒，開始能夠獲得控制。

身為追隨我的無冕魔王，沒有比這個更適合的稱號。

《問。要使用規定所需的量「十萬個靈魂」讓個體名「紅丸」進化嗎？　YES／NO》

我選擇YES。

在做出承諾的同時，我跟紅丸之間接通了「靈魂迴廊」。沒有像之前那樣稀薄，而是出現穩固的連繫。

透過這個，十萬個靈魂傳到紅丸那邊。

同時紅丸開始進化——並沒有。

沒有出現變化。

奇怪，失敗了嗎？

我才浮現這個想法，一臉若有所思的紅丸就對我做出回應。

「看來要進化還需具備一個條件。」

「什麼意思？」

「啊，沒什麼，不是出在利姆路大人身上，看樣子是我自己的問題……」

不知道為什麼，紅丸說得含糊。

嗯？

感覺好可疑。

「是什麼樣的問題？」

我壓低音量偷偷問紅丸，接著他給我令人驚訝的答案。

「其實我也聽見世界之聲了。看來我似乎能夠從妖鬼進化成鬼神，但那樣一來好像就沒辦法傳宗接代。」

根據紅丸所說，變成鬼神就沒有壽終正寢的問題，也不用再傳宗接代。

好吧，這麼說也對。

就連妖鬼都已經是很長壽的種族了。如果是更高階的種族，就算不會有壽終正寢的一天也沒什麼好奇怪的。

這麼說來，鬼神恐怕算是一種精神生命體吧。例如惡魔族也不會生下子嗣，這似乎是不死種族的宿命。

就算死亡也能復活，因此用不著留下後代。

「這有什麼問題？」

滿悲哀的，我也一樣不能傳宗接代。但並不會覺得特別不方便，因此我認為這算不上問題……

「——看來我對以前仍是大鬼族（食人魔）一事有所留戀。就連我自己都忘了，看樣子沒有把身為一族首長的義務了結是不行的。」

「你說義務，意思是指沒有留下後代就不能進化？」

「好像……是。感覺我必須先留下後代……」

我跟紅丸再次對望。

頒獎典禮還在進行，講這個可以嗎？

看在參加者眼裡，應該就像我在對紅丸說些祝福的話，若不快點會出問題，到時就穿幫了。

有點焦急的我開始觀察紅丸。緊接著紅丸就尷尬地目光游移。

很少看到他這樣。平常總是一副桀驁不馴的樣子，這樣反而更讓人感觸很深。

「快點下定決心啦，紅丸。」

「不，可是……」

無視打算找藉口的紅丸，我提高音量。

「原來如此，你想要我頒發的獎勵是讓你結婚啊？那對象是誰？」

「等等，利姆路大人！」

就是在這種節骨眼上，才希望你能夠展現男子氣概——我事不關己地想者。

既然我都已經把話說到這個地步了，那紅丸也只能做好覺悟。為了推被動的紅丸一把，必須下這種猛藥。

《……警告。做出這種行為很有可能讓主人自食惡果。》

咦？

雖然我有疑問，但智慧之王拉斐爾大師並沒有回答我。

不不不，應該沒問題吧。

當我用這句話說服自己的時候，競技場內響起一大片歡呼聲。

看來大家都聽見我說的話了，也明白我話裡的意思。

「哥哥，看樣子你終於做好覺悟了！」

朱菜說完這句話就露出笑容。

「那麼少主，您打算指名誰當您的另一半？」

白老的手放在刀子上，拿這句話問紅丸。

紅丸都還沒針對這個問題做出回應，紅葉和待在來賓席上的阿爾比思就站了起來。

「利姆路陛下！懇請您准許我發言！」

「不知是否也能給我這個機會？跟紅葉大人一樣，也懇請您准許發言！」

那兩個人身上散發出非同小可的氣魄。

看看眼下的氣氛，已經由不得我說不了。

「我、我知道了啦。那妳們兩位方便到這裡來嗎？」

是說現在頒獎典禮還在進行耶，但眼下似乎不是談那個的時候。競技場裡頭的人們統統都在看好戲。

沒有人出來抱怨——應該說，若是在這裡中斷才會引發不滿。

我准許過來的那兩人說話。

「利姆路陛下，就當是這次的獎勵，希望您能准許我跟紅丸大人結婚。」

首先是紅葉，她說出非常大膽的話。

而且白老還跟著附和。

「利姆路大人，獎勵是要等人頒發的。主動要求未免太沒有教養。但能不能請您務必實現老夫女兒的願望？」

白老說他願意把自己的功勞讓給紅葉，對我提出這樣的請求。

這下子害我也難以拒絕了。

至於紅丸，他完全是來不及反應的狀態，整個人僵在那裡。人們都誇他判斷力很強，但目前看來腦子完全停止運轉了呢。

有人說出另一句話讓眼下情況更加混亂。

「利姆路陛下，也請讓我毛遂自薦，成為紅丸大人的第二夫人。」

在紅葉之後，就連阿爾比思都說出這種話。

這讓我跟紅丸不禁同步回問「「啊？」」。

圍繞著紅丸，紅葉和阿爾比思的攻防戰愈演愈烈。後來就被人們稱之為自由戰鬥戀愛主義，這件事情非常有名，是不知不覺間分出勝負了嗎？

「問一下，是紅葉要當第一夫人，阿爾比思當第二夫人？」

「是的！」

「正是如此。」

帶著開心的表情，紅葉和阿爾比思如此回應。

紅丸已經翻白眼了。

不曉得這兩個人之間發生了什麼事，但看樣子已經出現明確的位階。

「讓紅丸大人煩惱，就沒資格當妻子了。所以不會逼他在我跟阿爾比思小姐之間選出一個人。就請他同時迎娶我們兩個。」

「等等，這怎麼行——」

「沒問題。我也跟紅葉大人商量過了，後來我們得出結論，認為以紅丸大人的心胸來說沒有問題。」

不不不，這算哪門子結論！

只見紅丸看著我，似乎想要我出手救他。

可是呢，就連我也不曉得該怎麼辦啊。感覺要救他不是那麼容易——

《有解。依照現行朱拉·坦派斯特聯邦國的規定來看，「為了傳宗接代，允許一夫多妻制。但僅限希望有孩子的未亡人」。照這次的案例，不能容許有第二夫人。》

喔、喔喔！

的確是這樣。

不知為何，總覺得智慧之王拉斐爾大師似乎積極提供協助，這下就有機會能夠拯救紅丸了。

「很遺憾，阿爾比思小姐。在我國只有希望生下孩子的未亡人才能當第二夫人。將來會確實立法制定，雖然到時候法規可能會更動，但目前還不能容許——」

我試著用歉疚語氣駁回阿爾比思的請求。紅丸也露出安心的表情點點頭，但以為事情可以就此落幕就大錯特錯了。

「請您放心。關於這部分的法規，我已經仔細研究過。其實我前陣子就已經結婚了——」

呃，前陣子結婚了？

是跟誰——這樣一來就更不可能跟紅丸結婚啦。

原本是這麼想的，然而阿爾比思接下來的話簡直是超乎我的想像。

「——但令人傷心的是，我跟丈夫天人永隔。因此這樣就滿足條件，可以讓我當紅丸大人的第二夫人。」

什麼？

先給我暫停一下，應該不是戰爭害的吧？

如果是的話，問題就嚴重了——但阿爾比思的說詞很狡猾，甚至讓人覺得去擔心這種事就跟白痴一樣。

「等、等等？那個，跟妳結婚的丈夫是哪位、哪裡人？」

「其實就是待在那邊來賓席上的法比歐。」

這話阿爾比思是面帶笑容說的。

……

那個——法比歐先生還活著啊？

我跟紅丸都被搞糊塗了，不禁互看彼此。

『這是怎麼一回事？』

『就算問我，我也不知道啊！』

『也是啦……』

如此這般，甚至不用透過「思念網」，只要靠眼神就能對話。

法比歐來到正在用眼神對話的我們倆面前，帶著歉疚的表情下跪。

「真的很抱歉。阿爾比思提出這種任性要求。」

「不會不會，你們結婚了嗎？還有死掉是怎麼一回事？」

「關於這點……」

接著對方開始說出內情。

紅葉、阿爾比思，再加上法比歐。聽完這三個人的解釋，我們終於把阿爾比思的計畫都搞清楚了。

也就是說，簡單講——

紅葉跟阿爾比思在交手數次後，她們之間萌生了某種友情。然後兩人轉變方向，決定不要互相爭奪，而是要一起打拚。

開始去想若想兩個人一起嫁給紅丸，該怎麼做才好？

歷經煩惱後找出的答案就是跟法比歐結婚。跟法比歐結婚之後，他們以「在迷宮內部直到任何一方死亡為止」當條件作戰。接著阿爾比思贏得勝利，而且似乎順利變成未亡人。

他們只是在迷宮內部進行決鬥，所以法比歐自然還活著。

「她跟我說若是贏了就會真的跟我結婚，是不是可以讓我哭一下？」

原來法比歐之所以會配合她的計畫是基於這種理由啊……

他垂頭喪氣的樣子實在太讓人感到哀傷，令我不禁同情他。

是說這下該怎麼辦？

「利格魯德，這樣行得通嗎？」

「是！這番理論真的非常乾脆，很有力。為了弄到想要的東西，運用智慧和力量才能有今天這番結果。我個人認為可行！」

竟然可以放行。

聽利格魯德這麼說，魯格魯德、雷格魯德、羅格魯德這三個人也頗有同感地點頭。

真的假的。

原來對魔物而言，阿爾比思的行為算是很合理。

「哥哥。紅葉大人和阿爾比思大人都有這麼深的覺悟了。請你像個男人般回應她們！」

朱菜也認同阿爾比思的行為是嗎？

不，似乎不只朱菜。

「討厭就說討厭，困擾就說困擾，只要這麼說不就得了？有什麼好煩惱的。」

至於紫苑，乍看之下覺得她說這話根本不經大腦，但其實說得對極了。看樣子她並不反對紅丸同時娶兩個人，單純只是在催他給出答覆。

到這邊都沒人持反對意見。

這不符合道德倫理、太齷齪——感覺都沒人抱持這樣的感想。

的確，仔細想想，魔物世界的法則就是弱肉強食。

只是靠我訂出的規矩來限制他們，以免強者奪走一切。若是當事人都如此希望，也沒人有意見，其實放行也無妨吧。

「紅丸，你打算煩惱到什麼時候？繼續優柔寡斷下去，你的父王會在另一個世界笑你的。」

「蒼影……話是這麼說，但父親大人就只愛母親大人，讓我和朱菜誕生到這個世界上。我也想效法他，這樣做有什麼不對？」

八成是蒼影那番話很刺耳，紅丸罕見地激動以對。

然而蒼影不為所動。

「我沒說這樣不好。你似乎在懷疑自己的愛，那這樣只要生個孩子不就得了。男人和女人，若是雙方之間不存在愛情，照理說根本生不出孩子。若你對那兩人都沒意思，那最好一開始就拒絕。不過，若是對那兩人多少有點意思——只要抱她們並展現結果不就得了？」

我說蒼影先生，你未免太過直接了。

甚至讓人覺得這番性騷擾發言驚世駭俗，但看起來還是很帥氣這點好可恨。

他的說詞對魔物來說似乎是可以接受的。

我都忘了，若是沒有愛就生不出孩子。

紅丸之所以煩惱，就是他同時愛那兩個人，覺得這樣不忠吧。除此之外，若是選擇其中一方，就會讓另一方傷心。所以才一直沒有做出答覆。

這樣的想法我不討厭。

但放眼眼下局面，就如蒼影所說，只要拿出結果，那一切的問題不就都解決了？

「阿爾比思小姐，我們來決勝負吧，看誰能夠先懷上紅丸大人的孩子！」

「我不會輸給妳的，紅葉大人。我對他的愛是真的。再來只要讓紅丸大人愛上我就行了！」

其實這部分是最難的，但當事人她們似乎一點都不煩惱。事到如今就看紅丸是怎麼想的了。

「紅丸，現在頒獎典禮還在進行，而且正在表揚你的功績。不管你有多任性的要求，我都能夠包容，你要發自內心回答。要回應紅葉和阿爾比思的求婚嗎？還是不想？你想選哪個？」

假如紅丸真的不想，那這件事情就到此為止。

不過，若非如此……

「紅葉、阿爾比思，我身為守護利姆路大人的『大將軍』，無法與妳們長相廝守。就算是這樣，妳們也願意選擇我嗎？」

紅丸真的很誠實，甚至已經在為未來的事情煩惱。

等生下孩子沒了留戀，紅丸就會進化成鬼神。如此一來將會長生不死，未來只能守望紅葉和阿爾比思了吧？

說得也是。只有他自己進化，成為他妻子的兩人就會被拋下……

在這種情況下，突然就要人給出答覆實在太嚴酷。

就連我也一樣，雖然到現在依然沒什麼實際感受，但心愛之人先自己一步離世，我想那樣會很心痛。不過呢，這並非只套用在特定某個人身上，而是能夠套用在所有夥伴身上。

這下就能了解紅丸的煩惱，或許紅葉和阿爾比思的心情也會動搖——我原本還這麼以為，結果根本是杞人憂天。

「完全沒問題！等到生下孩子，我也會想辦法進化。」

「我也有同感。即使沒辦法進化，我生下的孩子們也能替您排遣無聊。」

女人真堅強。

她們完全不為所動，徹底展現心中的覺悟有多強。

聽到這樣的回應，紅丸臉上浮現爽朗的笑容。

「利姆路大人！能請您讓我娶這兩個人為妻嗎？」

我哪有辦法在這種節骨眼上說不，也不打算說。

雖然這將會替強行破例開一先例，但若是像這次一樣，只要拿出戰功就可獲得允許，或許能夠讓大家抱持希望努力。

因此我想這樣也好。

紅丸為人硬派，同時也是純情的男人。若一直丟著不管，八成會永遠單身，就把這次事件當成一個好機會吧。

要說還有哪裡讓人不安，那就是紅丸要同時疼愛紅葉和阿爾比思這兩個人……但我相信他一定能克服難關。

就讓我順便替他加油打氣一下。

我從椅子上跳下，變成人類姿態。

接著拉大音量宣布。

「准了！以我之『名』宣布，紅丸和紅葉還有阿爾比思在此正式『結魂』！」

對魔物來說，結婚就等同讓靈魂連繫在一起。沒有愛就生不出孩子這件事也明白揭露這點。

因此說「結魂」比較貼切吧。

聽到我如此宣布，紅丸的嘴角多了一抹笑容。臉上浮現喜色，變得紅通通的。可是他抬頭挺胸，一雙手分別將紅葉和阿爾比思擁向自己。

「多謝恩准。我一定會愛著這兩個人，展現我的誠意！」

聽到紅丸堂堂正正地說出這番宣言，紅葉和阿爾比思眼裡都浮現淚水，看起來很開心。她們萬分感動，連話都說不出來了。

說真的，我好羨慕紅丸。

一個是美少女，一個是美女，真是名副其實的左擁右抱。

不過……紅丸很被動，今後大概有得受了。

但、但是，我也沒資格去評論別人。

因為我沒有性別，去在意那些也沒用……

紅丸一番話讓競技場內被一陣盛大歡呼籠罩。

朱菜開開心心地祝福哥哥，就連紫苑都莫名與有榮焉地拍著手。

當然，不是所有人都給出祝福，我也聽到有人充滿嫉妒，在那邊說些憎恨的話，但剛才說的祝福連這些都包含在內了。

就這樣，頒獎典禮中，於參加者的聲援下，紅葉、阿爾比思和紅丸就地舉行了結婚儀式。

雖然我很想就這樣順勢慶祝下去，但現在頒獎典禮才進行到一半，我想先處理進化儀式。目前就先對外發布這個消息，等這個名為慶功宴的進化儀式結束後，我們再來慢慢籌辦紅丸的結婚典禮。

今天早就預定還要辦宴會，但值得慶祝的事愈多愈開心。

有鑑於此，目前還是以頒獎典禮為優先。

我讓一臉幸福的紅丸等人退到後方，下令要朱菜做好準備。

那些歡呼聲原本都還沸沸揚揚持續著，在我舉起手之後總算恢復平靜。

事情發展其實在我預料之外。

我眼角捕捉到哥布亞哭得很慘，不知為何法比歐在安慰她，但現在沒空管他們。我決定繼續讓頒獎典禮進行下去。

＊

我再次變回史萊姆姿態，回到椅子上坐好。

看到我就座後，在大夥兒情緒仍然有些興奮的會場上，朱菜凜然的聲音響起。

「三大軍團長向前！」

所謂的三大軍團長，指的是第一、第二、第三軍團的軍團長。也就是哥布達、蓋德和戈畢爾這三個

人，他們來到我前方跪下。

那就先從哥布達開始。

「咳哼！哥布達老弟。你沒有獎賞！」

我對用期待表情看我的哥布達這麼說。

「咦咦！太過分了！那幹嘛把我叫過來？」

「問得好。雖然沒有獎賞給你，但取而代之，我想給你一項權利。」

「給我權利？」

就算給哥布達「靈魂」，他也不會進化。

這傢伙身上有滿滿的才能，但他不具備相應的資格，這也是沒辦法的事情。

我也想過給他武器或防具，但若是給出比我目前已給的更棒的東西，我認為哥布達沒辦法徹底活用。還有，反正他都能夠跟蘭加「魔狼合一」，哪還需要半吊子的裝備。

若是給他金錢，他八成會拿去亂用。

在那之前，軍團長收入很高。每個月分發的點數換算成金錢都很可觀，生活上應該不會有任何不便的地方。

若是換成人類的國家，這種時候可能會封領土，但我國沒有能夠分封出去的領土。再說，反正哥布達大概無法治理，這種假設沒有意義。

所以我就想到要給哥布達特權。

我的話讓他有點困惑。

光只是權利這個字眼，無法讓他理解具體而言是什麼吧。

那我這就來公布答案。

「就給你能夠對我『繼續用目前這種輕鬆語氣對等接觸』的權利吧！」

我帶著壞笑眺望依然一頭霧水的哥布達，做出這番宣言。

他都還沒把我的話聽明白，人們就發出比剛才為紅丸歡呼時更大的歡呼聲——該說是怒吼。這巨大的聲援充斥著明顯的嫉妒之心。

就連朱菜和紫苑都用可怕的眼神盯著哥布達。

看樣子人們非常羨慕他。

「那、那個，真的嗎？」

「反正我看你大概不會說敬語吧？要是說了一定會亂七八糟，就藉此機會當成權利賜給你吧。」

雖然能感覺到他對我的敬意，但哥布達的語氣聽起來完全不像這麼一回事。

該說我也有對大家說過，要他們平常跟我輕鬆交談，但好像很難辦到。在這種情況下，似乎常常有人來投訴，抱怨哥布達跟我用平常語氣對話。

說這部分還關乎到我們對外的顏面問題，希望我能夠想想辦法。

我嫌麻煩，就決定當成「權利」頒發給他。

現場還有法比歐和珍婆婆這些外國來賓。若是藉著這個機會宣傳，我想哥布達這部分的問題就能夠解決。

不過，這樣應該會引來不少麻煩，斥責我不顧體面不顧威權，然而我們是魔物，不需要這麼艱澀的制度。

我只是做我想做的事情。

重要的不是外面那些人怎麼看，而是自家人。
哥布達就是一個很好的例子。
雖然講話的時候沒大沒小，但他真的忠心耿耿。看眼神就知道。
只要是為了我，哥布達甚至不惜犧牲性命──他有著那樣的眼神。
因此我才會給他這個「權利」。
「謝啦──────！」
哥布達滿面笑容，九十度彎腰鞠躬。
他非常開心。
恐怕他自己其實也一直想改正語氣吧。
雖然完全沒看到效果就是了。
這對哥布達來說似乎是最棒的獎勵，我也很高興。
什麼樣的獎勵才叫做適當，真的很難界定。

＊

在哥布達之後，接下來換蓋德。
「那麼蓋德，你從今天開始就是『守征王（Barrier Lord）』！」
「謹遵敕封！在下蓋德將不辱『守征王』之名，會力圖精進！」

蓋德做出強而有力的回應。

在盛大的歡呼聲中，我也對蓋德說悄悄話。

「就跟紅丸一樣，我也要讓你嘗試進化的儀式。」

「這究竟是……？」

每次都要解釋很麻煩，所以我用「思念網」將預計贈予「靈魂」的對象串連起來。然後對那些人解釋進化儀式。

同時不忘運用「思考加速」。透過這個動作，在現實時間中連幾秒鐘的時間都用不著，我們就能夠進行重要的對話。

大致說明一遍後，蓋德有了回應。

『多謝您的美意，但我認為有人比我更合適。在這次的戰爭中，擔任監察官的卡蕾拉小姐立下赫赫戰功。如果她也有資格，請您不要賜予我，務必讓卡蕾拉小姐——』

嗯——他是打算推辭獲得靈魂力量覺醒這檔事？

我這次不打算讓卡蕾拉覺醒。她確實立下很大的功勞，但她目前就已經夠威猛了，若是再獲得力量而失控，對我來說也是種困擾。

必須先觀察一陣子，因此我想要先讓令人放心又值得信賴的元老級幹部進化。

即使我都這樣解釋了，蓋德還是有所顧慮。

『但是我……』

我懂了，蓋德是在不安。

他擔心自己得到力量會失控。

一方面他也是在贖罪吧。

因為當時半獸人族失控，才為朱拉大森林帶來莫大的災害。

他身為承擔下當時責任的人，都在嚴以律己。

他眼中蘊含強烈的意志，雙眼散發光芒，帶著決心看我。

因此我的回答如下。

『放心吧，蓋德。雖然豬頭魔王（災厄半獸人）失控了，但原因也是為了夥伴吧？』

我想蓋德應該不會失控。

既然有這麼深的覺悟，不管得到多麼強大的力量，他都能控制才對。

還有——

現在已經沒有人為過去的事情譴責蓋德了。

『你到現在還是覺得自己應該負責，但我相信這樣的你。如果是你，一定能夠運用新的力量守護大家！』

一旦蓋德進化，他的部下們也會受到祝福。那表示我們的國家將會得到堅強穩固的守護力量。

當我這樣說明完，蓋德那雙眼睛變得更加明亮。

『……若是如此，那在下就謹遵旨意！』

他願意接受了是嗎？

這才像蓋德。不是為了自己，而是為了夥伴發揮力量，他就是這樣的男人。

對了，除了蓋德，沒有其他人拒絕。某些人看起來似乎感到不安，但感覺抱持的期待更大。

沒有事先確認他們的個人意志是我不好，但做這種事情就是要靠氣勢。大家都願意真是太好了，讓我鬆了一口氣。

我解除「思念網」，再度進入頒獎典禮模式。

「你有很好的表現。就當是獎勵，將這個賜給你。」

我說完跟朱菜打個暗號。

只見朱菜笑著點點頭，將事先準備好的一套裝備交給蓋德。

那是鎧甲和盾牌，這次戰爭中獲得傳說級裝備，我去找葛洛姆商量，自行改造弄出這套裝備。

那會跟蓋德的妖氣起反應，是只有蓋德能用的專用裝備。原理跟「聖靈武裝」一樣，就連葛洛姆都無法做出一樣的。

至於神話級和傳說級的不同，就在於裝備本身的成熟度——也就是裝備的等級。裝備經過漫長歲月將會進化。

進化型態千差萬別，根據素材的不同，需要的年數也會起變化。不僅如此，若是擁有者是比較厲害的人，據說進化速度還會提昇許多。

蓋德的能力特別著重守備，即使原本是傳說級裝備，就我的預測來看，我認為防禦力也會很快上升到足以媲美神話級。不僅如此，依智慧之王拉斐爾大師所見，隨著蓋德這次的進化，得到祝福的可能性也很高。這樣一來，那肯定會變成神話級裝備。

到時候防禦力就會提昇好幾個層次吧。

只見蓋德畢恭畢敬地收下獎勵，對我行了一個禮。

《問。要使用規定所需的量「十萬個靈魂」讓個體名「蓋德」進化嗎？　ＹＥＳ／ＮＯ》

YES——我默默選完之後對蓋德說話。

「一直以來辛苦你了。正好有這個好機會，你就一面勾勒自己希望的姿態，一面好好休息吧。」

不只是作戰，希望今後在都市建設方面，蓋德也能有所表現。到現在為止，他一直埋頭工作，累積起來的休假似乎也很少換休。

他根本就是最勤奮的吧？

希望他一定要藉此機會好好休息一下。

「是！在下三生有幸！」

回答完這句話之後，蓋德臉上露出欣喜的微笑。

接著看似在抵抗魔王進化帶來的影響，也就是進化休眠，他若無其事地回到隊伍中。

*

虧他能夠戰勝那股睡意。感到敬佩之餘，我看向下一個對象。

是戈畢爾。

率領第三軍團打出漂亮的空中戰。

當我說些話慰勞，戈畢爾就一臉嚴肅地低下頭。

「我還不夠格。在我的指揮下，還是有人受傷……愚鈍如我，實在令人慚愧不已。」

——是說他根本自作自受吧。

竟然想在戰爭途中進行魔法耐久度訓練，任誰都想不到這種點子。不是想不到，而是根本不想像他那樣。

在作戰之後，烏蒂瑪有跟我詳細報告過，我當下只覺得傻眼，覺得這傢伙有夠蠢。

希望您能夠處罰戈畢爾先生──甚至還有人跟我這樣進言。

戈畢爾是從什麼時候開始變成這種愛做實驗的臭小子……

但多虧他那麼做，戈畢爾他們才得以解開龍人族固有技能──「龍戰士化」的祕密。這次就寬大為懷，別去罵他了吧。

眼下還有更重要的事情。

我又換用「思念網」，跟戈畢爾說話。

當著大家的面斥責會造成反效果，因此這是私人通訊。

『關於在戰爭中進行實驗這件事情，晚點再慢慢跟你聊聊。烏蒂瑪有個提議，她似乎願意教你運用魔素的方法。』

『您說什麼！』

『對惡魔族來說，運用魔素就跟呼吸沒兩樣。她好像願意關照你們，你們就壯大膽子受教吧。』

就算我懲罰他，他搞不好也只會樂得接受，還是交給烏蒂瑪處理，這樣對他們更好吧。其實也沒什麼關係啦，烏蒂瑪應該也知道要手下留情才是。我想要讓這幫人稍微吃點苦頭，好好反省一下。

基於這樣的想法，我才會如此裁決。

『我們的功夫還不到家。您願意給我們機會，讓我們更加成長茁壯，在下戈畢爾感激不盡！為了回應利姆路大人的期待，我們所有人都會好好努力，期許自己能把「龍戰士化」發揮到極致！』

原以為他會不情不願，沒想到反應意外積極。

看來他已經做好覺悟了。

如今回想起來，戈畢爾還曾經因為太過得意忘形而輸給哥布達，那段往事令人懷念。

不懂得瞻前顧後的性格如今也變得沉穩不少。懂得看周遭氣氛，同時也愈來愈有身經百戰的將軍架勢。

就如他本人所說，目前尚有不足之處，但他原本似乎就滿有天分的，經歷苦澀的敗仗，以及跟培斯塔他們交流，如今也懂得深思熟慮。

現在已經變得值得仰賴了。

日積月累的經驗促使戈畢爾成長。

因此我已經能夠信任他，認為他足以託付這股力量。

「我要賜予你『力量』。你要將力量漂亮地發揮出來，覺醒成『天龍王（Drag Lord）』！」

我給予戈畢爾「靈魂」，促使他達成覺醒進化。

跟蓋德不同，戈畢爾的進化很劇烈。

黑紫色的鱗片變成紫紅色，熊熊燃燒的魔素在戈畢爾身體裡遊走。

然而他漂亮地撐住了。靠著一股氣魄保持意識清醒，防止自己失控。

那場實驗並沒有白費，確實開花結果了。

「唔喔喔喔！上漲了，力量上漲了！謝謝您，利姆路大人！從今天開始我將成為『天龍王』。並且會為了利姆路大人和這個國家，好好發揮這股力量！」

戈畢爾身體放出紫色的閃電，灼燒他的肉體。然而戈畢爾的身體轉眼間就開始癒合，轉變成更加強韌的肉體。

看樣子成功了。

因為我要他當王，因此戈畢爾的額頭冒出漂亮的角。

明明只是個戈畢爾卻那麼囂張，看起來非常帥氣，跟他很相襯。

但這樣很好。

兼具威嚴和力量，他漂亮地進化。

就這樣，「天龍王」戈畢爾誕生了。

話說回來，「真魔王」的進化似乎存在個體差異。

我陷入無從抵抗的深沉睡眠中，蓋德則努力跟瞌睡蟲奮戰。至於紅丸，他還需要進一步的條件。

而戈畢爾甚至不用睡覺，就在這一瞬間已經將流程全部跑完。

「戈畢爾大哥，我的力量也變強了！」

「沒錯！」

「我也是。不愧是戈畢爾大人！」

從第三軍團站的那個角落傳來這些話。

他們是百名「飛龍眾」成員。

隸屬於藍色軍團的蜥蜴人族也不例外，大家似乎都獲得祝福。沒想到三千個人全都進化成龍人族。

「飛龍眾」漂亮地跨越A級障壁，擁有足以稱之為中階魔人的戰鬥能力。

「龍戰士化」似乎變成常駐發動，所以這個技能就沒有了。讓皮膚變成龍鱗的「龍鱗化」這個技能也消失了，取而代之，他們獲得「龍鱗鎧化」這個新技能。

關於控制力量這方面，會請烏蒂瑪徹底調教，問題在於新獲得的技能。

身體會被可以吸收四周的魔素、能夠自行修復的裝甲包住。原理上就跟「肉體裝甲」一樣，但防禦力高到無法相提並論。就算受了些許的傷也能再生，這樣就不需要防具，可以說是非常經濟實惠。

除此之外，那技能也存在個人差異，跟使用者的力量成正比，強度會跟著增加。

像是戈畢爾的「龍鱗鎧化」，防禦力三級跳，強度接近神話級，令人驚訝。

當然，既然防禦層面萬無一失，連帶也會反映在攻擊面上。種族上還是龍人族，但強化程度大到就算說他們是另一個種族也不為過。

雖然到頭來還是無法變成人型，但那只影響他們的幹勁，因此這部分無所謂。

有些人也不能忘。

讓人意外的是，就連蒼華等五個人都受戈畢爾變化影響。

這幾個是時常保持人型的龍人族。因為都是人型姿態，防禦力比較弱。然而速度和攻擊力都大幅上升。

擁有的技能還是「龍戰士化」，但這些人就算變身後還是有人型輪廓，跟戈畢爾他們走不同路線。

似乎能夠任意收放龍的鱗片和翅膀，而變身之後則是有龍特徵的魔人。

雖然跟戈畢爾他們屬於相同種族，進化路線卻完全不同。若是像這樣進一步進化下去，或許下次會變成別的種族。

強度方面，蒼華他們比「飛龍眾」更勝一籌。經過強化後，就算將他們稱為高階魔人也不為過，至於蒼華本人，更是擁有跟高階魔將不相上下的魔素量。

如我所料，我成功讓我國戰力大幅度增加。

*

那接下來就讓這三個人退下，把下一批人叫過來。

「蘭加、白老、戴絲特蘿莎、烏蒂瑪、卡蕾拉，請你們上前！」

說到哥布達就不能忘了蘭加，還有派去擔任顧問的白老。

以及任命為情報武官兼監察官的三個女惡魔。

一叫到蘭加，他就從我的影子裡靜靜地現身。

白老也悄聲無息出現。

戴絲特蘿莎等人優雅現身，烏蒂瑪來得輕巧，卡蕾拉則是堂而皇之。她們來到頒獎台上，在我面前下跪。

既然人都到齊了，那我就按照順序頒發獎勵吧。

首先是蘭加。

他成為哥布達的助力，非常努力。

「蘭加，你跟哥布達已經配合得很有默契了。還保護了他，我要跟你道謝。」

「您說這什麼話，頭目。我只是做了應該要做的事情罷了！」

哈哈哈，這傢伙真可愛。

不過啊，我知道你被我誇獎很開心，但尾巴別搖來搖去。

「那麼接下來，從今天開始你就是『星狼王(Star Lord)』！」

「遵命！」

蘭加發出一聲咆哮，就此領命。

而在這一刻，他跟我建立了「靈魂迴廊」。

就跟我當時一樣，蘭加立刻開始進化。不僅如此，似乎連「豐收」現象都開始了。

「咕咕咕，頭目……」

「想睡了嗎？那就別勉強自己硬撐。」

他並沒有忍著硬撐。

蘭加回到我的影子裡睡著了。

照這個樣子看來，他底下的魔狼們八成也受到祝福了吧。

很期待看到他進化後會變成什麼樣子。

蘭加也沒有失控，而是在我的影子裡乖乖沉睡。

這樣就處理完四個人了。

如此看來應該不用擔心，但直到最後一刻都不能大意，要讓儀式繼續進行下去。

接著換白老。

「你擔任哥布達的顧問，做得非常稱職。感謝你。」

「您客氣了。哥布達也已經有所成長，很快就不需要老夫的幫忙了吧。」

「不不不，白老有沒有在身邊，這差距是很大的。那關於獎勵——」

「請您先等一下，利姆路大人。您願意聽小女紅葉的任性要求，這樣對老夫而言就已經十分足夠了。」

對喔，這麼說來，剛才已經談過這個部分了。

但總不能這樣就算了吧。

『這是兩碼事。我也希望紅丸和紅葉能夠得到幸福。再說就連阿爾比思小姐都跑進來攪和，你身為父親，想必心情複雜吧？』

我再次用「思念網」跟白老說話。這樣可以當著大家的面不管時間流逝跟人對談，「思念網」真是一個好東西。

『這部分老夫是有點不滿。但老夫相信少主——紅丸大人。而且女兒也很有看人的眼光。因此老夫已經很滿足了。』

『那就好。我也相信紅丸能夠讓她們兩個人都幸福。』

但那兩個人是不是能生出孩子，這件事就只有神曉得了。

『因此——』

『哎呀，先等一下。論功行賞很重要不是嗎？還有啊，我為你準備的獎品，那可是拜託黑兵衛鍛造的力作。為了不讓黑兵衛做白工，希望你務必收下獎品。』

對。我為白老準備了全新杖刀。

最近黑兵衛手藝愈來愈高超。他的力作可是棒透了，相當於傳說級。

對了，就連紅丸的「紅蓮」也寄放在黑兵衛那邊整修。

在先前的戰役之中，因為武器的性能差異，紅丸沒辦法拿出所有的實力。黑兵衛聽說此事就很自責，也燃起鬥志。

俺一定會把它重新鍛造成最棒的刀——他表明自己的決心，現在還窩在工坊裡頭。

而現在這把刀雖然比不上那個，但也是黑兵衛用心打造的，想必白老也會中意。

『原來如此，是黑兵衛……既然是這樣，那老夫就恭敬不如從命！』

『好，別客氣收下吧！』

太好了太好了。

還想說若是他拒絕不知道該怎麼辦才好，正感到困擾呢。

雖然說謙虛是種美德，但我認為大家都太客氣了。

那接下來就繼續頒獎吧。

「別在意。這是特別為你準備的。你就別客氣了，大方收下吧！」

「怎麼能辜負利姆路大人的心意。白老這就虛心領受！」

如此這般，白老也順利收下那把刀。

那麼再來是那三個女惡魔。

其實我原本還在煩惱該怎麼慰勞。

若光只是考慮到增強戰力，讓身為惡魔大公的這三個人進化才是正確的選擇吧。但就如我剛才跟紅丸和蓋德解釋的那樣，這一次暫時不讓她們進化。

其中一個理由是靈魂數量不夠，但更重要的是我自己會擔心能否駕馭她們。

不知道她們進化之後會變得多強，所以她們的進化留到之後再說。

這三個人跟迪亞布羅是相同等級，就先讓迪亞布羅進化，觀察一下情況看看。

雖然從某方面來說，迪亞布羅也很讓人不安……但總之就先不去想這個了。

在我看來，迪亞布羅比她們還要高一級。看來在「始祖」裡頭根據性格不同，強度也會有差異呢。

那三個女惡魔是我的直屬部下，先委託給迪亞布羅管理。因此等迪亞布羅進化後，情況穩定了，再來考慮讓她們進化吧。

畢竟光靠我目前蒐集到的「靈魂」，還不夠讓她們進化。

她們三個似乎呈現三國鼎立的狀態，去區分優劣會出問題吧。

講白了就是很危險。

若是不讓她們同時進化，可能會起糾紛。

先前蓋德有跟我建議，因此我不是沒考慮過只讓卡蕾拉進化，但基於這個理由而放棄。

再說光看魔素的量，卡蕾拉還在迪亞布羅之上。對這樣的她賜予力量，我個人認為是過於危險的賭注。

無法控制的力量將被反噬——我有這種預感。

畢竟卡蕾拉使用的核擊魔法——「重力崩壞」(Gravity Collapse)，那相當糟糕。用了那個，一不小心會連蓋德等人都轟飛。

雖然卡蕾拉已經能完全控制這招，但她可是在當時情況下會毫不猶豫施放這魔法的性格，令人有點不安。

不論何事，保證安全都很重要。

先觀察今後的情況再來決定要不要讓她進化好了。

「戴絲特蘿莎、烏蒂瑪、卡蕾拉，妳們三人身為情報武官，有非常出色的表現。還有妳們蒐集過來的『靈魂』，我會拿來有效運用。把妳們蒐集過來的東西用在其他人身上，或許妳們會不滿——」

原本想說這次要跳過她們，所以不打算跟她們說進化的事情，但她們三個畢竟在蒐集「靈魂」這件事情上有所貢獻。

我覺得瞞著她們很失禮才坦白，沒想到她們竟然在我話說到一半就開口反駁。

「利姆路大人，您怎麼這麼說！我們怎麼可能感到不滿！」

「就是說啊！我還覺得我們幾個這樣做都不夠報恩呢。」

「這兩人說得對，主上。我們已經很滿足了。您賜予我們肉體，甚至還給我們『名字』。光只是這樣就已經讓我們變得夠強了。」

她們三個異口同聲否認，說並未感到不滿。

的確，已經強過頭了吧。

光是目前這樣，那三個人就比覺醒之後的戈畢爾還強。

聽她們這麼說，我也有同感。

但還是要另外頒發獎勵。

「聽妳們這麼說，我很高興。我的心也永遠跟妳們同在。因此，希望妳們能夠收下我準備的獎品。」

「您是說……獎品嗎？」

「可是……」

「真是敗給您了。既然您都這麼說了，我們怎麼能拒絕呢。」

對吧？

要是妳們拒絕就麻煩了，所以我要先截斷退路。

「妳們這次的表現獲得認可，就讓妳們也晉升幹部吧。平常做的工作就跟之前一樣，但要打仗的時候，我會給妳們一部分的指揮權，還要賜給妳們封號。」

「虐殺王（Killer Lord）」戴絲特蘿莎。

「殘虐王（Pain Lord）」烏蒂瑪。

「破滅王（Menace Lord）」卡蕾拉。

這是我找好幾個人做過民調才想出的稱號。也許聽起來非常殘暴，但一方面也在體現她們於這次戰爭的活躍表現。

她們當上幹部後，職責是專門負責戰鬥，搞不好這些稱號很適合她們。

「從今天開始准許妳們如此自稱。今後要跟那些元老幹部一樣，期待妳們以我心腹的身分好好表現！」

「「「遵命——」」」

接獲我的命令，她們三個不約而同低頭鞠躬。

看來她們都很中意稱號。

一面在心裡想著「幸好沒人抱怨」，我一面目送那五個人回到隊列中。

＊

就照這個步調讓進化儀式一直進行下去吧。

接著我把在迷宮裡頭表現得宜的那幾個人都叫過來。

我給哥杰爾和梅傑爾一套全新的裝備。

正式任命蓋多拉擔任第六十層的樓層守護者，讓他管理魔王守護巨像。這下貝瑞塔就退休了，不再是「迷宮十傑」的領頭人。蓋多拉正式加入「十傑」。

而獎勵就是准許他能夠自由進出各個樓層的研究設施。反正今後我有打算讓他加入研究團隊。以此為契機，我決定開始信賴他。

他本人似乎非常高興，看來這個獎勵給對了。

假如他盜用研究資料，那到時候再看著辦。但我覺得，這似乎是多餘的擔憂。那個老爺爺讓人討厭不起來，今後希望他以我們夥伴的身分好好努力。

進行到這邊都沒什麼問題。

那接下來該進入正題了。

不再當「十傑」的貝瑞塔和四隻龍王並不是我的部下。他們是菈米莉絲的部下，目前就先不管了。

第九十層的樓層守護者——「九頭獸」九魔羅。

第八十層的樓層守護者——「蟲皇帝」賽奇翁。

第七十九層的領域守護者——「蟲女王」阿畢特。

第七十層的樓層守護者——「不死王」阿德曼。

第七十層的前衛——「死靈聖騎士」艾伯特。

頂尖成員一字排開。

事到如今，我想應該用不著擔心失控的問題。

但還是讓他們一個一個進化吧。

首先是九魔羅。

我給她「幻獸王（Chimera Lord）」這個稱號。

可能是在這次戰爭中漂亮復仇的緣故，九魔羅也變得更有氣勢了。

如今回想起來，當初遇到她的時候，她還是敵人。

在這個世界上，永遠不會知道前方有什麼際遇在等著自己。

雖然她那個時候是被克雷曼操控，可是能夠打倒身為始作俑者的男人堪薩斯大佐，我個人也為此感到開心和驕傲。

而會讓她管理迷宮的一部分，也是從蘭加那邊聽說她很擅長開拓森林的關係。他建議我能夠讓九魔羅擔任第九十層的樓層守護者，因此我才決定委派給她。

少了這句建言，也許如今九魔羅還是小狐狸。雖然我知道九魔羅是很強大的幼獸，但萬萬沒想到會厲害到能夠名列「十傑」。

不，從我在那個時候替她命名開始，也許她就注定會走到今天這一步。

感謝蘭加當時做了那個提議。

而九魔羅如今已經成為八隻魔獸的主人。

那些魔獸擔任第八十二層到八十九層的領域守護者，每個都很強，相當於災厄級。

他們是九魔羅的八部眾——但我好像有見過他們。

以前替九魔羅命名後，過了幾天，我去散步順便看看情況。那個時候九魔羅過來拜託我，希望我也替她的朋友唸名字。

她把看起來很可愛的年幼魔獸介紹給我。

關於替魔物「命名」這檔事，我經歷過無數次的失敗。因此我知道替魔物命名有多危險。

但那次只是要唸出九魔羅告訴我的尾獸名稱。我想這也未嘗不可，就輕易答應了。

當然並不是因為小女孩來拜託我才答應的，絕對沒有居心不良，這點用不著解釋，大家也能理解吧。

但我沒想到事情竟然會變成那樣……

現在回想起來，我懷疑那搞不好也算是「命名」。

畢竟當時九魔羅介紹給我的那八隻在戰鬥能力上並沒有現在這麼強。

《是。嚴格說來不完全相同，但偵測到類似的現象。結果導致尾獸們和個體名「九魔羅」之間的羈絆強化。》

啊，果然如此。

我當下沒有進入休眠狀態，而且當時魔獸們也沒有出現變化，所以我沒注意到，但看到他們戰鬥的情況後，我就一直懷疑有這種可能性。

那些可愛的魔獸們，如今已經變成蘊含凶惡力量的八部眾了。

驚愕的前後差異。

任誰都會感到吃驚。我就嚇到了。

事實上，九魔羅等同從我這邊得到九個名字。

結果讓八部眾和九魔羅之間的羈絆變強。這些尾獸們吸收濃密的魔素成長，這股力量也回饋到本體九魔羅身上，綜合起來就讓九魔羅變成那麼強。

但這些事情都已經發生了，去在意也沒用。

若沒發生這些事情，九魔羅也有可能敗北，就結果而言算是皆大歡喜吧。

我賜予九魔羅「靈魂」。

就在那個瞬間，九魔羅成功覺醒進化成魔王。

排在九魔羅背後的八部眾發出光芒，回到身為本體的九魔羅身上。接著九魔羅身上就長出九根尾巴。原本留在她身上的一根尾巴變成金色。剩下八根成為銀白色，綻放光芒。

那些是毛色非常美麗的尾巴。

然而更美的是九魔羅的美貌。

還有從過去那小女孩姿態難以想像的豐滿身軀，很魅惑人心。感覺比以前更具魅力了。

長髮從之前的茶褐色轉變成金黃色，有如反射光芒的稻穗一般，發著光在背後流淌而下。

她進化的只有美貌？

不，當然魔素量也增大了。在目前這個階段就已經有超越覺醒後戈畢爾的跡象。

沒想到竟然成長這麼多。

原本九魔羅的本體就具備相當戰鬥力。但理所當然的是，跟所有八部眾合體後變成合成獸型態才能發揮最強力量。

反過來說，九魔羅變強了，八部眾也會跟著增強。

更重要的是，因為我命名使得靈魂連繫，照理說祝福只會影響到八部眾……

然而犯規的是，贈與的力量回饋到九魔羅身上，將她進一步強化。

從某方面來說力量都被九魔羅獨占了。

我從九魔羅身上感覺到從她的美貌難以想像到的邪惡且工於心計。

阿畢特是耿直到不行的真性情類型，怪不得她們兩個水火不容。

然而如此劇烈的進化對九魔羅來說並非沒有造成負擔。目前光是要保持意識清醒，對九魔羅來說似乎就很吃力了。

這樣下去恐怕會有失控疑慮，她用不著勉強自己。

「妳可以回去休息沒關係。」

我好心下令。

九魔羅有點懊惱，但還是乖乖遵從命令。

我想她應該會跟蘭加一樣陷入沉睡，來適應增強後的力量吧。

總而言之，成長後的模樣令人期待。

不，就現階段來說，她已經是傾城傾國的美女了。

總之九魔羅就先退出，回到自己的守護領域之中。

＊

頒獎典禮進行下去。

再來輪到賽奇翁和阿畢特。

賽奇翁晚點再說，先從阿畢特開始。

「阿畢特，之前那場仗打得漂亮。那個叫做梅納茲的男人，在帝國將領士兵之中也算特別強的。妳能夠跟他打成平手，那代表妳真的是強者。可以為此感到自豪。」

其實我並不要求阿畢特要變強。我希望她帶來蜂蜜，只要能夠提高產能和品質，光這樣我就很滿足了。

而她不知不覺間變成「蟲女王」，還加入「十傑」，真是不可思議。

「您說笑了。我尚有不足之處。失去所有同胞才終於跟對方打成平手，就只是這樣而已。」

「不不不，沒那回事——」

我正想如此否認，然而看到阿畢特的笑容就住口了。

「這次我沒能大獲全勝。因此小的認為自己沒資格獲得獎賞。」

「話是這麼說……」

「那麼，若您准許我提出請求，能否讓先前戰死的同胞『靈魂』再次寄宿於我身上？」

什麼，妳說什麼？

因為不要獎賞，就突然提出強人所難的要求？

這些傢伙肯定把我錯當成無所不能的神人了吧。再怎麼說那種事都——

《答。有辦法。》

居然可以！

我就算了，厲害的是智慧之王拉斐爾大師啊。

「我明白了。那就讓英靈們寄宿在妳身上。」

阿畢特的同胞，應該就是那些連「復生手環」都沒給的魔蟲吧。雖然不曉得叫牠們英靈是否恰當，但眼下就暫時這麼稱呼吧。

「感激不盡。」

雖然阿畢特沒資格進化，但在賽奇翁進化的時候，她恐怕能得到祝福。因此我原本就預計問她想要什麼。

阿畢特看起來很高興，就當這麼做是對的吧。

接著換賽奇翁。

因為賽奇翁是裡頭最強的，我原本想放到後面，但也覺得這似乎是杞人憂天。光看他那麼冷靜沉著的表現就覺得此人跟失控無緣。

不愧是迷宮裡頭最強之人。

無與倫比的戰鬥天分連智慧之王拉斐爾大師都認可，魔素量還跟紅丸不相上下。去拜維爾德拉為師，還學了據說是從漫畫學到的怪奇格鬥術。

怪不得會這麼強。

在這次的戰鬥中也不例外，其他的「十傑」遇到帝國軍高手們都陷入苦戰，他卻單獨擊敗對方。

同時對付好幾個人這種事，若是輸了就會顯得很蠢。然而賽奇翁卻老神在在地輾殺對方，沒擺弄那些高手們，將他們就地格殺。

這就證明他的實力有多強。

我猜現在的賽奇翁應該比一般魔王更強。就連覺醒變成「真魔王」的我一不小心都有可能輸給他吧。

竟然要讓這樣的賽奇翁覺醒……

感覺連迪亞布羅他們都打不過他，說真的我很擔心。

但事到如今說這些都是馬後砲了。

之後會出現好幾個覺醒魔王，去擔心也於事無補。

我已經給五個人「靈魂」，進化的儀式正在進行。證據就是從剛才開始，我感覺到也有力量流到我這邊。

陷入沉眠的人們迎來「豐收」，透過「食物鏈」回饋到我身上。

雖然是一股龐大的力量，但我的身體就好像欠缺燃料似的，在沒有任何問題的情況下將這些盡數吸收。

應該不會有問題吧。

這種時候就是要靠氣勢，不管三七二十一做下去就對了。

別害怕，向前進！

這就是我目前的心情寫照。

這時候反過來想。到底賽奇翁能夠變得多強。

想到這邊，心情跟著興奮起來。

雖然也有可能超越我，但既然有「食物鏈」存在，我的優越性就不會被顛覆。我要對這點有信心，不去多想，繼續讓儀式進行下去。

「你的強大令人嘆為觀止。說真的，我沒想到你會變得這麼強。」

「多虧有利姆路大人的指導。」

呃，聽說指導你的人是維爾德拉——等等。

智慧之王拉斐爾大師也有瞞著我偷偷摸摸做了一些事情。或許他誤以為是我做的。

訂正也挺麻煩的，就當作是這樣吧。

「別這麼謙虛。你努力不懈才會有這等成果。今後也要為了我繼續磨練你的強大力量。從今天開始，准許你自稱『幽幻王（Mist Lord）』。」

「是，在下萬分欣喜！」

賽奇翁還是一樣沉默寡言，但卻為我的話感動到渾身顫抖。

在我看來只是隨便說的一句話，聽在賽奇翁耳裡卻是難能可貴的福音吧。他對我的崇拜程度比想像中更高，但看到對方如此仰慕我，感覺還不賴。

原本只是想要保護稀有昆蟲，結果到頭來換對方守護我。

我並沒有意圖讓他成長到這個地步，都因賽奇翁的才能強到亂七八糟。除此之外，那裡有維爾德拉洩漏出來的濃密魔素，還有死了也能復活的修行環境。再加上找不到第二人的頂尖修行對象加持。

不過理由什麼的都只是小事。

就結果而言變強了，那樣就好。

我賜予賽奇翁「靈魂」。

賽奇翁就只有在瞬間震了一下，靠精神力壓制住席捲而來的力量，將其控制住。有別於戈畢爾，靠著氣魄撐住了。

看他這樣，更顯得我以前睡著毫無殺力可言。

照常理來講應該沒辦法靠氣魄和殺力控制住才對……但眼前就有一個實際案例，害我無法否認。

而這樣的賽奇翁進化起來令人畏懼。

一部分外殼可以靠自身意志變質成究極金屬。除了能夠支配各種法則，賽奇翁的外骨骼還進化到神話級程度。

這就表示肉體本身變成凶器。單看格鬥戰，他肯定是最強的。

對精神生命體而言，格鬥戰中的強弱並不會影響優劣，不過……十之八九還是會構成威脅。

他目前仍在進化中，似乎還獲得其他各種力量。晚點再來慢慢確認他有了哪些進化吧。

雖然賽奇翁靠意志力壓抑，但肯定還是發生了「豐收」現象。

就跟我料想的一樣，祝福對象好像只有阿畢特一個人。

用我自身細胞救過的就只有賽奇翁和阿畢特。因此對賽奇翁來說，只有阿畢特是血親吧。

在昆蟲的階級之中，還有其他危險種族，但在這次的防衛戰中接近全滅。這些死者都不會復活，只能等著自然產生。再來就是阿畢特的眷屬，牠們也都被殺了。

而這些蟲的「靈魂」在剛才都讓給阿畢特了。我還在好奇她要怎麼處理，結果她似乎打算用來強化自我。阿畢特的進化結果就證明這點。

在頒獎典禮進行中，阿畢特也沒有在我面前露出苦悶的表情。還是採取一如既往的平淡態度，靠著女王的威儀忍住了。

跟賽奇翁一樣，只能說他們都很厲害。

對這兩人感到敬佩之餘，我要他們回到隊伍中。

……………

……………

……

頒獎典禮一結束，賽奇翁和阿畢特就回到位在迷宮裡頭的棲息地，變成蟲繭。接著完成進化。

阿畢特從賽奇翁那邊得到祝福，消耗眷屬和昆蟲部下們的「靈魂」，一個人承受著那股龐大的能量。結果讓肉體崩壞，重新誕生的肉體更加強韌，更適合戰鬥。

阿畢特脫胎換骨，她獲得獨有技「女王崇拜」，生出九個具備複數昆蟲特徵的蟲型魔人。

獨有技「女王崇拜」，是吃掉昆蟲吸收其生態再產生出魔人的能力。

以這些魔人為頂點形成生態圈，將會打造出往後的階級社會。而阿畢特會成為真正的女王統治他們。

阿畢特是「十傑」，同時也是賽奇翁的追隨者。因此賽奇翁會給她毫無保留的恩寵。如此一來，阿畢特出現異常進化也算是合理現象。

就連受到祝福的阿畢特都有了如此厲害的進化，可想而知賽奇翁會更厲害。

進化完成的肉體強度，蘊含的魔素量甚至凌駕覺醒後的克雷曼。但比起這個，進化後獲得的其中一個技能更是問題。

阿畢特的「女王崇拜」，具備的破壞力足以跟大罪系技能匹敵，是十分驚異的力量，然而賽奇翁跟她「層次」不同。

他獲得如假包換的究極能力——究極技能「幻想之王梅菲斯特」。

身為維爾德拉的徒弟，獲得這個技能跟他實在相襯。

由於賽奇翁獲得這股力量，因此他在迷宮內部穩居王者寶座。

阿畢特創造出昆蟲的樂園。賽奇翁和阿畢特成為統治樂園的國王和女王，確立了不可動搖的地位。

＊

剩下的迷宮成員就是阿德曼他們。

阿德曼是我的信徒，他有點——不對，是個大怪人。舉例來說就像是迪亞布羅的同類。雖然我因此能夠使用「神聖魔法」，不完全是壞事……

這樣的阿德曼跟蓋多拉大師是好朋友，據說以前他們兩個人一起從事過各式各樣的研究。因此才能夠編寫出可以取消弱點屬性的追加技能「聖魔反轉」吧。

之前我都沒注意到，但他或許算是一種天才。

明明沒有腦漿這種演算裝置，卻很聰明，仔細想想會覺得這件事情聽起來很怪。但套用在魔物身上並沒有奇怪之處。

魔物之中有一種種族，星幽體和精神體內具備運算迴路，就算沒有肉體也能思考。

還有一種超能力者，不是用腦袋，而是用心在思考。

舉個身邊的例子，就像是獲得「完全記憶」的紫苑他們。那單純只是能夠重現記憶罷了，但若是繼續發展下去，變成光靠「靈魂」和星幽體也能夠思考的話，那就不會再受生死掌控，而會被稱之為精神生命體。

如此一來，所有的物理攻擊都不會造成致命傷，即使失去肉體也能再生。如果沒有用特殊攻擊或傳說級以上的武器攻擊，無法對他們構成威脅。

而阿德曼還沒到這種境界。死靈之王雖然是靈體魔物，依然被肉體左右束縛。

因為精神體有思考回路，因此不會有壽終正寢的問題。即使如此，還是沒辦法光靠「靈魂」和星幽體就維持住。

就算是非常接近精神生命體的存在，也並非不會死亡。他們就是這樣的生物。

而「死靈聖騎士」艾伯特和死靈龍也一樣。

因此在戰鬥的時候也需慎重，要一邊掩護弱點。

阿德曼擅長用魔法遠距離攻擊。會支援當前衛的艾伯特，也會用魔法掩護。空中有死靈龍發動強力突襲，一旦艾伯特疲勞——受傷的話——馬上就會換班當肉盾。

這種合作方式就是他們必勝的作戰風格。

想要打倒這支隊伍需要特殊的攻擊手段。

然而這次的對手對他們來說太過不利。

一山還有一山高。

日向的「聖靈武裝」就是一個例子，若是駕馭傳說級裝備的高手，將能夠斬斷所有的屬性。

就算是不死屬性也沒問題。

而白老也有。我給白老相當於傳說級的杖刀當獎勵，想必他能夠如實發揮性能。如此一來我們的戰力就會大幅增加。

光看己軍會覺得很可靠，但這次敵人那邊也有拿傳說級裝備的。

而且他們還是帝國的最強戰力——帝國皇帝近衛騎士團的高手們。

艾伯特的劍雖是黑兵衛鍛造失敗的作品，但可是相當於特質級的一品。然而敵人的劍是傳說級。即使用較劣質的武器作戰，在不算盡善盡美的狀態下還能應付對方，這是因為艾伯特的身手超越對方。結果最後劍碎掉，這也導致他們的隊伍戰敗，但因為這樣去責備艾伯特就不對了。反而該稱讚他驍勇善戰吧。

「以結果來說雖然可惜，但你們在戰鬥中表現亮眼。尤其是艾伯特，只能說你的用劍技巧真的很棒。」

「在下惶恐。」

「阿德曼，你也是。不知不覺間已經把我教你的魔法用得很純熟了。如此奮發向上值得他人學習。」

別看我這樣，我討厭麻煩事，所以可不想學習。若不是自己有興趣，根本提不起勁來研究。

但我有智慧之王拉斐爾大師這個優秀的夥伴代替我，想必阿德曼的研究成果也會在今後派上用場。

「怎麼會。就算利姆路大人只展現一點點睿智，我都遠遠不及。」

那不是我的，而是智慧之王拉斐爾大師的吧。

但我不打算指正就是了。

「別這麼謙虛。阿德曼，我賜給你更強的力量吧。期待你能夠將這次的敗北引為借鏡，成長更多！」

「對戰敗的我如此寬宏大量，我一定不惜粉身碎骨奮發向上。」

感激到流淚的阿德曼對我這麼說。

還什麼粉身碎骨，這一點都不好笑，拜託別這樣。

其實當我提議要讓阿德曼進化的時候，他拒絕了。

「利姆路大人，我跟其他人不一樣，乃戰敗之身。我無法原諒自己。要讓這麼無能的我跟利姆路大人一樣覺醒……等您給我下一次機會，我也做出成果了，屆時再賜予這個至高無上的榮譽吧！」

以上這番話是阿德曼的主張。

而我說服他、安撫他，總算讓他接受了。

其實我一開始甚至不抱任何期待。

以前真治他們進攻到第六十層的時候，我甚至覺得阿德曼他們會輸。

如今他們的成長遠遠超乎我的想像。

至於這次的對手克里斯納，只能說對他們而言太過不利。

所以說，也不需要努力到太超過啦——一方面也包含這樣的心情，我授予阿德曼「靈魂」。

雖然大幅度跳脫一開始的預定計畫，但今後我們打算將迷宮當成最後的堡壘。正因強化防禦力很重要，我才讓阿德曼也進化。

所有的重要研究設施都在迷宮裡頭，而且若是出什麼事情，就連首都都能放到迷宮裡頭隔離。當初招攬菈米莉絲的時候，根本沒想到會這麼方便。

原本是把迷宮當成我們的遊樂場，不知不覺間已經變成類似要塞的東西了。

這些全都多虧菈米莉絲和維爾德拉。我想著要跟那兩個人好好道謝，同時對阿德曼開口：

「雖然你為自己的表現不足哀嘆，但我是肯定你的。你要用今後行動證明我做這個選擇是對的！」

「是！我一定不會辜負您的期待！」

阿德曼開始進化。看來跟我之前一樣，沒辦法抵抗那股睡意。

讓他忍耐也令人過意不去，我決定讓儀式進行下去。

「嗯，我相信你。那從今天開始你就叫『冥靈王(Gehenna Lord)』。今後也要好好勉勵自己，別讓這個名字蒙塵！」

「是，遵命——」

呼。

裝出很有威嚴的語氣說話也是一件累人的事。

順帶一提，想這些稱號也很累。我想了一整晚都沒睡。

但我不需要睡覺，所以時間很多就是了……

總而言之，我也讓阿德曼有「王」這個在部下之中位階最高的稱號。也許今後會增加，但目前王只有十二名，他就是其中之一。

身為實力不容質疑的大幹部，阿德曼的說話分量肯定也變多了。

但前提是他要有機會發言。

接下來，曾經有活躍表現的可不是只有阿德曼。

阿德曼正在抵抗睡意，艾伯特就跪在他身旁。後面有縮起巨大身軀蹲著的死靈龍。

這兩個人八成也受到祝福了，大概沒時間讓我跟他們慢慢聊天。

代替斷掉的劍，我要授予艾伯特裝備。

他現在就已經有技壓群雄的用劍技巧了，若是再拿到相襯的武器，簡直是如虎添翼。

這麼說來，給他黑兵衛的最高傑作應該會不錯——但這時我有個想法。

這次有從帝國軍那邊搜刮一些戰利品，我們沒收幾樣傳說級裝備。而且身為大將的卡勒奇利歐還拿

著非常稀有的神話級裝備。

若是沒去用這個神話級裝備，只擺在那邊當裝飾未免太可惜。因此我打算先寄放在黑兵衛那邊，但他拒絕了，說沒必要。

「俺打算靠自己的力量打造出神話級裝備！」

他當時對我這麼說，我覺得也有道理，就接受了。

就連紅丸的「紅蓮」也不例外，肯定會透過黑兵衛的手重新打造成跟神話級相提並論的等級。我如此深信，因此就沒把如今手上有的這個裝備交給他。

那這個該給誰用才對？

看卡勒奇利歐也能明白，光只是覺醒沒辦法成為神話級裝備真正的主人。

神話級裝備會選擇使用自己的主人。

連解析都用不著，我就是明白這點。

歷經漫長歲月，魔鋼進化成究極金屬，變成像是一種「有靈性的器物」，這才變成神話級裝備。既然如此，若非配得上它的擁有者就無法發揮所有性能吧。

這對會壽終正寢的人類來說，簡直就是遙不可及的夢想。

變成死靈之後，艾伯特面臨永無止境的苦難，儘管如此，此高潔靈魂依然沒有失去當聖堂騎士磨練而來的功夫。如今他進化成能夠永遠活下去的「死靈聖騎士」。

這樣的艾伯特仍在鑽研，得到了跟白老不相上下的用劍技巧。如果是他，就配用這個裝備吧。

以上就是我的觀點。

而且看看其他幹部們，大家都有自己愛用的武器傍身。甚至有些人跟黑兵衛建立起信賴關係，只願意拿黑兵衛做出的武器。

或者是像迪亞布羅和那三個女惡魔，可以透過自身能力「物質創造」來顯現出裝備。

裝備性能跟擁有者的程度成正比，至少防禦力都能夠來到傳說級。根本不需要去拿既有的裝備。

還有人就像紫苑那樣，對裝備很有愛，一直注入魔力。不知不覺間紫苑愛用的大太刀就變成「真・剛力丸」，成了相當於傳說級的破壞力優先兵器。

我看那把刀肯定斷過吧？

在跟蘭斯洛作戰的時候，原本以為刀斷成兩半了，沒想到又恢復了。

對，就像擁有者紫苑那樣，那把愛刀也宛如不死鳥般復甦。

我驚訝到目瞪口呆。

還感到恐懼。

紫苑似乎會對自己做的菜灌注愛情，那這些菜究竟會變成什麼樣的物質！

紫苑口中的愛有不得了的效果，就連斷掉的刀都能死而復生。至於被她灌注大量愛情的料理……

繼續想下去讓人有種危險的預感，我決定把話題拉回來。

既然知道跟裝備的契合度也是一個重要因素，那事到如今也沒必要給幹部們新的裝備。

光這樣就有足夠的理由了，但智慧之王拉斐爾大師的建言依然在最後推了一把。

它斷言這個神話級裝備給艾伯特是最合適的。

我不疑有他地認可，決定將那個當成給艾伯特的獎賞。

於是給艾伯特的獎勵就變成一套神話級裝備。

這是一套全身鎧，還有配套的長劍和風箏型盾牌。

「艾伯特，你的用劍技巧很高超。我看好你的身手，決定給你這些。今後也不能讓身手鈍化，要好好輔助阿德曼！」

「遵命！」

當我說完這句話，朱菜就推著放了一套裝備的推車來到前方。然後將那些交給艾伯特。

一看到這些，艾伯特就緊張地發抖。

「這、這是……」

大概是一眼就能看出性能，艾伯特發出驚呼。

這也是人之常情。

畢竟目前現存數量很稀少，是從神話時代流傳過來的。

能夠使用這個世界上最棒的裝備，對騎士而言想必是最高榮譽吧。

「你能夠駕馭吧？」

我可不准他說不。

發現我用眼神施壓，艾伯特展現氣魄。

「當然！我一定會回應利姆路大人的期待──！」

只見艾伯特高聲回應。

看他幹勁十足，這下我也放心了。

之後艾伯特一碰到那些裝備，神話級裝備就自然而然穿到他身上。看來裝備一下子就認定他是自己的主人了。

我只有一點誤判。

神話級裝備遇見真正主人解放後的性能，可是遠遠超越我的想像。

只要艾伯特有裝備這套神話級裝備，那他就會變成跟有肉體的精神生命體同等級。

「能讓肉體持有者暫時昇華成精神生命體」——這才是神話級裝備隱藏的真實力量。

精神生命體比喻起來就猶如神明一般。維爾德拉就是其一，我說起來也差不多是那種感覺。

雖然沒什麼實際感受，但肯定接近不老不死狀態。

確定不會老，也有很強的不死效力。除非心核破壞或是魔素消失，否則應該都不會死亡。

換句話說精神生命體不會壽終正寢，所有的狀態異常都無效，可以光靠意志力克服死亡。

雖然是暫時的，但可以被提昇到跟這些超常存在相提並論的等級，讓我了解到神話級確實擁有強大性能。

同時智慧之王拉斐爾大師推薦艾伯特的理由也讓我頗有同感。

紅丸靠自己的力量進化成精神生命體，蘭加和紫苑跟他的情況也很類似，我想肯定會出現相似的進化情形。而蓋德和戈畢爾還不至於到那種境界，但就算給他們神話級裝備應該也無法改寫條件吧。

的確，選艾伯特很合適。

正所謂對的東西要放在對的人身上。

也不能忘了阿德曼的寵物龍。

死靈龍也很努力，我打算給牠一些獎勵。

之前還在煩惱該給什麼才好，但我現在已經想到答案了。

就是「名字」。

給魔物「命名」是讓他們最開心的一件事情。

這種行為原本伴隨風險，但我有智慧之王拉斐爾大師相助。它肯定會替我控制在安全範圍內，調整魔素流出的量吧。

《提議。這次個體名「阿德曼」跟死靈龍之間已經產生羈絆。不如別跟死靈龍搭建「靈魂迴廊」，推薦消耗「靈魂」來取名字的方法。》

嗯嗯？

沒想到智慧之王拉斐爾大師會這樣提議，順便問一下，這種時候要消費多少「靈魂」？

《答。五千個。要實行嗎？　YES／NO》

若是只花五千個的話，選這個比較讓人放心、確實。

根據智慧之王拉斐爾大師所說，可以解析靈魂再用「暴食之王別西卜」轉變成魔素。

它說這樣保證很安全。

好，就這麼辦！

我站到死靈龍前方摸摸牠的頭。這麼做好像讓牠非常緊張。這傢伙外表可怕，內在卻非常可愛。

「我也要給你獎勵才行。所以說，從今天開始你就是『冥獄龍王』溫蒂！」

我說完就消耗「靈魂」替牠命名。

就在這個瞬間，劇烈的變化出現了。

眼看死靈龍超過二十公尺的巨大身軀愈來愈小，變身成穿著深色衣服的美女。

誰啊——雖然這麼想，但我沒有掉以輕心。

在魔物身上什麼都有可能發生。

至今為止我已經對此體驗、學習到都嫌煩的程度，已經悟出真理了，因此不容我慌慌張張。

我沒有將慌亂顯現出來，繼續保持一副理所當然的態度。

我很努力。

「啊啊，我等最愛的美麗神明啊！您願意對卑微的我給予祝福（命名），感激不盡！」

這樣啊，嗯。她果然能夠流暢說話了呢。

還有那個，她說到名字。其中祝福可是阿德曼給妳的。

兩種效果好像混在一起了，希望她別搞錯。

「喔喔——太好了，死靈——不對，溫蒂！」

「啊啊，主人。神並沒有捨棄我！」

「嗯，這些都要歸功於我們對神的信仰。」

「是的！」

真是美麗的主僕情誼。

感覺我好像變成多餘的，但太好了。

就這樣，給阿德曼他們的頒獎儀式也順利結束。

話說消耗「靈魂」來命名還真的很方便。

畢竟若是為相當於龍王等級的高階魔物命名，都不知道會被奪走多少魔素。即使有智慧之王拉斐爾大師，我身上的魔素含量也有限度。

我有一點一滴將魔素透過「暴食之王別西卜」儲存起來，然而替戴絲特蘿莎她們命名的時候都用完了。其實還有一個方法，就是拜託維爾德拉幫忙，但他好像很討厭那樣。事後想辦法讓他心情好轉很耗心力，因此我把這個當成最後手段。

若是在沒有庫存的情況下命名，導致我陷入休眠狀態，到時就會構成問題。

目前魔素的絕對值已經增加，不曉得完全恢復需要多少時間。

眼下還在跟人打仗。怎麼能去做那種危險的賭注。

不過用這次的方法就沒問題。

我原本還在煩惱要給菈米莉絲什麼樣的謝禮，若是用這個當禮物，她應該會很高興吧？

簡單講，我想到也可以幫菈米莉絲底下的四隻龍王命名。

就算沒有跟我連繫在一起，靠這個方法也能行得通。多虧做出提議的智慧之王拉斐爾大師。

我這邊的「靈魂」庫存還有剩，殘留量應該還超過兩萬個。

能夠拿到這麼多靈魂都是因為有菈米莉絲的幫忙。

可是菈米莉絲卻說「我沒地方可以用『靈魂』，所以不需要這些啊」，把靈魂全部讓給我。

這讓我過意不去，因此我覺得剛才那個點子不錯。

希望她會開心。

晚點可別忘了跟菈米莉絲商量。

＊

如此這般，迷宮組的儀式也結束了。

頒獎典禮即將進入壓軸階段，只剩下那兩個問題兒童。

這問題兒童用不著多做解釋，就是第一和第二祕書——紫苑跟迪亞布羅這兩個人。

按照之前的流程來看，我確定不會有失控的危險。

但還是不能大意。

畢竟對象可是紫苑和迪亞布羅。

說他們兩個最凶神惡煞也不為過。

若是這兩個人同時失控，可能會帶來莫大的災害。再加上現在又沒有幹部們可以依靠。

於是我先從紫苑開始。

「紫苑，我認命妳為『鬥神王(War Lord)』。從今天開始在行動上要更加沉著喔。」

「那是自然！天底下沒有任何女性比我更冷靜沉著的了！」

那個——這是在說誰？

她好像在說自己，未免也太看得起自己了吧！

最近才在佩服她終於懂得自制，看來紫苑果然還是不夠成熟，得長遠觀望才是。

「就當是這樣吧，妳不能讓自己失控，私底下要記得去找其他人商量、保護大家。」

我說完這些就授予紫苑「靈魂」。

——給是給了，但奇怪？

讓人驚訝的是完全沒起變化。

紫苑也錯愕地看著我。

我們互相看著對方一會兒，然而連點起變化的跡象都沒有。

這是卡彈了？

這樣會讓人以為我根本沒給獎勵，場面弄到非常尷尬。

害我突然間陷入窘境。

因為我又沒有準備其他獎勵。

原本還在想該怎麼辦，不料出現讓人意外的現象。

紫苑身上明明沒起任何變化，「紫克眾」卻陷入沉睡。除此之外，在成為紫苑親衛隊的謎樣粉絲俱樂部成員裡頭，可看見三三兩兩硬撐的成員。雖然存在個人差異，但大家好像都得到某種祝福了。

紫苑本人一副沒事的樣子，真是不可思議。

去深入細想也沒用吧。他們都是紫苑的直屬部下，難免會發生這種事情。

看樣子不去管紫苑也沒差。

「那麼紫苑，若妳身體哪裡怪怪的，一定要告訴我。」

「是！對了，利姆路大人。我也想要跟哥布達一樣的特別獎勵——」

這時紫苑忸忸怩怩地說出這句話。

嗯——的確。雖然我有確實進行儀式，但這樣看起來就像我只有給她稱號一樣。一方面是覺得這樣就夠了，再說也沒必要給紫苑新的武器……

要像哥布達一樣的權利是嗎？

「我知道了。那就教妳特別的料理製作方法吧！」

「咦？意思是說您已經認可我做菜的手藝比朱菜大人高超——」

「怎麼可能！」

她怎麼會出現這種天方夜譚般的誤解。

在旁邊聽到的朱菜看起來很傻眼，可是我立刻否認的關係，讓她心情非常好。被人否認的紫苑看起來很不滿，但我偷偷跟她說會幫她擴張廚房，她這才滿意地點點頭回到隊列中。

這傢伙真好打發。

話說紫苑的部下「紫克眾」，他們出現有趣的進化。

變得就像一種精神生命體。有別於惡魔族，確實保有肉體這點是有趣之處。

保有肉體卻很接近惡魔族。更重要的是並沒有失去交配能力。

沒想到他們居然蛻變成一個全新的種族。

要取名的話應該是死鬼族吧？

更加突顯紫苑的鬼族基因，力量大幅度增強。甚至有些人獲得能夠強化身體的追加技能「神通力」。

只不過他們沒有長角。

魔素含量比「飛龍眾」還要低，然而把他們不會死亡的特性考量在內，很難去斷定哪邊較強。

他們原本是人鬼族（滾刀哥布林），不管跟誰說都沒人會相信吧。魔物的生態真的很不可思議。

紫苑本人沒有出現變化令人意外，但就這樣，紫苑的儀式也結束了。

＊

接下來輪到最後一個人。

就是問題很大的迪亞布羅。

他從剛才開始就一直處於興奮狀態。

臉上笑容燦爛到很誇張的地步，一臉期待地看著我。

說真的，在這個節骨眼上中止才會讓他大吵大鬧吧。

若是有人過來妨礙，我敢斷言那個人會沒命。

那就開始吧。

「迪亞布羅老弟。」

「是的，利姆路大人！」

心中充斥著不祥的預感。

這次進化肯定會讓他變成魔物王國魔國聯邦裡頭最強的。

不是我底下最強的部下，而是有可能變得比我更強。

他本人是說自己贏不過賽奇翁，但那肯定是受到某種條件牽制。證據就是面對超強大的敵人裘和邦尼，他還是只憑一個人的力量就獲得壓倒性勝利。

雖然賽奇翁強到讓我嚇到，但感覺迪亞布羅比他更聰明。換句話說，目前看來，他也是我部下中最強的。

假如迪亞布羅認真起來，也許現在的他就比我強。因此他有可能遠遠超出覺醒時的我……

這樣的迪亞布羅會如何進化特別引人注目。

「我想『魔神王（Demon Lord）』這個稱號很適合你。今後也要以我左右手的身分幫忙率領那些惡魔！」

尤其是那三個女惡魔。

「咯呵呵呵，包在我身上，利姆路大人！」

拜託你嘍，我說真的。

我點點頭，也開始對迪亞布羅進行儀式。

——緊接著，魔神誕生了——

進化似乎在轉眼間結束。

原本以為會像紫苑那樣卡彈，結果沒有。是迪亞布羅完美控制所有的能量，沒有讓過程顯現出來罷了。

不愧是迪亞布羅，真有你的。

迪亞布羅進化後變成這個世界上最強的人之一。

其中某部分的力量透過剛形成的「靈魂迴廊」流到我這邊。

不得了耶。

能夠大略想像出他的力量上限。

目前紅丸和紫苑的進化都卡住，他變成我底下如假包換的最強部下。

不，不僅如此……

就連魔素含量都跟我並駕齊驅，若把他累積的技量都考量進去，感覺就連我都打不過他。

不祥的預感果然更容易成真。

我早就料到事情會變成這樣，因此並沒有感到慌亂。

「你這次的進化真不是蓋的，迪亞布羅。」

「聽到您誇獎，真是讓我欣喜至極，利姆路大人。」

這樣算值得慶幸嗎？

性格上還是老樣子。

假如他要在這裡以下犯上，那也滿有趣的。

若是事情真的變成那樣，我也打算拿出真本事認真起來應戰，但這是祕密。

至於當事人迪亞布羅，他都進化完成了，但似乎還想要獲得某種新的技能。

「你在做什麼？」

「沒什麼，在之前的對戰中，我發現究極技能很有用。因為金跟我炫耀，我至今不當一回事，如今改觀了，認為可以用的東西就要拿來利用。」

「是喔，這樣……」

這傢伙是白痴嗎？

是所謂看似聰明卻又愚蠢的傢伙吧。

感覺我身邊這種類型的人特別多。

「為了下次遇到他能炫耀，所以想趁這個機會學到技能。咯呵呵呵呵。」

「這、這樣啊——」

討厭金跟他炫耀，自己去炫耀卻可以……

好、好吧，迪亞布羅對我以外的人都很隨心所欲，光看他至今為止的態度也想像得出來。就算不靠智慧之王拉斐爾大師，我也能自行察覺。

反正被害人是金，我也沒什麼好擔心的。只要不會害我掃到颱風尾，我也不用對他發飆吧。

迪亞布羅的態度還是一如既往，照這個樣子看來，擔心他會以下犯上這種事也是杞人憂天。還能完美控制進化，就把他當成能幹的部下，今後也要繼續仰賴他。

對了，後來我才發現一件事情——

迪亞布羅的祝福還擴及他的副官威諾姆，以及變成他部下的一百個惡魔。

只不過，以下都是我的推測，我懷疑迪亞布羅有壓縮用在祝福上的能量。雖然不曉得這種事情是否能夠辦到，但若是迪亞布羅辦到也沒什麼好奇怪的。

所謂的強大力量不能靠別人給予，而是要靠自己去獲得——因為我覺得迪亞布羅有可能這麼想。

不過威諾姆這邊還是有看點。他確實進化了，變成惡魔大公。

話雖如此，還是比不上戴絲特蘿莎她們，跟摩斯和維儂相比也顯得壓迫感不夠。

長年持續穩居最強寶座的人哪有輸給新手的道理。即使都是惡魔大公，在「等級」上還是有明顯的差異。

「這是當然。我存活的歲月連百年都不到，還只是個新人。去跟那些大人比較未免太囂張了。」

威諾姆他本人是這麼說的。

看樣子威諾姆是特殊個體，好像是經驗還不足的現代種。一生下來就具備獨有技，也許是命運離奇的轉生者也說不定。

他本人似乎沒有前世的記憶，但有的時候會知道他本來不應該知道的單字。自從來到我國之後，他常說看到的東西讓他覺得很熟悉。

也對，如果是「轉生者」的話，變成特殊個體就說得過去了。

而這樣的威諾姆很懂分寸。

即使進化到跟戴絲特蘿莎她們一樣的等級，他也沒有驕傲自滿，沒有看輕其他同僚。確認完進化後自己有多少力量，他似乎進一步體認到個人的實力差距有多大。對惡魔來說，比起魔素含量，經驗更重要。

我原本還在佩服他，結果他本人跟我說了背後的祕辛。

「沒有啦～其實我以前曾經去挑戰迪亞布羅大人，當時讓我見識到實力差距有多大，到讓人受不了的地步！」

他這話是用爽朗的語氣說的，這傢伙是笨蛋吧。

的確很像迪亞布羅心腹部下會有的往事。怪不得迪亞布羅會中意他。

只不過就結果而言算是圓滿的。因為他會從過去的經驗中學習，以免重蹈覆轍。萬一他得意忘形，我看早就被迪亞布羅收拾掉了吧。

就算是自己的部下，迪亞布羅對不知輕重的人也不會手下留情。

看樣子威諾姆是懂得反省學習的男人，今後值得期待。

而其他受到祝福的人們。

其實他們目前還在培養膠囊中建構肉體。這一百個都誕生成為高階惡魔騎士。

雖然比不上高階魔將，但是惡魔騎士們獲得媲美高階魔人的力量。成了能夠將高階惡魔一擊必殺的猛將。

講白了就是超乎常理的存在——雖然如此，迪亞布羅看起來卻對他們興趣缺缺。讓他們變成威諾姆的手下，全都交給他管。

迪亞布羅還是想要繼續當我的直屬部下，對他來說能夠輕鬆行動更重要。

就在這瞬間，我確定他果然還是沒變。

就算進化超過我，迪亞布羅還是迪亞布羅。

＊

情況大概就是這樣，幹部們的進化儀式結束了。

順利落幕真是太好了。

不過慶功宴還在持續進行中。我也把其他有所表現的人都叫過來，慰勞他們。

接著由我們這些還醒著的人一起慶祝。

下次再全員到齊慶祝。

期待那個時刻的到來，我開始享受今日的宴會。

只可惜珍婆婆和那兩名「雙翼」都回去了。她們說不好意思有急事，頒獎典禮一結束就匆匆忙忙離開。

希望她們下次可以坐下來慢慢享用。

這部分先不管，在宴會上喝醉發酒瘋的人也令人在意。

「——反正我就是配不上紅丸大人。這種事情我從一開始就清楚得很！」

「哎呀，別這樣，妳很漂亮啊，哥布亞小姐。我可是被憧憬的阿爾比思大人殺過呢。我們獸人喜歡強者。不是找跟自己同等的，就是希望找更強的人當伴侶。還有，只要夠強，女人要多少有多少。可是我卻……」

「法比歐先生，你已經夠強了吧。若是我也能夠變得更強，就可以介入她們兩個——」

「直接叫我法比歐就可以了。妳已經夠強了。只是遇到對妳非常不利的對手。我遇到的對手也不是我能夠贏得過的，沒辦法。」

「法比歐先生……不，法比歐。那你也直接叫我哥布亞吧。」

「好，哥布亞。」

「法比歐……」

喂喂喂，不要故意秀給別人看好不好！

我、我已經是大人了不會生氣，但這裡也不是給你們約會的景點啊！

不過話說回來，兩個被甩的人一拍即合也不是什麼壞事。戀愛這種事真的很曲折離奇。

就當什麼問題都沒有吧。

如此這般，宴會如火如荼進行下去，這個夜晚開開心心度過——

就這樣，我國境內有新的「王」誕生。

因為規定的關係，雖然他們不能自稱魔王，但事實上已經有九個人擁有足以媲美覺醒魔王的力量。除了他們還加上三個「始祖」。只要沒出什麼天大的事，我想我們也能應付突發狀況。

而我給這十二個人「王」的稱號，想將他們統稱為「聖魔十二守護王」。

雖然有些人的職務跟「四天王」和「十傑」角色重疊，但在正式場合中，會優先採用「王」這個稱號。因為這個部分有別於那些工作，並沒有預計要代換成員。

事實上「王」都已經長生不老了，可以說他們是永久幹部。將來想要將他們跟實務做切割，只在遇到戰爭或緊急情況的時候請他們大顯身手，這樣似乎比較理想。

利格魯德和利格魯，還有哥布達、摩邁爾，另外還有好幾名大幹部，他們都會壽終正寢。這些會世代交替的人和永久幹部還是必須用不同的方式看待。並不是馬上就會遇到這個問題，但我想那會成為今後的課題。

我比較在意的是哥布達。

他好歹是個幹部，意外機靈，作戰也很強。跟蘭加「魔狼合一(變身)」說真的是種犯規技能。我想這次進化會讓蘭加變強，但如果是哥布達，應該也有辦法駕馭。

他真的很特異。

即使取名字進化，外表也沒有改變，他本人曾講過夢話「說是才能之類的進化了」，這有可能是真的。

而這次獎勵也確立了哥布達的地位。比起其他幹部，他在立場上跟我更親近，讓哥布達變成注目焦點。

搞不好那其實才是最棒的獎勵。

看著在宴會上笑鬧的同伴們，我心裡這麼想著。

附帶一提。

可能是昨天的事情傳出去了吧，不知不覺間我就被大家叫成「聖魔混世皇(Chaos Create)」利姆路。

我也知道自己做了不少好事，因此甘願承受這樣的「渾名」。

中場　驚愕的慶功宴

珍參加頒獎典禮，結果親眼目睹令人震驚的事情。

魔王利姆路讓他底下的魔人們陸陸續續進化，而且還是進化成「真魔王」。

（這、這不可能！我是不是在作夢？）

珍太過驚訝，連話都說不出來。

她知道魔王利姆路很厲害，但那超現實的景象實在是太扯了，一下子就超乎珍事先料想過的最壞打算。

珍之所以前來就是為了問利姆路一句話——問他要怎麼處置「始祖」。

珍本身是相信利姆路的，但「始祖」可沒那麼簡單到光這樣就能帶過。

一旦把他們放出來，甚至有可能讓這個世界的戰力均衡瓦解。

事實上這次的戰爭就證明這點。帝國軍的九十四萬精兵在無計可施的情況下被殲滅。

利姆路他們是自己人算走運，但不保證今後能一直維持那樣的關係。因此才會讓珍當代表，來這邊偵察順便看看對方的臉色。

在問候的時候，利姆路的反應很自然，跟以前遇到的時候沒什麼兩樣。

接著珍就嘗試用有點嚴厲的方式抱怨。她想要藉此看看對方會如何反應，試探利姆路有什麼想法。

結果令人意外。

利姆路任由珍責罵，還表現出反省的態度，老實說著「對不起」道歉。接著利姆路就說明事情原委——也可以說是在找藉口，這才發現先前那一切都是迪亞布羅擅自弄出來的。

「這個迪亞布羅應該就是黑暗始祖吧？」

「嗯——好像是。我也不是很清楚，他不知道為什麼很黏我……」

利姆路話說到這邊還歪過頭。

看起來不像在說謊，只能解釋成他本人也是迷迷糊糊收了這些惡魔當部下。

珍的人生經驗告訴她這不是在演戲。既然如此，就算發更多牢騷，利姆路也不能怎樣吧。

再怎麼說利姆路本身都沒錯。

得到力量會變得傲慢——原本還為此感到不安，但知道這都是自己過度擔憂了，這下珍也能放心。

然而這是個敗筆。

當下應該要更嚴厲地給他忠告才對。

（就算收編「始祖」是不可抗力好了，量產「真魔王」只讓人覺得是出自惡意——！）

不對，利姆路並沒有惡意吧。

他大概是相信不管發生什麼事都可以靠他們的力量應付，不想給珍他們添麻煩，這點能夠理解。

在一般情況下，那種場面甚至有示威的嫌疑，但利姆路肯定沒這個意思。搞不好他想說「始祖」事件都讓別人氣成這樣了，不能再有所隱瞞——或許利姆路是這麼判斷的。

他誠心誠意信賴對方，才會公開這些情報。若是如此，不可否認珍也要擔負一部分責任。她應該早點教會利姆路一些常識。

姑且不論這樣是否可行，事到如今都是馬後砲了。

（這、這個世界的戰力均衡要……）

珍在預想今後未來發展的時候差點沒昏倒。

頒獎典禮順利進行，利姆路的部下們陸陸續續獲得力量。珍也確認到這些部下的部下亦透過一套系統獲得力量。

在這短短的幾小時之中，魔國聯邦的戰鬥力肯定大幅增加了。東方帝國造成的威脅甚至因此相形失色，朱拉大森林中心地帶正誕生巨大軍事國家。

體認到這點的珍開始後悔為什麼沒早點做出應對。

雖然有那麼想過……

（沒辦法。上次已經得出結論，「沒辦法採取對策，去想也沒用」。蓋札王也認為要先觀察再說，我想將來應該也找不出任何解決辦法。既然如此……）

他們跟帝國的戰爭也還沒結束。

目前帝國軍的軍隊並沒有完全撤退，利姆路說他們已經跟這支部隊串通好了。而且還要一起謀劃，一口氣拿下帝國的首都。

更何況，珍來到這個地方，打的名目就是要討論此事。

然而……

（我的腦袋還是第一次如此混亂。事到如今，帝國引發的騷動已經不算什麼了。必須去跟蓋札王報備，告訴他「真魔王」已經誕生了。）

雖然只有一瞬間，但珍也考慮是否要裝作不知情。

那是在逃避現實，可是她覺得這麼做也不錯。

然而不久之前她曾經逼問蓋札王為什麼瞞著「始祖」的事情沒說，因此珍並沒有權力保持沉默。

「德魯夫，我先回去了。」

「不，為什麼？我們原本的目的是要來討論，預計明天開會啊？」

「主君參加才不會有損顏面。我用魔法回去，不需要送我，也不需要護衛。」

「喔，好……」

德魯夫無法讀取魔力的流向，根本不知道眼前發生了什麼事。除了羨慕這樣的德魯夫，珍一想到今後的事情就感到憂鬱。

●

兩名「雙翼」——金髮的露琪亞和銀髮的克萊亞，她們面無表情，底下藏著慌亂的心。

在魔物王國——魔國聯邦住著許多強大的魔人。她們明白這點，跟蓋德為首的好幾個人都有交流。她們承認對方很有威脅性，但目前雙方是同盟關係。如此一來，跟她們不相上下的高階魔人不管有多少個人，應該都沒必要警戒。

對，那是之前。

她們接到命令，要來掌握魔國聯邦有多少戰力。目前他們跟人類國家之中最大最強的納斯卡．納姆利烏姆．烏爾梅利亞東方聯合統一帝國正面對戰，想必利姆路的軍隊也出現傷亡了吧。若是如此，芙蕾期待的天空都市建造工程也會遭受阻礙。

而她們的任務就是要調查傷亡情況，為今後做打算。

這其中當然也包含編制援軍，但是看樣子沒這個必要。

「都沒有出現傷亡是嗎？」

「雖然難以置信，但看各位神情如此開朗，想必是真的吧。」

她們收到意想不到的回報。

這點令人慶幸，所以她們就來參加慶功宴，但萬萬沒想到會當場目睹讓人嚇破膽的光景。

「這怎麼可能。才一陣子沒見，部分幹部就被培養成相當於芙蕾大人的猛將……」

「不，先別管那個，看看那邊。魔王利姆路接下來好像打算做些什麼。」

露琪亞看到上台的那些人便為之動搖，克萊亞則是冷靜地指正。接下來將展開一場超乎那兩人想像、令人目瞪口呆的儀式。

不，現在根本沒空在那目瞪口呆。

由於這實在太過超乎現實，她們選擇放棄思考，但不管怎麼看，她們兩人都認為事態非常嚴重。

「必須趕快跟芙蕾大人報告。」

「對，沒錯。我們這就回去吧。」

她們兩個人用「以心傳心」溝通，火速做出判斷。

她們回國之後，兩人將剛才那些事情原封不動報告給芙蕾。

……………

…………

……

在臨時打造出的城堡最上層，內部裝潢還未整頓完畢的頂端建築一角。

芙蕾發出長長的嘆息。

「那個史萊姆到底在想什麼啊？」

有人對這句呢喃做出反應。

「喂喂喂，怎麼啦？憂鬱的表情也很美，但這樣嘆氣很不像妳呢。」

這個人就是卡利翁。

跟芙蕾一樣都在輔佐蜜莉姆，兩人如今已經是很有默契的夥伴了。

「話可不能這麼說。」

「當真出事了？是碰到帝國軍陷入苦戰嗎？」

卡利翁用擔憂的語氣詢問。

回答他的芙蕾有些憂愁。

「或許這樣還好一點。那樣我就不用煩惱了，只要趕快把援軍派過去就行。」

「不然是怎樣？難道是利姆路那個臭小子又做了什麼不得了的事情？」

「——答對了。」

在短暫的寂靜之後，芙蕾整理完思緒做出回應。

卡利翁依然沉默。

「卡利翁，我可以說句話嗎？」

「什麼？」

「竟然直呼蜜莉姆大人的好友利姆路大人的名字，這我可不敢苟同。」

「喂喂喂，事到如今才去計較那個啊？還有妳平常明明也跟蜜莉姆一起直呼他的名字，剛才不是還叫他史萊姆嗎？」

「你都聽到了？真是壞心眼。我不會當著部下的面說，你把這件事情忘了。」

「這倒是無所謂，但妳可不能岔開話題矇混過去。發生什麼事了嗎？也告訴本大爺吧。」

這下芙蕾又說著真受不了，並嘆了一口氣。

這芬芳氣息挑逗著卡利翁的鼻腔，讓卡利翁感到心曠神怡，可是他臉上寫著「本大爺可不會被騙」，一直盯著芙蕾看。

「我知道了啦。你聽了可別後悔。」

「要看內容是什麼。」

「你真是……」

「本大爺不會後悔啦──妳別一個人承擔，也讓本大爺幫忙承擔吧。」

「聽起來不錯。你就是這點討人喜歡。」

芙蕾覺得心中那股憂鬱一掃而空，她輕輕地笑了，然後將「雙翼」給她的部分報告內容說給卡利翁聽。

「不會吧？」

「千真萬確。她們不可能說謊。」

「那具體來說是怎樣？是說利姆路底下誕生了七個魔王級人物嗎？」

「八九不離十。」

「那些傢伙比本大爺還強？」

「不曉得。不過……至少她們好像有感覺到這些人比我還強。」

早在進化之前，那些人的實力似乎就跟芙蕾不相上下。在魔王利姆路做了「某件事情」之後，那兩人似乎感應到對方班底的力量壓倒性上升。

根據報告指出，有幾個人似乎才進化到一半，可以想見要不了多少時間，那些人的力量就會穩定下來。

雖然也只能信了，但這樣的內容實在沒辦法讓人乖乖接受。

「……這是在開玩笑吧？」

聽完芙蕾一番話的卡利翁也認為實在難以置信。

「卡利翁，我看起來像在開玩笑嗎？」

「不像耶。」

「既然你都這麼說了，事情就是那樣。」

卡利翁和芙蕾不會當著部下的面使出全力。但若是他們的心腹，還是能夠在某種程度上看出主子的實力有多少。

即使只是推測，這些情報也不能聽聽就算了。

再說芙蕾的部下沒有任何一個人愚蠢到會說謊或開玩笑來觸怒主子。正因為卡利翁明白這點，因此也不得不相信。

（法比歐和阿爾比思到底在搞什麼……）

即使在心裡發牢騷，法比歐也不是能夠看穿對手實力的機靈男人。就算眼前正發生不尋常的事態，他也不會發現吧。

（——不，阿爾比思應該會察覺才對。既然如此，為什麼沒有來跟本大爺報告？）

卡利翁正感到疑惑，芙蕾這才想起來要跟他說一件事情。

「對了，還有一件事，關於你底下的首席部下阿爾比思，她好像跟率領利姆路大人部下的紅丸先生訂下婚約了。若是這場跨國婚姻順利成立，那也有助於兩國關係發展。聽說利姆路大人也認可了，是個令人開心的消息。」

「那傢伙真的做了！」

阿爾比思曾經來找卡利翁商量。

他建議對方靠蠻力奪取。

結果阿爾比思漂亮覓得如意郎君。這件事令人開心，讓卡利翁也不由得笑了出來。

「但她好像變成第二夫人。」

「嘖，不是第一夫人啊。好吧，就算是這樣，只要能夠生下孩子也算對我們有利。」

「下流。」

「放心吧，芙蕾。對本大爺來說，愛的女人就只有妳一個。」

「愛說笑。我們是一妻多夫制。跟你們正好相反，這是不可能成真的。」

有翼族這個種族幾乎都只有女性，不是仰賴為數不多的男性，就是為了謀求種族多樣性而去跟有力量的魔人交合，用這種方式來維持種族繁衍。

至於像芙蕾這樣的女王種，靠著無性生殖來增加部下甚至是一種常識。根本不需要丈夫。

反之在獸人族之中，一般而言都是強大的男子可以坐擁好幾個女人。

弱者遭到淘汰，讓他們變成更加強韌的種族。就只有在這個目的上，獸人族和有翼族是一樣的。但不管怎麼看，這兩者都互相排斥。

然而不管是卡利翁也好，芙蕾也罷，他們都認可彼此的實力。因此才維持著像在走鋼索一般的危險關係，沒有越過最後一條線。

「總之目前妳也不可能給本大爺滿意的答覆，就這部分而言，本大爺會再慢慢追求妳。現在問題是利姆路那個臭小子做了什麼好事。」

為阿爾比思慶祝的事情也晚點再說，卡利翁切入正題。

芙蕾也覺得這才是問題所在。

目前已經跟利姆路他們建構了友好關係，今後也想繼續維持下去，但她想先掌握究竟發生什麼事了。此外，可行的話，他們也想立下更遠大的目標。

「我想到克雷曼死前呈現的狀態。當時那傢伙發揮出不尋常的力量。」

「那就是利姆路說的覺醒吧。」

「你認為原因是什麼？」

「哼！那傢伙看起來就不像隱藏實力。換句話說，應該是在那個時候才得到力量的。」

「那他是怎麼得到的？」

「關於這點……」

「『靈魂』。」

「嗯？」

「——『藉由蒐集人類的靈魂，來覺醒成「真魔王」。』克雷曼曾經這麼說過。假如這是真的，那克雷曼不可能不去蒐集。」

「原來如此。他當時是用這個嘗試覺醒啊？」

「應該是。老實說我沒有殺過人類，所以也沒有親眼看過『靈魂』。」

「本大爺也是。打仗的對象不是同族人就是魔人，要不然就是天使。我們的國家很富裕，所以對人類那邊一點興趣也沒有。」

「確實是這樣。不過這樣一來，疑問就解開了。看來利姆路大人透過這次戰爭獲得大量的『靈魂』。然後把這些讓給底下的魔人，促使他們覺醒。」

「真亂來。收像我們這樣的『魔王種』魔人當部下就已經夠讓人不爽了，這下讓那些傢伙超前也很讓人火大。利姆路那傢伙是用了多少『靈魂』？」

這時卡利翁抓抓頭那麼問，芙蕾則是看向眼下那片建設中的都市。

「喂。」

「對了，我還沒說戰爭的結果呢。讓人驚訝的是魔國聯邦大軍無人傷亡。反之，帝國軍那邊的九十四萬人聽說都被殺光了。」

「……什麼？」

「以為我在騙你？」

「不、不是──」

「我真希望這個消息是假的。」

也就是魔王利姆路拿到九十四萬個「靈魂」，只要運用這些靈魂就能輕易讓七個部下覺醒。

也許覺醒的不是只有七名部下。

根據報告指出大將軍紅丸並沒有出現變化，只有跟紅葉和阿爾比思這兩位夫人結婚。然而紅丸可以說是利姆路的左右手，不可能沒給他「靈魂」，只能解釋成基於某種理由才推遲進化。

「這樣啊，沒有人傷亡，而且情勢一面倒是嗎？這已經不叫戰爭了吧。如果是本大爺，這個時候就舉白旗了，很好奇帝國會如何採取行動啊。」

「別開玩笑了。帝國那邊根本無所謂。問題在於我們該如何行動才是。」

「也對。本大爺已經歸順蜜莉姆了。原本擔心追求力量是不是會讓人懷疑要造反，所以都沒有動作，但這下知道似乎不用操那種心。」

「什麼意思？」

「利姆路把他的部下們提昇到跟自己同等級對吧？看他心胸如此寬闊，就想到蜜莉姆或許跟他一樣。」

「的確。蜜莉姆肚量並沒有小到為了我們覺醒就吵吵鬧鬧吧。」

「對吧？既然這樣，那我們是不是也能隨自己的意思？我們之前好像有點鬆懈過頭了，但現在開始也不算太晚。我們也要爬到更高處。」

「有道理。我就是喜歡你這點。」

芙蕾跟卡利翁開始對望。

兩人之間的氣氛正開始有點營造起來——

「哇哈哈哈哈！說得好，你們兩個！雖然我沒辦法像利姆路那樣讓部下覺醒，但可以讓你們修行！若是跑去迷宮也不用擔心死掉，你們可以盡情修行沒關係！」

蜜莉姆在非常巧妙的時間點加進來攪局。

「嘖，蜜莉姆原來妳在呀！虧我們氣氛正好，妳卻過來攪局。」

「我已經說過很多遍了，請妳不要隱藏氣息靠近。對了，我可是一點都不想配合妳修行——喂，別

當耳邊風！」

卡利翁和芙蕾出聲抱怨，蜜莉姆卻沒有聽進去。蜜莉姆的耳朵具備優秀機能，能夠濾掉對自己不利的情報。

「站住，蜜莉姆！既然妳不聽話，那我也有我的想法。今後的餐點全部都會交給米德雷先生負責。這樣也沒關係是吧？」

「等等，別走！本大爺也沒有拜託妳一起修行啊！」

「那我這就去拜託菈米莉絲！」

芙蕾這番話激起蜜莉姆的危機意識，成功讓她停止動作。不愧是芙蕾——就連在旁邊看著的卡利翁也為之讚許。

「我、我知道了。若是你們想修行，隨時都可以來跟我說。」

「這就免了。話說妳的功課做完了？」

「這個嘛……因為聽到很有趣的事情……」

「還沒對吧？」

芙蕾露出微笑。

「我、我也休息夠了，馬上就回去。」

「是嗎？乖孩子。」

就這樣，蜜莉姆回去做功課，芙蕾和卡利翁也成功度過危機。然而他們兩人心中對於進化的野心依然持續延燒。

他們的野心究竟能否實現——

Regarding Reincarnated to Slime

趁我還記得，我決定給維爾德拉和菈米莉絲謝禮。

給維爾德拉的是衣服。

他總是赤裸上半身，只披披風，我認為這樣有點問題。他本人看起來似乎不在意，所以我想或許他喜歡打扮成那樣，但還是想趁著這個機會給他禮物。

「喔喔，利姆路！我的知心好友、盟友！終於察覺我的心思了。我也一直很想穿帥氣的衣服。」

「不是吧，既然那樣你就去拜託朱菜，她馬上就會幫你準備啦！是說到服裝部門那邊，明明就有好幾套衣服等著，都可以用魔法調整尺寸。」

「笨蛋。適合我的就只有訂製服，要絕無僅有的那種。而且若是我所信賴的你的眼光，就會是最棒的衣服吧？」

呃，其實我沒什麼時尚品味……

看來維爾德拉太高估我了。就連我身上的衣服都只是人家說什麼就穿什麼。

回想起來，我的前世也是如此。

平常穿衣服的品味糟透了。所以我常常都穿著西裝。

不然就是運動服。

運動服很棒。

髒了也不用在意，穿起來最舒服。

是基於這些理由才做出的選擇，但維爾德拉開心的程度出乎意料，連我都感到驚訝。

只見維爾德拉迫不及待地開始開心穿上衣服。

「總、總之，你看起來很高興，太好了。今後也請多多指教！」

「嗯。包在我身上。嘎哈哈哈！」

考量到投資報酬率，其實這樣的報酬廉價到不行。不，雖然那是用了超級豪華素材的特製品，但該怎麼說……

好，等我哪天有空，我再來想想有什麼其他的禮物好送。

維爾德拉這邊就當成今後的課題。

緊接著是菈米莉絲。

「菈米莉絲，這次妳也有提供幫助。我要跟妳道謝。」

「什麼啦，太見外了吧！你也很關照我，我們這是互相幫忙！」

她說這話的時候看起來很害羞。

我也很不好意思，但跟人表達謝意是很重要的。

「所以說，我也準備了禮物給妳。」

「是什麼啊？要跟師父一樣，也幫我做衣服嗎？」

「這個妳再去跟朱菜說。我要給妳的是——」

靠我的品味根本沒辦法幫女孩子準備衣服。這部分就交給朱菜，我提議要「命名」。

「那個——也就是說要替我可愛的龍王們命名嗎？」

「就是這樣。」

「要讓我當命名主？」

「說對了。」

「聽起來很厲害耶！」

對啊。

連我也嚇了一跳，但實際上已經成功了，所以沒問題。

「在昨天的頒獎典禮上，我替部下阿德曼的寵物『命名』，給了溫蒂這個名字。後來她就進化了，除了能夠變成人型，還能夠跟人流暢對話。所以我才想說也可以替妳的龍王命名看看。」

能夠變成人型讓我驚訝，但仔細想想會發現龍可以變成人型已經是故事的必備橋段了。

並不算出人意料。

因此菈米莉絲底下的四隻龍王很可能可以像溫蒂那樣變成人型。那樣一來就會讓人手增加，我想也能稍微減輕培斯塔的負擔。

「如果是這樣，那就拜託你務必替他們命名！」

菈米莉絲喜孜孜地答應。

既然對方都同意了，那就趕快開始吧。

「有想到什麼不錯的名字嗎？」

「嗯——給你想吧。」

看來菈米莉絲不擅長想名字。

若是交給我，那名字就會變得很像幻想遊戲的關卡魔王……不，這樣才好吧？

想來他們就是關卡魔王，用不著在意這個。

我拜託菈米莉絲把龍王們叫到迷宮裡頭的關卡魔王房間。

看著在我眼前排開的龍王們，我想到他們被人討伐好幾次，吃了些苦頭。但他們還是很努力，所以我想替他們取帥氣的名字。

龍王的魔素含量比高階魔將還多。只是自從被蜜莉姆撿來之後沒有經過太長的時間，以致於這裡的龍王們並沒有具備相應實力。

若是命名讓他們進化，智力也會一口氣提昇吧。如此一來，他們應該會變得比現在更聰明更強。

我朝他們一個個看過去，替他們分別想出相襯的名字。

這種時候很講究直覺。

火焰龍王命名為「焰獄龍王」歐洛斯。

冰雪龍王命名為「冰獄龍王」仄費洛斯。

烈風龍王命名為「天雷龍王」諾托斯。

地碎龍王命名為「地滅龍王」玻瑞阿斯。

這些都是從希臘神話借用的。

這些名字原本來自掌管東南西北風的神明，我覺得跟這些龍王很搭。

想名字的是我，但要讓菈米莉絲替他們取名字。這部分也順利成功了，讓我鬆了一口氣。

如此一來，菈米莉絲跟那些龍王之間也會出現靈魂羈絆。他們正式成為菈米莉絲的部下，希望今後也能繼續努力。

接下來是令人在意的進化情形。

那些龍王果然也能夠變形成接近人類的姿態。

並非完全的人型，依然保留龍的特徵。

「焰獄龍王」歐洛斯是紅髮美女。紅褐色的肌膚被龍鱗片形成的洋裝覆蓋著，尾巴變得像火焰形成的鞭子。

而「冰獄龍王」仄費洛斯是身材修長的美男子。有著優雅溫和的外貌，搭配綠色長髮，會讓人錯看成美女。

「天雷龍王」諾托斯是嬌小的小女孩。遠遠看起來很可愛，但仔細看會看到她有鋸齒狀的牙齒，甚至還能夠看到龍牙。跟她小不點的身材相反，有著一身怪力。

「地滅龍王」玻瑞阿斯則是渾身肌肉的壯漢。身上長著龍的鱗片，全身帶刺是他的特徵。

四個人的樣貌都很像邪惡祕密集團幹部會有的，呈現出融合恐怖和美麗的「異樣美感」。

這種姿態其實只是一種狀態變化。並非像蜜莉姆那樣變成龍魔人，種族還是之前的龍王。

說起來龍魔人是擁有肉體的精神生命體，類似「龍種」的變異體。

即使是擁有強大力量的龍王，只要他們依然被肉體囚禁，那力量就遠遠不及完美無缺的精神生命體「龍種」。

雖然種族沒有出現變化，但他們順利進化了，而且獲得超乎我想像的強大魔力。

跟進化之前相比，魔素含量也增加好幾倍，感覺很接近覺醒之後的克雷曼。

雖然比不上「真魔王」，但進化情況可以說是很理想了。

光只是「命名」就提昇這麼多，一想到這如果是消耗自己的魔素含量就讓人背脊發涼。

要是沒弄好搞不好還會受到無法痊癒的傷害。

「命名」果然是很可怕的制度。消耗的「靈魂」也超五千個，讓我重新體認到魔物確實不尋常。

但這沒什麼好在意的。

就這樣，兼作謝禮送給菈米莉絲的龍王們的進化順利結束。

順帶一提，若光看魔素含量的多寡，他們跟「迷宮十傑」幾乎不相上下。然而沒辦法化為數值的戰鬥力之間似乎就有極大差距。

為首的賽奇翁自然不在話下。

即使跟其他的「十傑」相比，進化之後的龍王們還是比較弱。

他們具備身為魔物的強韌肉體，還有能體現這點的攻擊手段。再加上會使用各種魔法。光只是這樣，必定就形成一股凶殘強大的力量。但是對相同等級且擅長作戰的人來說卻起不了作用。

因為他們戰鬥經驗太少，基礎技量太低。

在這次的防衛戰中，那些龍王也被打倒好幾次，想必非常懊惱吧。當他們進化後能夠流暢說人話，馬上就提出想修行這個要求。

因為變化成人型姿態，那些龍王能夠學習人類的戰鬥技術。而且他們也發現了，比起之前魔物特有的作戰方式，熟練的技藝顯得更加強大。

不去仰賴屬性吐息或龍爪龍牙造成的物理攻擊，而是去弄懂魔法並運用在戰鬥上。還要去理解人類的戰鬥方式，運用在實戰之中，他們是這樣想的吧。

能夠自行思考並得出這個結論，成長幅度驚人。

而我答應他們的請求。

「嘎——哈哈哈！包在我身上！」

如此這般，培育出一個賽奇翁就得意忘形的維爾德拉願意陪那些龍王修行。

就這樣，龍王們展開修練。

——後來在這些龍王中，某些人變成人型比原本的龍型態更強。雖然讓人覺得本末倒置，但他們也學會要怎麼讓自己的爪子和鱗片變成武器和防具，這樣的結果也算不錯吧。

我是過很久之後才知道這件事情的，當時的感想是「會這樣也很正常啦」。

●

復活後三天過去，卡勒奇利歐等人恢復冷靜。

被魔王復活對他們來說是種衝擊。這很難用筆墨來形容，但他們最終還是設法接受了這個事實。

這下問題就出在今後他們應該如何自處。

目前他們依然過著生活起居都在帳篷內的生活。食材用配給的，魔物會定期運過來給他們。就算是骸骨負責運過來，也沒有人抱怨。

帳篷排列在草木枯萎的丘陵地帶上。雖然景觀很差，但這裡不會太熱也不會太冷，意外是個舒適空間。

只要習慣飄蕩著死亡氣息的戰場遺址，還有一大片亡者的墳墓，就都不算什麼。因為墳墓裡頭的東西會動來動去，事到如今才覺得害怕，說出來好像也很奇怪。

總而言之，這個環境並不會讓人覺得生活起來有太大不滿。

根據說明，這個地方似乎位在迷宮裡頭的七十層。至於來跟他們說明的人，就是擔任樓層守護者的死靈之王，名字叫做阿德曼。

這裡有人實際跟他對戰過，因此沒有人去質疑這點。

阿德曼很會照顧人，厚待卡勒奇利歐他們這些俘虜。

「既然我的神利姆路大人讓你們復活，那我就會遵從他的旨意。那位大人既然賦予你們生命，那他就不會再度奪走，你們也可以慢慢思考今後該怎麼辦。」

話說到這邊，阿德曼就放卡勒奇利歐他們自由行動。

我們從這個樓層逃出去吧——並沒有人這麼說。他們這條命已經操控在神的手中。而他們也明白這點，決定去相信魔王利姆路。

卡勒奇利歐也是這麼想的，除此之外，他相信就算逃出去也會以失敗收場，因此才會下如此判斷。

也因為這樣，他把阿德曼說的那番話老實聽進去，把幹部們找過來開會。

用來開軍事會議的大帳篷聚集了將近百名將校。

除了上級將校，還有帝國那屈指可數的英雄們。

雖然他們如今也失去力量了……

「那麼，各位，先讓我跟你們道歉。都怪我太無能，才害你們遇到這種事情。我致上深深的歉意。」

卡勒奇利歐環視聚集在此的眾人，說完這句話對他們低頭一鞠躬。

對此，大家都一致否認。

「您說這什麼話。沒有阻止閣下，我們也是同罪。」

副官說完這句話，參謀們都不約而同點點頭。不僅如此，那些上級將校也異口同聲說這不光是卡勒奇利歐的責任。

最後收尾的人是克里斯納。

「我也跟大家持相同看法。都怪我們太過愚蠢，才會讓神發怒。而神慈悲為懷，給我們機會贖罪。」

他說帝國的侵略行動是種罪孽。

卡勒奇利歐也這麼認為。

他們太過相信自己的武力，根本不願去了解別人的情形。如今想起來，那種行為簡直愚蠢至極，卡勒奇利歐如此自嘲。想必夥伴們也是一樣的心情吧，一想到這邊，他臉上就浮現豁然開朗的笑容。

「多謝。聽你們這麼說，我也有些釋懷了。我們就在此約定，對神發誓這輩子都不會忘記這份心。」

說到神這個字眼的瞬間，魔王利姆路的臉龐在卡勒奇利歐腦海中閃過。

（原來是這樣。如今對我來說，利姆路陛下已經是我的神了。）

即使回到帝國境內，那裡也沒有卡勒奇利歐的容身之處了。會因為戰敗被究責，甚至不等召開軍法審判就被處刑。

話雖如此，他並沒有要逃避承擔責任，然而白白捨棄利姆路賜予的這條命，卡勒奇利歐認為這樣也不太對。

（算了，這方面的事情再慢慢想吧。）

自己的事情晚點再說，卡勒奇利歐理所當然浮現這個想法。看看他的臉，跟以前只為了保全自我和為欲望而行動的俗物有著天壤之別。

「那我們就進入正題吧。今天之所以把各位找來，是想討論我們今後該如何行動，讓大家對這方面的看法達成共識。阿德曼先生心胸寬大，給了我們能像這樣跟大家商量的自由。為了不讓他的心意白費，我們要讓這段時間變得有意義。」

卡勒奇利歐一說完，在場所有人就面對面商量起來。

就原本該有的軍事會議而言，根本不可能像這樣，然而卡勒奇利歐希望聽聽大家的真心話，因此對此抱持歡迎態度。

大家閒聊一陣子。

之後大家的意見大致被分成兩類。

有人主張應該要繼續表示恭順。

也有人主張先回帝國一次。

這兩者互相衝突，正面對立。

雙方的提議都情有可原，有家人的人會主張想回帝國也在情理之中。

然而能不能回到祖國，這都要看魔王利姆路的意思。在今後的交涉中，也許能夠獲得許可，但亂吵亂鬧可能會惹魔王不高興。

「正如阿德曼先生所說，我相信他們不會無故將我們處刑。不過，大家還是要記住，他們並不會因為這樣就赦免我們。」

既然對方救了他們的性命，那他們的命運就掌握在魔王手中。就算能夠獲得某種程度的自由，依然不確定對方會讓他們隨心所欲到什麼程度。

「……反正就算回去，我們也會被處刑吧。但就算是這樣，還是希望能夠讓為國作戰的將領士兵們平安回國。希望能夠當面向利姆路陛下陳情，請他開恩。」

「但我們說起來其實類似人質。不確定母國會不會支付賠償金，這是一個困難點。」

就在這個時候，一直默不作聲聽大家表示意見的梅納茲少將也緩緩開口：

「那大概無法實現。畢竟母國那邊並沒有料到會戰敗。我們自己一直以來也都對敵對國家很無情。」

聽到這句話，大家都陷入沉默。

除了無條件投降，帝國根本不會接受其他形式。因為他們屢戰屢勝，才有如此傲慢的想法。如今出戰又徹底戰敗，就算帝國不放過他們，也是他們自作自受。

在場眾人都明白這個事實，知道即使回到帝國也不會有光明未來。

但就算是這樣，他們還是想對有家人的人們負責。

「梅納茲少將所言極是。也不知我們的皇帝陛下究竟會如何打算……」

「我是不想這麼說，但這次事件都怪情報局怠忽職守吧。也不想想這裡究竟有多少魔王級的怪物！」

其中一個將校說出不能說出口的話。

「喂，你這傢伙！注意你的言辭。事到如今情報局怎樣都不重要了，但你剛才說到的怪物，他們可是這個國家的大幹部啊。」

「抱歉，一不小心就失言了……」

畢竟對自由發言表示歡迎，這個地方並沒有任何一個魔物。從昨天開始就連阿德曼的身影都沒看見，卡勒奇利歐猜想可能在哪裡跟人開會。

因此他今天才會召開軍事會議，但那並不表示說什麼話都能被准許。

他們再怎麼說都是俘虜，不能忘記這點。

「我想利姆路陛下是心胸寬大的人，但說他部下的壞話，我想他不會睜隻眼閉隻眼就算了。請各位別忘記這點，說話的時候務必小心。」

卡勒奇利歐最後做出這個結論，但他認同那個將校的看法。

光只是有部下能夠使用「重力崩壞」這種超大型魔法，就能明白魔王利姆路有多麼可怕。

為何情報局沒有掌握到這個可怕的對手？

（想說他們怠忽職守的心情我很能體會。畢竟我才想說那句話呢……）

卡勒奇利歐私底下是這麼想的。

有人接下來說的話，對卡勒奇利歐和那些將校潑了一盆冷水。

「你們幾個是笨蛋嗎？聽好了，其實情報局已經掌握某種程度的情報。」

邦尼之前一直默默聽他們討論，這時突然笑了出來，說出那番話。

「怎麼可能！那他們為什麼對陛下隱瞞正確情報？」

「他們該不會背叛了！」

邦尼的一番話讓大家激動起來。其中就只有梅納茲和卡勒奇利歐很冷靜。

率先開口的人是梅納茲。

「你叫做邦尼對吧？印象中你好像在執行連我們都不知道的潛入任務？」

接著換卡勒奇利歐開口：

「似乎是這樣。如果是你們這些『個位數』，就算知道連我們都不清楚的超機密情報也不奇怪。那情報局在想什麼，又想讓我們做什麼？」

這個問題一出，大家的目光就集中在邦尼身上。

人人都想弄清楚。

情報局發誓會對皇帝陛下絕對效忠。怎麼想都不覺得他們會背叛，而這表示皇帝魯德拉也早就料到

這次的事情會發生——最終會抵達這個事實。

只見邦尼嗤之以鼻，用一種覺得他們很悲哀的目光環視卡勒奇利歐的人。接著輕鬆說出震撼發言。

「就跟你們現在想像的一樣。皇帝陛下也知曉一切。他早就料到你們會戰敗。」

「這、這怎麼可能……」

「這話什麼意思？明明知道我們會戰敗，陛下還是要派遣軍隊？」

「怎麼會！不管怎麼說，你這樣未免也太侮辱陛下了吧！」

將校們開始亂了陣腳。

但其中某些人已經理出一些頭緒。

「原來是這樣。換句話說我們被當成棄子了？」

「這樣說並不完全正確，梅納茲。陛下的目的恐怕是——」

「哼！你閉嘴，卡勒奇利歐。洩漏國家重要機密的責任我來承擔。你們都已經是死人了，我也一樣。所以這樣並不算背叛陛下。」

那是邦尼做出的覺悟。

失去身為「個位數」的力量，就連皇帝賜予的究極技能都被奪走，他現在身為上位者在為大家指點迷津。

「邦尼……」

「抱歉，袞。我對陛下並沒有那麼忠誠。之所以會服從他就只有一個理由，那就是我絕對無法戰勝他。」

這也是邦尼的真心話。

…………………

…………

……

邦尼於四十五年前出生於美利堅合眾國，是個熱愛自由的平凡學生。卻因為某種機緣巧合來到這個世界，被蓋多拉找到。

然後被交給達姆拉德，去學習戰術。

曾幾何時他有了自信，還驕矜自滿，認為自己是這個世界中屈指可數的厲害高手。

而侍奉在皇帝魯德拉身側的一名女性將邦尼這份自信粉碎。

跟那美麗的外表背道而馳，她是不得了的怪物。

即使天地翻轉，又或是轉生幾萬次，他都絕對無法抵達那個頂點。雖然很難相信世界上有這樣的存在，但那就是如假包換的現實。

她的名字叫做維爾格琳。

此為絕對不能外傳的帝國機密事項之一。

某天在達姆拉德的帶領下，邦尼前往皇帝所在的宮殿。這是至高無上的榮譽，助長了邦尼的野心。

因為他熱愛自由，因此不容許有支配他人的皇帝這號人物存在。

因此可能的話要以下犯上——他甚至懷抱這樣愚蠢的夢想。

愚蠢的代價就是品嚐到恐懼。

就在那裡，邦尼第一次見到維爾格琳。然後知道她有多可怕，自然而然就屈服了。

面對這樣的邦尼，隔著簾幕跟他說話的正是皇帝魯德拉。

「你具備資格。以一個容器來說。寡人會把力量借給你，今後也要力圖精進。」

皇帝魯德拉的聲音不帶任何情感，彷彿是從遠方傳來的。緊接著下一刻，當邦尼恢復意識的時候，他的身體就再也無法違抗皇帝。

…………

…………

……

「就算百萬精兵全滅，陛下也覺得那不算什麼。那反倒是他計畫的一環。」

光聽到這些，一般人會不懂其意思。然而卡勒奇利歐卻聽出玄機。

「——原來如此。意思是若最後能夠出現像我這樣的覺醒者，就算犧牲掉百萬的將領士兵也無妨是嗎？」

光聽這些說明就猜到正確答案，這讓邦尼有點意外。但是卡勒奇利歐說到「像我這樣的覺醒者」，他就懂了。

「是嗎？你也覺醒啦？這樣我就懂了，跟你想的一樣。皇帝陛下的目的就是蒐集一些覺醒的人當棋子。為了實現這點，即使有百萬人犧牲也值得，陛下是這麼想的。」

這件事情就連上級將校也不知道。

皇帝魯德拉從一開始就不對軍隊抱持任何期待。對他而言，最重要的是該怎麼做才能蒐集到覺醒的人才。

「意思就是質比量更重要吧？那麼三百年前討伐維爾德拉失敗的事情也是如此？」

用銳利的目光盯著邦尼，梅納茲提出這個問題。邦尼則是漫不經心地回應。

「當時的事情我不清楚。但是想想就能理解了吧？光是我一個人就能把你們所有人都殺掉——不，是真的辦到了。力量差距就是這麼大。」

「原來是這麼一回事，之所以早就料到我們會戰敗的理由原來是這個。是以犧牲為前提的戰略嗎？我很想說陛下果然厲害，但這次卻徹底失敗了。」

「沒錯。覺醒之後還是戰敗，想必皇帝陛下也沒料到事情會變成這樣。」

這下梅納茲恍然大悟地點點頭。

卡勒奇利歐聽了那段對話，露出苦澀表情。

「都怪我不中用。」

他像是自嘲一般小聲說出這段話，但邦尼出面否認。

「放心吧。不是你不中用，而是對方太強。」

「對。那種的根本沒辦法。」

裘也認同地點點頭。

他們兩人也輸給打倒卡勒奇利歐的迪亞布羅。連他們都沒辦法戰勝那種怪物，更不要說卡勒奇利歐會贏了。

「換句話說，這個地方擁有的戰力超乎情報局預料吧？」

「大概是。計劃在這塊土地上拿魔王利姆路當墊腳石，藉此增加棋子，卻因為誤判對手的戰力而挫敗。」

邦尼說這實在可笑。

龐大的犧牲都淪為徒勞，這種情況下哪笑得出來。但是對邦尼來說，他一方面也認為皇帝這是自作自受。

「——對了，邦尼。拿我們當幌子，但你們的偷襲還是失敗了，那之後有什麼打算？」

「哈哈，剛才不是說過嗎？我會負起責任。」

「你的意思是？」

梅納茲冷靜地詢問。

帳篷內一片寂靜，大家都在等邦尼做出回應。

「有件事要先說清楚。剛才已經說過了，你們等同死人。那不是比喻，而是看在皇帝陛下眼裡就是那樣。」

「嗯。意思是說我們活著，對陛下來說是種困擾？」

「這話有點語病。應該是說，被奪走力量再也不可能覺醒的將領士兵，對陛下來說就沒用了。只不過，既然對陛下來說沒有任何價值，那他也沒必要守護你們。」

「的確，大概會是這樣吧。」

「拿這個當前提去想，他很有可能不接受返還俘虜。不，不僅如此。若是存活下來的將領士兵回國，國內將會有一股反戰風潮蔓延。你認為陛下會樂見這樣？」

「我認為不會。」

回答完這句話，梅納茲發出嘆息。

他知道邦尼想說什麼。

「換句話說，我們對陛下而言變得可有可無，對情報局來說只是阻礙？」

「沒錯。」

「他們會出動收拾想要回國的人？」

「這點可以肯定。」

然後再把那個罪行嫁禍給魔國聯邦，讓臣民憤怒，煽動他們的復仇之心。邦尼在說明的時候很確定情報局會這麼做。

「——我們可是有七十萬人啊。怎麼可能辦到。」

「接受過改造手術的人並沒有徹底失去力量。若是反擊的話，不就變成自己人打自己人了！」

一些將校開始嚷嚷，梅納茲出手制止，讓他們安靜下來。

「你們可有想到哪些人具備這個能耐？」

當場有不少人都覺得對方不可能處理掉那麼多人，但梅納茲很冷靜。

而卡勒奇利歐回想起自己覺醒時的情況，一直都沒有開口。那是因為他判斷有那股力量未必辦不到。

「如果是『個位數』或許有可能？」

「論可能性的話，是能夠辦到。但那都只是紙上談兵。擁有絕對力量的個人，適合用來攻擊，卻不適合防守。若用數量來攻擊，那某些地方無論如何就是無法徹底防守。跟這個是一樣的道理，也不適合去追擊逃走的敵人。若是敵人散開來逃跑，再怎麼說都會有漏網之魚。」

看這次的情形，必須把所有人都收拾乾淨，不能留活口。就連邦尼也想不到誰有這個能耐。

但有一個人例外——

「按照常理來想，會覺得沒人可以辦到這點吧？但確實存在這樣的人。帝國裡頭有個怪物，能夠辦到這件事情……」

想起那個怪物的模樣，邦尼就因恐懼而顫抖。

那份美麗與可怕，只有見過的人才能理解。已經知曉這點的邦尼認為自己運氣實在不好。

「——就連身為『個位數』的你都懼怕那個存在是嗎？看樣子我一直以來都嚴重誤解了。」

深深地靠到椅子上，看向上方的梅納茲這麼說。

「我也是。加入軍隊之後，我總是夢想能夠以帝國之名支配全世界。可是——」

但這一切都在跟軍隊毫無關係的情況下定案了。一些人在玩權力遊戲，尚未覺醒的人甚至沒有出場的餘地。

「我真是愚蠢。」

「是啊。覺得我自己好可笑。」

卡勒奇利歐和梅納茲用快要哭出來的表情看著彼此。不只是他們，聚集在現場的上級將校都一臉大夢初醒的樣子，在那裡哀嘆。

好可悲——邦尼心想。

不知道事實真相會比較幸福吧，但那樣他們八成無法接受。因此邦尼才故意要把他們推開，口吐惡言。

「這下你們懂了吧？都清楚狀況了？就算回去也只有絕望的局面在等待。所以你們就在這裡當俘虜，等到戰爭結束吧。」

「邦尼先生，那您打算如何？」

「我會回到帝國去。這樣下去戰爭大概不會結束，到時利姆路陛下會想跟帝國交涉吧。這個時候不是需要有人帶路嗎？」

這個負責帶路的人恐怕會被消滅。如今邦尼失去力量，肯定只會被人暗殺。

明白邦尼的覺悟，大家都沉默不語。

而且也有了深切的體會，知道他們的命運都交給魔王利姆路了。

●

跟維爾德拉和菈米莉絲表達感謝之意後，我決定前往迷宮七十層。

昨天的儀式讓阿德曼陷入沉睡。雖然「豐收」已經開始了，但阿德曼的城堡還是維持在遭到破壞的狀態下。

因此我把他帶到位在地面上樓層的本館客房，讓他睡在那邊。也把艾伯特和溫蒂放進空房間，再過一陣子應該就會醒來。

現在的問題是那些帝國軍俘虜。之前都拜託阿德曼照顧他們，丟著不管不太妙。

而且我想他們的心情也差不多冷靜下來了，打算去跟他們打聽一些跟帝國有關的情報。這是一個好機會，我決定去看看情況。

兩個祕書與我同行。

只要有這兩個人在，不管發生什麼都能放心。

「利姆路大人用不著親自出馬……」

「那你願意獨自過去？」

「就是說啊，你去打聽不就得了！」

「咯、咯呵呵呵呵，我們快過去吧！」

迪亞布羅還是一樣呢。

紫苑也一樣。

肯定不會自告奮勇說要去。

不過我肯定不會讓紫苑一個人去就是了。我被紫苑抱在胸前想著這些。

話說回來，這兩個人昨天才經歷過進化儀式，現在卻依然活蹦亂跳。

就算經過一個晚上，紫苑身上還是沒出現變化。至於迪亞布羅，他則是完美恢復到平常的狀態。

「那你有獲得新的技能嗎？」

「咯呵呵呵！託利姆路大人的福，我成功獲得究極技能！這下就算金跟我炫耀，我也終於不會覺得煩了。」

金才覺得迪亞布羅煩人吧。

我對這個想法莫名有自信。

「既然你這麼懊惱，那靠自己的力量獲得不就好了。如果是迪亞布羅你的話，就算沒有我幫忙，應該也能學到究極技能吧？」

「不不不，那可不行。因為被金說了就跑去獲得技能，那不就好像在學他，一點也不帥氣嗎？」

我不懂。這跟學不學人有什麼關係。

若是覺得管用，讓對方教你不就好了，是我這麼想錯了？

「哼，迪亞布羅的心胸還真是狹窄。有句話不是說『問人只是一時丟臉，但不問終身丟臉』？自從利姆路大人教了我這句話之後，我就會常常去留意別人說的話。還去跟哥布一學習料理的精髓，如今他還說我出師了呢！」

紫苑洋洋得意地這麼說。

但我是這麼想的。

那只是哥布一為了逃離她吧。

哥布一也真是的。拜託別讓紫苑萌生奇怪的自信。

希望他能夠負責任到最後一刻，好好照顧紫苑。

「原來這就是原因啊？難怪之前哥布一先生住院了。每次都要配合吃紫苑的料理，怪不得會把身體搞壞。」

是、是這樣啊……

那我就不好責備哥布一老弟了。

關於這點，迪亞布羅也曾經有過一次慘痛經驗，而朱菜是絕對不會去試味道的。

那還是找紅丸吧。

嗯，教育紫苑本來就是紅丸的責任，過去叫他重新管教一下。

這絕對不是故意要找剛結婚的人麻煩。拜託大家別誤會。

都怪紫苑，害話題離題，當我們在聊這些的時候，幾個人也來到目的地了。

「傳送」到七十層的丘陵地帶後，有些人一看到我就站起來敬禮。

我覺得這不像是對敵對國家魔王該有的舉動，但迪亞布羅和紫苑似乎很滿意，所以我就沒吐嘈。

「利姆路陛下來訪了！趕快聯絡卡勒奇利歐閣下！」

情況就是這樣，那些人都匆匆忙忙地動起來，將領士兵們朝著其中一個帳篷整隊，空出一條道路。

卡勒奇利歐他們目前似乎就在那個帳篷中召開軍事會議。聽著對方跟我說明這點，我接受他們的引

導。

在帳篷裡頭，大約百名的大人物都聚集在此。每個人都立正站好，還對我敬禮，出來迎接我。

沒想到來到這邊，他們的反應依然如此，讓我有點驚訝。

我好歹是敵對王國的國王，還是史萊姆姿態。但他們還是沒有因此看輕我，看來智慧之王拉斐爾大師的策略比想像中更加有效。

也對，想想也是理所當然的吧。殺了他們還能讓他們復活，也許對這樣的人全面服從才是明智之舉。

我也相信自己面對如此可怕的對手絕對不會反抗。我猜想事情八成是這樣，在他們的帶領下坐到主位上。

當然，這個時候為了展現威嚴，我有先變成人類姿態。

紫苑跟迪亞布羅在我背後。

當我從紫苑懷中跳出，她的表情看起來有點遺憾。但在意這種事情就輸了，我先是環顧所有人，接著就開口：

「那麼，各位，剛好所有大人物都聚集在這裡了。」

「「「是！」」」

對方同時向我一鞠躬，這下害我變得在意起來，很難跟他們聊聊。我先是讓大家都坐到位子上，接著才提出要事。

「你們不用這麼拘束。今天有事情想跟你們商量。」

我說完就露出友善的微笑。

希望這能夠讓他們放寬心，讓會談在和和氣氣的氛圍下進行。

「阿德曼那邊有點事情要處理，可能有一陣子沒辦法過來。所以我想來問一下，看你們有沒有什麼要求。」

「真是令人惶恐至極。我等一切安好，還望您無須為我等操心。」

好嚴肅！

身為代表的卡勒奇利歐出面回應，但有夠敬畏的。

不對，一般而言都會展現這種態度吧。

因為他們打敗仗，這樣的選擇才是對的。

「那就好。接下來想跟你們談談今後的方針。」

「是！關於這點，我等也有事情想拜託您！」

有事想拜託？

我想在合理的範圍內都可接受，就決定姑且先聽聽看。緊接著卡勒奇利歐做出的提議讓人驚訝。

「我等希望目前能夠獲得貴國關照，想請問您能否恩准——」

呃……？

對方跟我詳細解釋。

卡勒奇利歐是這麼說的。

就在剛才，他們似乎也在討論今後該何去何從。

後來得出結論，認為就算回到帝國，所有人也很有可能都被收拾掉。

「不不不，你可別亂講！有哪個國家會因為替自己國家作戰的將領士兵輸掉就把他們殺了！」

這讓我不禁吐嘈。

「我認為下場肯定是這樣。」

還想說是誰，原來說話的人是邦尼。讓人沒辦法將他跟狙擊我們的人聯想在一起，他態度冷靜沉著，條理分明地說明。

聽完他的話，內容讓人很難斷言完全沒這個可能性。

「嗯——……就為了讓一個人覺醒，犧牲掉百萬人？這是在開玩笑吧……」

「那是真的。」

「不，等等。假如那是真的，那害怕維爾德拉的封印被解開，要看情況再發動軍事侵略這件事就顯得可笑了。難道那也是我們會錯意，其實對方一直在等待維爾德拉復活？」

「皇帝魯德拉在想些什麼，就連我都很難理解。但利姆路陛下的想法或許是對的，此乃愚見。」

這傢伙真的是邦尼？

用詞遣字變得彬彬有禮，甚至讓人覺得他就像變了一個人。

話說回來，原來是這樣啊。

皇帝魯德拉的真實目的不單純只是要在戰爭中贏得勝利。還要讓帝國的將領士兵去對抗強敵，藉此過濾出覺醒的強者。

觀點落差太大，已經跳脫常人的思考範圍了。

《答。這點子很有趣。》

王八蛋！

把人當實驗材料，哪裡有趣了。

智慧之王拉斐爾大師也有這樣的一面呢。

賽奇翁就是一個成功的例子，搞不好我也會在不知情的情況下被人當成某種實驗的白老鼠。

《不。並未偵測到這樣的事實。》

真的假的。

好吧，這部分姑且信你。

總而言之，目前先把那件事情擺一邊。

問題來了，是不是該接受卡勒奇利歐他們的請求。

「可是啊，供應你們糧食也要花錢。若是要讓七十萬人吃飯，甚至還需要從其他國家購買……」

既然聽說他們會被人殺掉，那我也不好乾脆地將他們放走。然而說真的，我們國家也沒理由保護他們。

我只需要對自己的國民負責。希望他們能夠堅強地自力更生——是很想這麼說，但這樣不太對。

若是讓高達七十萬的職業軍人流入我國，那布爾蒙王國等西方各國都不會坐視不管吧。就算有好好調解，還是有可能會演變成不必要的流血衝突。

話雖如此，要他們回帝國又太過冷酷。既然救活他們的性命，那我就應該到最後都負起責任。

沒辦法，這個時候應該要照顧他們才對。

但不可能無條件照顧。

「我國實踐『不工作就沒飯吃』這個規矩。會要你們工作來賺取自己的伙食，這樣可以嗎？」

卡勒奇利歐他們原本緊張等待我的回覆，一聽到這句話就露出開朗的表情。

「當然沒問題！」

「不管是什麼都請您儘管下令！」

我都還沒說工作內容，他們就幹勁十足。

既然這樣，我決定准許他們滯留在我國。

其實我早就想過對帝國來說，俘虜一點意義都沒有。我們並沒有締結戰時協定，所以沒約定任何條款。

而且照邦尼的話聽來，他們也沒辦法當成去跟對方談停戰的交涉籌碼。既然如此還不如盡釋前嫌，接受他們成為我國的勞動力。

目前還不確定會滯留多久，但至少在我們跟帝國的戰爭結束之前，都要請他們出賣勞力。

若是期間很短，也許沒辦法派上什麼用場，這部分再看看情況。只能期待他們能夠在某些部分發揮作用。

總之卡勒奇利歐他們似乎不打算違抗我的提議，就交給蓋德，讓他去運用吧。

不過蓋德現在因為進化陷入睡眠就是了。我想他有一陣子應該都不會醒來，在那之前該讓卡勒奇利歐他們做些什麼才好……

「對了，你們擅長土木工程嗎？」

所謂的軍隊，意外的有不少人都有不錯的專業技術。

接下來要說的是我前世的事情，像武士指揮築城就是很有名的事件。

來到現代也一樣，在救災的時候，自衛隊都有很活躍的表現。國外資源也不例外，新聞甚至會報導他們大顯身手的樣子。

而一樣的是，在這個世界依然有異曲同工之妙，德瓦崗的工作部隊就具備高度技術力。雖然做這樣的工作並不華麗，卻有很高的貢獻。

而那樣的矮人工作部隊前團長凱金就在我國，說有他才有我國的基礎建設也不為過。

就像這樣，軍隊和土木技術有著難以割捨的關係——

「當然擅長！帝國這邊擁有最棒的技術，我等對此很自豪！」

太好了。

那就先來拜見他們的手藝吧。

「那麼，這就給你們第一個工作。眼前有一座城堡被人破壞掉了，你們要把它漂亮地復原。我會分配材料給你們，想要從設計開始就交給你們操辦。有辦法嗎？」

既然是他們弄壞的，我希望他們能夠親手修復。

聽到我的要求，卡勒奇利歐點點頭。

「遵命。」

只見卡勒奇利歐充滿自信地給出承諾，看到他那樣，看起來像部下的男人們都展開行動。他們動作迅速又整齊，其風貌正可說是精明幹練的一幫男士。

等阿德曼醒過來，他應該也會讓那些骷髏人去幫忙，我想應該不久之後就可以完成修復工作。

如此這般，我決定把工作交給帝國軍了。

＊

那剩下的目的就是情報蒐集。

我認為有必要詳細打探，所以就從卡勒奇利歐的部下之中選出好幾個人，他們都比較熟悉內情，再請他們跟我一起到會議室去。

還把沒有陷入沉睡的幹部們都找過來，預計要召開對策會議。

目前帝國那邊應該還沒發現卡勒奇利歐他們戰敗。

雖然我猜優樹已經從米夏和拉普拉斯那邊獲得消息了，但擔心消息會從那邊洩漏出去應該是杞人憂天。

目前我們已經掌握到帝國的動向了。

也有確實跟魯米納斯知會，告訴她大約有三百艘飛空艇在海路的上空移動。

「哼！妾身要對他們還以顏色！」

她還誇下海口。

我想魯米納斯不會主動出擊，但她跟我有協定。對於來自北方的帝國軍，魯米納斯答應會負責守衛。

神聖法皇國魯貝利歐斯是宗教的大本營，有許多聖騎士，似乎也有屬於他們的戰力。再加上私底下還有吸血鬼族形成的戰力，可以放心交給他們。

萬一魯米納斯遭遇危機，到時候就派出十五萬西方配備軍。為了能夠隨時對應，戴絲特蘿莎的部下正在待命。

更重要的是日向正要過去迎擊，可以說都準備萬全了。

但還是不能掉以輕心。

我環顧所有聚集在座的人們，宣布會議開始。

找來的有以下十七人。

祕書紫苑加上迪亞布羅。

還有大將軍紅丸，和負責政治面的利格魯德以及凱金。

軍團長戈畢爾和哥布達。

顧問白老。負責情報工作的蒼影。還有為了當成重要參考人，我連蓋多拉都找來了。

剩下的就是戴絲特蘿莎、烏蒂瑪、卡蕾拉這三個女惡魔。

帝國軍這邊有卡勒奇利歐本人參加，還有梅納茲，加上邦尼跟裘兩人組。

包含我在內，在場人士共有十八人。

首先從自我介紹開始，得知迪亞布羅和三個女惡魔是「始祖」之後，帝國那邊的成員都驚訝到說不出話來。

他們的目光好刺人。

抱歉。不是我的錯，都怪迪亞布羅。

我感應到對方可能又要開始找我抱怨，所以就裝得若無其事，打算讓對談進行下去。

那就趕快來討論吧。

「那個——只要講你們能說的就好？」

我說完就用物理魔法「神之眼」映照出飛空艇部隊。就如同我事前委託的，我要卡勒奇利歐說明帝國的現況。

看到映照在監視用大螢幕上頭的影像，帝國那邊的人顯得很震驚。而在這之中，卡勒奇利歐故作鎮定，立刻就展開說明。

某種程度的詳細內情已經從蓋多拉那邊聽說過了。

雖然那個老爺爺一點都不介意背叛，但卡勒奇利歐是軍人。某些事情應該是他無法透露的，看來這些部分就需要我掩護。

我跟他說過我們這邊掌握的情報了，事先拜託他針對這些進行說明。

「明白了。那麼就容我說明。」

超乎我的期待，卡勒奇利歐有條不紊地解釋起來。

他率領的「機甲軍團」裡頭有個叫做「空戰飛行兵團」的部門，擁有被稱之為飛空艇的最新航空戰力四百艘。其中三百艘透過其他軍團搬運到英格拉西亞王國北部。

至於每個飛空艇能夠搭載的人員，最多來到四百人。只要有五十個人就能夠操控，因此每個飛空艇都能夠搬運三百五十人。

跟蓋多拉說明的一樣。

他們在搬運的戰力是由格拉帝姆這個帝國大將率領，來自「魔獸軍團」的三萬人。然而他們似乎要跟被稱之為夥伴的魔獸組隊才行，因此實際上等同搬運六萬個戰鬥人員。

另外似乎還有進行後方支援的要員。

這部分是名為札姆德的少將負責指揮，但他似乎不是戰鬥人員，應該可以不用算作戰力吧。

「在這說這種話實在很可恥，但是派去英格拉西亞那邊的士兵有大半都是見習生。要他們操控飛空艇沒什麼問題，但實際作戰就沒那麼幹練了。這些人本來都應該從事研究工作，還望您能對他們大發慈悲……」

卡勒奇利歐這麼說。

這次對付我國要投入所有的戰力，而格拉帝姆大將是他的競爭對手，因此他就只有借給對方非戰鬥人員。這些支援人員大概有三萬人，但完全不包含魔導師級，聽說大多數都是法術師等級。

再來就只剩下用來維護飛空艇的技術人員。他懇求不要殺掉這些人，而是讓他們當俘虜。

「你這傢伙厚臉皮也該有個限度！去進攻其他國，發現自己會輸才要對方高抬貴手，不要殺人？」

看到紫苑激動大叫，卡勒奇利歐慘白著一張臉道歉。

我出面安撫紫苑，要她稍安勿躁，但我認為她說得對。而卡勒奇利歐本人似乎也非常明白這點，一直在謝罪，說這是他失言，不過……

「那邊不是我們負責應對的。看狀況而定，或許你只能放棄了。」

「這點我自然明白。就遵照利姆路陛下的旨意——」

若是有可能的話，我會考慮，但無法保證。我的復活魔法並不是萬能的，根據情況不同，也是有辦不到的時候。

而且看魯米納斯的反應，恐怕我也沒機會插嘴。

聽說格拉帝姆率領的「魔獸軍團」具有相當威脅性，搞不好會對日向他們造成很大的傷害。

若事情變成那樣，到時就沒辦法慈悲為懷了吧。他們那邊的防衛戰力非常堅強，我個人認為絕對不可能輸掉。但是戰爭之中不存在絕對，因此我也不該輕易答應卡勒奇利歐。

事情就是這樣，這部分的討論到此結束。

接著要來談論德瓦崗的東部都市伊斯特。

＊

我切換神之眼的影像。

那裡映照出六萬大軍。看起來毫無緊張感，列陣的方式看起來很鬆散。

在場的帝國成員再次陷入錯愕狀態，我對他們說明事情原委。

「雖然不是很願意，但我現在跟優樹之間締結同盟關係。會在這邊對立，其實都只是在演戲罷了。」

當我一說完這句話，梅納茲就開口自嘲。

「真是敗給你們了。從一開始其中一部分的軍隊就被敵人收買，那我們哪裡還有獲勝的機會。」

卡勒奇利歐認同他的說法。

「是啊。趁我的『機甲軍團』跟格拉帝姆的『魔獸軍團』不在，趁機對帝都下手。這樣就能拿下了吧。」

知道不單只有實力，連戰略層面都不是我們的對手，那兩個人擺出苦瓜臉。

但也有人不認同他們的說法。

「這就錯了。帝都那邊還留有守護皇帝的人們。這句話已經說過很多遍了，覺醒者可以媲美一支軍隊。

想必那位大人早就看出優樹可能反叛。」

這句話出自邦尼，但他是正幸的跟班這印象太過強烈，讓我只覺得他就好像另一個人。

「這才是邦尼你的真面目嗎？」

「啊，不是。要說哪一個才是我的真面目，其實是跟正幸一起行動的我。」

我不禁將這個問題問出口，邦尼也有禮貌地回應。他說現在這個態度是身為軍人的他才有的，自己的本性很隨性。

他還順便告訴我自己原本是美國人，而且目前已經四十五歲了。原本好像是平凡的學生，來到這邊才被教育成如今的樣子。

這資訊對其他人來說不痛不癢，但我聽了卻覺得有點親切。

「也對，聽你這麼說確實有道理。聽說帝國那邊有人能夠殺掉我，一般而言就算在逆境之中輕鬆逆轉，其實也沒什麼好奇怪的。」

想來在這個世界裡，質比量更重要著實是很棘手的一點。不管聚集了多少戰力，若是無法戰勝某個人，那他們就會戰敗……

我們也是靠這種方式獲勝的，因此必須考慮到站在相反立場會面臨什麼情況。

「那就讓我去，給他們點顏色瞧瞧！」

這個時候紫苑拿著大太刀誇口。

「咯呵呵呵，那就讓我去吧。」

光只是這樣並不保證她會贏，當然被我駁回了。

「不行。」

雖然無法想像迪亞布羅會輸，但我還是拒絕了。

我個人的方針如下，若是沒有打造出絕對會勝利的環境，那我都要觀望。只有這點不能妥協，我再次提醒大家。

總而言之，最重要的就是情報了。

情報不足導致的失敗數都數不完。這次要避免重蹈覆轍，必須仔細打聽。

「那麼，你們之所以跟著正幸，都是為了能夠接近我而不讓人懷疑吧？說真的我完全沒注意到，所以當時突襲的時候，真是千鈞一髮。」

這話我是對著邦尼和裘說的。

我想應該是達姆拉德下的命令，但那可是連智慧之王拉斐爾大師都沒注意到的完美作戰計畫。是該誇獎別人有一套吧。

明明之前也有對我下手的機會，但就為了找到最佳時機，事先把最強的戰力隱藏起來，我認為他們真不是蓋的。這次雖然是我們在實力上占上風，但一個不小心就會讓立場反轉。

那樣一來就正中那個皇帝的下懷。失去了我和紅丸，魔國聯邦的軍隊將會陷入混亂，然後被帝國蹂躪吧。

「這個部分是我疏忽。一直以為在迷宮裡頭就安全了。今後會謹記在戰爭中隨時危機四伏。」

「我也一樣。靠近利姆路大人的人都要將身家調查得更加徹底。」

紅丸和蒼影似乎一直都很在意，但真要說起來，其實不光是他們要負責。

他們比我更加仔細預測各種可能發生的事態，替我警戒著。是我的危機意識太薄弱，這部分需要反省。

「守護正幸是達姆拉德大人下的命令。他沒跟我說理由，所以我想情報也不會洩漏出去。」

「我也是。我們並不是同時接到命令的，而是用別的方式讓我們互相發現彼此的真實身分。直到上頭下達暗殺利姆路陛下的命令，我才知道邦尼也是『個位數』之一。」

聽完我們的對話，邦尼和裘都跟著跳進來解釋。我給他們權利保持沉默，他們主動加入對話算我賺到。

但他們的說話內容令人有些在意。

「是說你們當時才想起來？」

「不，我沒見過其他『個位數』，直到接獲命令才曉得裘跟我一樣。」

「我也是。恐怕除了團長和副團長，其他人都不知道彼此的真實身分。」

聽到這個答案，我很驚訝。

沒想到帝國內部的最強戰力竟然不知道彼此的真面目。

為什麼這麼做？

《答。推測是為了防止背叛行為。》

嗯嗯。

若是不知道彼此的真實身分，那他們也沒辦法互助合作以下犯上。雖然算不上天衣無縫，但他們都是用這種高度警戒的方式在守護皇帝人身安全？

「我不是不能理解，但感覺這樣浪費很多資源，沒什麼效率。既然是夥伴，那從一開始就該彼此幫忙才是。」

當我說完這些，帶著苦笑的蓋多拉就開口陳述意見。

「利姆路大人，能否讓老夫說些不敬的話？」

「當然沒問題。我很歡迎。」

接著蓋多拉就說了一句「那就得罪了」，接著補充。

「利姆路大人的想法很棒，但一方面也能解釋成這樣不夠謹慎。老夫很熟悉達姆拉德這號人物，他是一個狡猾的男人。就連自己的部下也一點都不信任，性格上很慎重，是過石橋也會邊敲邊過的那種。」

果然就跟智慧之王拉斐爾大師推測的一樣，看來正確答案就是要防止背叛。聽說達姆拉德是祕密結社「三巨頭」的首領之一，這個人只相信「金錢」，看來人如其名。

原來他的真實身分是「個位數」裡頭的上位者啊。

「我沒見過他，但那傢伙好像不簡單。看他試圖暗殺蓋多拉的手段，肯定是『個位數』沒錯。而且還能夠命令邦尼和裘，也許達姆拉德就是團長？」

聽我如此詢問，蓋多拉給了否定答案。

「不，達姆拉德應該是副團長。老夫認為團長應該是近藤達也。」

印象中他好像是帝國情報局的局長，也是蓋多拉在警戒的對象之一？蓋多拉說他也不熟悉這個男人，因此相關資訊不多，但發現達姆拉德的真實身分後，蓋多拉才會如此確定吧。

沒想到自家情報竟然被掌握得如此透徹，來自帝國的成員們都呈現放棄狀態。可能是想說這樣下去再隱瞞也沒用了吧？邦尼和裘說出對我們有利的情報。

蓋多拉猜得沒錯，達姆拉德是帝國皇帝近衛騎士團的副團長，排行第二。雖然不清楚近藤是不是團長，但達姆拉德肯定是大人物沒錯。

我心裡想著「蓋多拉幹得好」，一面聽他們說話。

「其實有關這次襲擊利姆路陛下的行動，並不是達姆拉德大人下達的指示，而是團長下的祕密指令。」

「我這邊也是。那個命令蓋掉保護正幸的這個命令，當時我還覺得奇怪。」

根據裘所說，為了讓正幸信任她，她甚至還準備讓正幸拯救一個村莊的戲碼。因為被正幸拯救所以要報恩——當裘得到這樣的立場之後，這才成為正幸的護衛之一。

「既然是要同時暴露真實身分，那還不如你們一開始就通力合作。」

「——我也認同你的看法。那確實是一個絕佳的好機會，所以我一直相信是為了不讓你懷疑才利用正幸……」

如今回想起來才覺得有疑點，邦尼最後說了這麼一句。

假設他們兩人並沒有說謊，綜合來說，達姆拉德和團長很有可能懷著不同的心思。前面那一切都是達姆拉德安排的，因此我不認為他會下達一個完全放棄那些安排的命令。

不，也有可能是為了提高成功率才要做出犧牲，但做法未免也差距太大。怪不得邦尼他們會疑惑，自然會覺得背後有什麼隱情。

「話說回來，在諸位帝國成員中，有人見過皇帝魯德拉的尊容嗎？」

此時我突然對這件事情感到好奇，試著提出那樣的疑問。

舉手的人就只有蓋多拉一個。

「不會吧？你們竟然不知道自己追隨的人長什麼樣子？」

似乎連紅丸都感到訝異，嘴裡不禁念念有詞。

「是少爺太不像統治者了。隨性到會在城鎮上買東西吃，跟任何人都能輕鬆交談。」

「喂喂喂。」

「這不是在貶低。和少爺相比算嚴格，但其實蓋札王也有那樣的一面。但一般而言，王公貴族都會把一些雞毛蒜皮的規矩看得很重要。我想不願意讓底下的人看到真面目的傢伙也大有人在。」

「這麼說也是啦。」

「凱金先生的意見是讓人滿有同感的，但某些部分我不認同。就連擔任護衛的人們都不能看見自己的臉，不覺得這樣做得太過火了嗎？」

「對啊。我也覺得這部分太誇張。」

利格魯德對凱金表示自己的意見。凱金聽完了也二話不說表示認同。

「這樣果然很怪？」

「與其說是怪，倒不如說是不尋常。你叫邦尼對吧？老夫有件事情想問你。」

一邊回答哥布達，白老對著邦尼提出問題。

「什麼問題？」

「你們是負責守護皇帝的人，為什麼不知道主君長什麼樣子？那樣要怎麼守護自己的主君？」

沐浴在這樣銳利的眼光下，邦尼認真起來回應。

「很簡單。『個位數』只有前六人知道陛下長什麼樣子。團長跟副團長經常不在，剩下那四個人時常都陪在陛下身邊。」

這四個人好像稱做四騎士，就邦尼和裘所知，他們似乎都是長年沒有更換成員的厲害角色。

「也就是說皇帝對你們並沒有那麼信任。論實力也比不上那四個騎士吧？」

只見白老將很難問出口的事情一針見血提出。

邦尼在回答的時候有點懊惱。

「你要解釋成這樣也行。的確，就連我都很難打贏他們四個。不只如此，陛下身邊還有那位大人在。我絕對無法戰勝那麼可怕的人——就是『元帥』閣下。我想就算所有『個位數』都去挑戰那位大人也贏不了。」

又出現了，疑似很強的人。

目前有近藤和達姆拉德，還有四騎士，再加上「元帥」是嗎？

「個位數」有九個人，去掉邦尼和裘，還剩下七個人。數量一致——不，不一樣。若到前六名是一個區隔，那「元帥」自然就要另外區分。如此一來，應該可以解釋成還有一名單獨行動的「個位數」。換句話說，應該要警戒的對象就是這八個人。假如近藤不是團長，那要警戒的對象就多一個人。說起來實在棘手。

讓我明白這些是一大收穫，但我想確認的不是那些。

「不瞞你們說，有件事情我從蓋多拉那邊聽說了，正幸跟皇帝魯德拉似乎長得一模一樣。」

我的話讓蓋多拉點點頭。

大夥兒看了都若有所思地陷入沉默。

「達姆拉德下的命令是『守護正幸』對吧？而且還刻意安排，讓你們對彼此的事情絲毫不知情，以便杜絕任何懷疑。都做到這個地步了，有人卻下了完全無視這些設計的命令。會不會是達姆拉德和團長的目的不同？」

我想自己八成猜對了，說出自己的看法。

我猜達姆拉德是真的想讓他們保護正幸。原因不明，但肯定跟皇帝魯德拉與正幸一模一樣這件事情有關。

「你說自己一直都在利用正幸是吧？」

「對。因為我想不到是基於什麼理由要去守護正幸，所以才會連團長的命令都二話不說接受。」

「我也是。達姆拉德大人並沒有針對理由做過任何解釋。」

為了接近我，他們利用正幸。假如達姆拉德對邦尼他們下了這個命令，那照這個方面去想就解釋得通了。可是卻冒出一個團長，這就出現無論如何都必須確認的一點。

「你們認為那個團長是不是知道正幸長什麼樣子？」

「嗯——這個問題不好回答。假如真的跟老夫想得一樣，近藤真的是團長，就要解釋成團長知道了。」

「我們並不清楚內情，但都知道近藤這個男人。這個男人不容小覷，聽說他掌握帝國境內所有的情報。」

「『以情報為食的怪人』——這是人們給情報局局長近藤中尉取的外號。我們軍事部門和情報局水火不容，一直覺得他很棘手。也曾經跟他作對過好幾次，但最後全都以失敗收場。光看這點也可以證明那傢伙不是等閒之輩吧。」

明明之前的卡勒奇利歐都避重就輕表述，梅納茲卻完全沒有隱瞞的意思。就連檯面下的事情都暴露給我知道，跟我解釋近藤是一個危險人物。

就連梅納茲這樣的男人都被玩弄在股掌之中，可見近藤真的很有實力。

「至少可以確定的是，那不是老夫能夠戰勝的對手。」

別看蓋多拉老爺爺這樣，他其實很強。依我看，他搞不好強到足以媲美「聖人」。雖然魔素含量不高，但在魔法的使用技巧上卻出類拔萃。

連這樣的蓋多拉都斷言無法戰勝，那把近藤想成是「聖人」準沒錯。換句話說，他是能夠跟日向和蓋札王並駕齊驅的強者。

順便說一下，邦尼和裘也是「聖人」，就連卡勒奇利歐都覺醒了。而蓋多拉沒辦法使用究極技能，我想他不可能打得過這些人。

總而言之，已經知道近藤很強，無所不知的程度甚至足以讓他被稱為「以情報為食的怪人」，那他八成也已經掌握跟正幸有關的情報了吧。

「假如近藤知道正幸的事情，那他的打算八成跟達姆拉德不同。按照邦尼他們的攻擊來看，就算把正幸殺死也不在意。這跟達姆拉德的命令有所矛盾。」

當我這麼說完，邦尼就用一副難以啟齒的態度說了這番話。

「……其實團長下過『正幸已經沒用了，把他收拾掉』這種命令。」

在邦尼和裘跟正幸一起旅行的這段時間，他們似乎開始喜歡上這個人，所以沒辦法立刻殺了他。因此打算在收拾掉我之後，再來討論要怎麼處分正幸。

若能夠藏在某個地方就好。不行的話，他們似乎預計用魔法奪走正幸的記憶。

總之這下可以確定了。

「聽起來正幸會出事。雖然對那傢伙不好意思，但目前還是派護衛跟著他吧。蒼影，這工作可以交給你嗎？」

「遵命。」

嗯。蒼影果然很可靠。

「目前就當達姆拉德和團長有不同的打算吧。有人想要守護正幸，有人想要除掉他。背後原因不明，但看樣子彼此確實是對立的。」

「說得對。若因此有機可乘，那就算我們賺到。」

「天底下哪有這麼好的事情。但敵人不團結也算是個好消息。」

說這是好消息，應該也算吧？

既然難以辨別誰是敵人誰是朋友，那就只能把他們統統當成敵人看待了。總之為了評估這點，我還是進一步深入打探吧。

＊

邦尼他們的事情我已經懂了，再來想要確認帝國內部有哪些派系。講是這樣講，其實重點不是在軍隊上，而是上位者，我只想搞清楚能使用究極技能者的動向。

「那跟我說說『個位數』的事情。」

我話一說完，邦尼就點點頭。

「好的。不管在哪個時代，我們『個位數』就只有九個人。若有更強的人加入，我們的成員也是有可能被踢掉。」

也就是說排行比較後面的人在實力上並沒有太大差距？

「是說第九名跟第十名就算交換也不奇怪？」

我提出這個問題，邦尼搖搖頭否認。

「排行第十一的是『個位數』輔助成員。排行第十的是預備人員。但這都只是暫時的。若是有人從『個位數』之中除名，他們就要出來頂替。」

聽說第九名和第十名之間有無法跨越的巨大鴻溝。我想差別應該是有沒有究極技能。

也就是說覺醒並獲得究極技能才會被當成「個位數」看待吧。

對了，邦尼排名第七，袠好像排名第九。應該要警戒的對象是第一到第六，還有第八，再加上「元帥」，正確說來最少有八個警戒對象。

關於達姆拉德的派系，邦尼他們似乎也不清楚。他們甚至不知道除了自己，還有誰是「個位數」，因此我想那句話並不假。

我也想知道成員以外的情報，期待他們能提出有用的消息。

「排行第十的人是預備成員，總是在母國那邊待機。以便出什麼事的時候能立刻動身。還有排行第十一名之後的近衛騎士總是三人一組行動，負責解決重大事件。」

按照邦尼的說明，排行第十的人似乎也滿強的。只是沒有獲得究極技能罷了，搞不好實力足以媲美覺醒魔王。

還有剩下的九十名近衛騎士也一樣，二十幾名跟三十幾名之後的力量差距有著天壤之別。

即使如此，要加入帝國皇帝近衛騎士團的最低標準還是必須來到「仙人級」。在上位者之中，聽說還有接近「聖人」的高手存在，若是讓東方帝國拿出所有的戰力，在戰爭之中似乎能夠同時對付好幾個魔王。

「說這是什麼話。對付那樣的我們，這位大人可是沒有讓任何人犧牲就贏得勝利了。」

這句話是來自梅納茲的吐嘈。

「話是這麼說沒錯，但比起百萬大軍，帝國皇帝近衛騎士團的百名成員才是讓人不得不把他們當成威脅的問題。」

「那也是沒辦法的事情。說穿了帝國軍就只是表面上看得到的威武象徵。一些愚蠢的人不懂什麼叫做真正的強，所以才需要這種眼睛看得見的暴力裝置。」

邦尼話說到這邊嘆了一口氣。

那句話不光是在對西方各國說的，同時也是對母國——也就是對帝國臣民說的話吧。

他們繳納的稅金用來保障其安全，若說軍隊就只有百名人員，會讓人感到不安。就算那麼做沒用，找來一大堆人還是有意義存在。

還有進攻的時候姑且不論，在防守上依然需要一定的人數。設立的據點數量愈多，在防守上就需要更多人。

就這點來看，其實也可以說帝國的方針合情合理吧。

「其實聽說以前，論及軍隊的存在意義，防衛似乎就是主要的目的。只靠精銳人員去攻陷其他國家，徹底剝奪對方的反抗意志。然後再派遣軍隊，以皇帝之名進行統治。但不知不覺間，已經演變成一開始先派遣軍隊。之前老夫一直納悶這是為何，沒想到目的原來是要催生覺醒者……」

蓋多拉接著說「原來背後是這麼一回事」，連他都為之感嘆，可見這是很重要的機密。

如此一來，皇帝魯德拉的目的也跟著浮上檯面。

「看來這次的遠征目的並不是要獲得勝利。實際上卡勒奇利歐先生確實覺醒了，其他似乎也有好幾個人覺醒。想來藉著這場戰爭增加棋子才是皇帝魯德拉真正的目的吧。」

看來跟我想的一樣，紅丸也提出這樣的看法。

邦尼聽了點點頭，順口說了這麼一句。

「這次遠征之中，疑似有好幾個人覺醒。不只是卡勒奇利歐大將，還有梅納茲少將和堪薩斯大佐，再來就是克里斯納等人。我接到的指令是要跟覺醒者同心協力逃脫。這還是第一次撞見團長的預測如此失準。」

邦尼話說到這邊露出苦笑，但我卻笑不出來。假如真的有那麼多人覺醒，那可不是只有陷入苦戰就算了。

而且如今已經明白帝國的目的是要催生覺醒者，那就表示我們的預測大錯特錯。

我還以為帝國那邊是以為自己肯定能夠戰勝包含我們在內的西方諸國，所以才挑起這次的戰爭。智慧之王拉斐爾大師的預測也一樣，所以我以為自己想得沒錯……

《……答。由於情報不足，才會定義失敗。為了萬無一失，將再度進行定義。》

感覺智慧之王拉斐爾大師好像有點不好意思。其實也沒什麼啦，要你預測到那種程度是過度期待，我也不打算對你提出這種無理要求。

這次的事情就別在意了，只要下次能夠好好運用就好。

《了解。為了避免遺漏，將重新審視情報。》

就靠你嘍，我說真的。

關於帝國今後的動向，我會參考智慧之王拉斐爾大師的預測。目前先來整理已經弄清楚的事情。

「魯德拉在蒐集覺醒之後的強者。雖然很不想承認，但就像他對邦尼和袠做的那樣，我想魯德拉可以給人究極技能。再來就是包含我在內的『八星魔王』，還有西方諸國著名的英雄們。他大概是想聚集到足以同時擊潰這些人的人數，藉此支配世界吧。」

在我說完這些之後，紅丸和迪亞布羅他們也很贊同。

「雖然棘手，但我也認同。對於沒有覺醒的人，他根本覺得不痛不癢吧？」

「嗯。的確，人類很弱小。然而只要有了究極技能，八成也能夠跟我們勢均力敵。」

「這點讓人不悅。」

「我也不喜歡那樣。」

「其實也沒什麼關係。如果那個很好用，我們也學會不就得了。」

「可是這樣跟人戰鬥就會變無聊喔。」

「咯呵呵呵呵，那都是舊思維了，戴絲特蘿莎。若對手沒有究極技能，對付他的時候不要用就好了。我是這麼想的，而且已經拿到究極技能嘍。」

「你說什麼？」

「這樣太狡猾了吧？」

「偷跑是不行的。」

「這些沒有究極技能的人散發的嫉妒情感，真是太美味了！之前我都不想要拿到這個，還一直無視金呢。」

迪亞布羅還真是任性。

原本以為他是在表達認同，結果話題逐漸往奇怪的方向去。若是不趕快阻止迪亞布羅的失控行徑，戴絲特蘿莎她們就會開始散發危險氣息。

「先回到原本的話題上，依照利姆路大人的想法，帝國的目的就是篩選出強者對吧？」

「我也認同少爺的看法。除了蓋札王，還有像日向小姐、艾爾梅西亞陛下這些有著超人般強大力量的人們在。在這些高手的守護下，世界上的戰鬥勢力才得以保持均衡。聚集到足以瓦解這一切的人數才打算展開真正作戰，我也認為有道理。」

利格魯德和凱金漂亮解讀我的想法。

「原來如此。強者就派強者去對付，能夠協助的人負責鞏固四周。對方認為弱者只會變成絆腳石對吧。」

「雖然這樣講很殘酷，但是當弱者比較輕鬆。」

「說得是，若是只要靠強者出面就能夠結束戰爭，那對弱者來說也是一種幸福。但是為了讓強者誕生就要犧牲他人，這違反老夫的美學。」

看了戈畢爾他們的反應，卡勒奇利歐和梅納茲臉上也跟著浮現苦悶的表情。身為當事人，想必他們很能體會這是多麼殘酷的想法。

而我也覺得白老的意見是一個重點。

戰爭就讓那些想打的人去打就好。怎麼能夠把弱者牽連進來。

不過呢，就因為現實情況沒這麼好講話，當今世道才沒這麼好混啊。

「話說回來，優樹那小子曾經說過，聽說魔王金不樂見帝國那邊增加戰力。老夫很疑惑那個號稱最強的金為何會如此警戒就是了……」

此時蓋多拉突然想到這件事情，他接著開口。

的確，若是有了究極技能，也許攻擊有可能會對金起作用。他當然會警戒不是嗎？

「金的目的是要靠魔王勢力來統一世界。帝國想要跟他正面對抗，也因此他們的關係甚至不用深究到利害關係是否對立吧。不過──」

「很奇怪。那個傲慢的金為什麼能夠容許帝國存在？」

「或許等強者聚集，戰鬥起來才有趣，但金意外認真。若是能夠採取行動，感覺他應該會馬上親自出馬，去把愚蠢的傢伙滅掉……」

迪亞布羅、烏蒂瑪和卡蕾拉說出他們的疑問。

給他們答案的人是戴絲特蘿莎。

「很簡單。因為那塊土地上有維爾格琳大人在。也許對帝國出手會觸怒維爾格琳大人。我也是基於這樣的理由才沒有在帝國境內造次。」

卡勒奇利歐聽了這番話露出驚訝表情，梅納茲則是小聲喃喃自語：「是因為那樣？」

我不知道戴絲特蘿莎她以前在帝國做過什麼，但那跟我沒關係。連以前的往事都算到我頭上，我會受不了，所以這部分就被我跳過。

我比較在意「維爾格琳」這個名字。

維爾格琳該不會是──

「令人意外。白色始祖──不，沒想到戴絲特蘿莎小姐居然會敬畏住在『燃燒神山』裡頭的『灼熱龍』。」

看到戴絲特蘿莎笑著轉過頭問「在說什麼？」，梅納茲拿這句話掩飾過去。

這下我也確定維爾格琳的真實身分是什麼了。

她是這個世界上只有四個的「龍種」之一，維爾德拉的姊姊，司掌「灼熱」。沒想到這就是帝國的隱藏王牌……

「我可不是敬畏她。我們跟『龍種』的關係有點複雜。但只要我們的主子利姆路大人跟維爾德拉大人是盟友，我自然也要對他的姊姊們表示敬意了。」

呃——也就是說若少了我跟維爾德拉的關係，戴絲特蘿莎她們就不會對「龍種」表示敬意？

「這麼說來戴絲特蘿莎是因為打不贏維爾格琳，之前才那麼安分嗎？是說連金都無法戰勝她？」

「硬要說能不能打贏的話，我是贏不了的。金另當別論，我不可能戰勝。那並不是在說強度上，而是針對『龍種』這種不滅存在的蠻橫度。」

簡直是蠻橫化身的戴絲特蘿莎，連她都斷言蠻橫的「龍種」究竟……

我彷彿可以聽到維爾德拉高亢的笑聲，拜託千萬別當著他本人的面講這些。

「的確。對金來說，就連『龍種』都算不上威脅，但應該沒辦法毀滅他們吧？」

「嗯——誰知道?至少可以確定大概沒辦法透過魔法毀滅就是了。」

沒辦法完全殺死就不算勝利——這對惡魔來說好像是常識。照這個邏輯來看，確實無法戰勝「龍種」。

印象中維爾德拉也說過。

「龍種」就算死了也能復活。

換成是惡魔，只要心核被粉碎就會滅亡，但「龍種」即使如此還是能夠復活。聽說這種時候有部分記憶和人格會改寫，不過……搞不好就像一部分的惡魔，也有「龍種」能夠在保有記憶的狀態下復活。

那樣一來就給人感覺是名副其實的「不滅」了。

「是這樣啊，如果帝國那邊有這樣的對手在，我們就沒辦法隨意進攻了吧。」

對金來說是怎樣姑且不論，對我們而言就是種威脅。我說話的時候心裡想著「還真是棘手」，結果卡勒奇利歐他們都困惑地看看彼此。緊接著，先是卡勒奇利歐，再來依序是梅納茲、裘、邦尼出面發言。

「小的惶恐，有事稟報。就我所知，帝國確實把維爾格琳大人當成守護神龍祭祀。根據歷史記載，她還在天使的襲擊行動中守護帝國。不過——」

「那都是因為帝國有給維爾格琳大人供品，她一時興起才留在這邊。」

「話說——那高傲又美麗的紅龍是帝國繁榮的象徵。我們『個位數』在被魯德拉陛下認可後，一定會去拜見那隻龍。當場讓她記住我們的臉和名字，向她表示絕對不會與帝國為敵。」

「沒錯，我也有進行過這個儀式。根本不可能跟她為敵。那並不是人類能夠戰勝的。」

帝國跟維爾格琳有聯繫，但是帝國這邊似乎沒辦法提出任何要求。而且看到邦尼的反應，有件事情讓我好奇。

不，不是有點而已，是非常好奇。

「問一下，若是你們不想說，都不說也沒關係，你們曾說『元帥』任誰出馬都無法戰勝，若是『元帥』跟維爾格琳作戰，你們覺得哪邊會贏？」

「——咦？」

「換個方式問好了。這只是打個比方，你們印象中是否曾經覺得這兩者很相似？」

「怎麼會……」

邦尼意識到我想要說什麼，打算笑著帶過。然而卻失敗了，他一臉嚴肅。

在這樣的邦尼身旁，裘面色鐵青地思考著。

幾乎可以確定了。

「元帥」的真實身分就是「灼熱龍」維爾格琳。

魔王金之所以沒有進攻帝國，肯定是因為維爾格琳在那裡。

而且帝國那邊恐怕還存在跟維爾格琳同等級的威脅。否則金不採取行動的理由就顯得薄弱。

我把目光轉到大螢幕上，嘴裡吐出一口嘆息。

「真是的，隨便出手會刺激到維爾格琳。若是派軍隊過去，搞不好會一口氣被她殲滅。這麼說來，跟優樹他們合作採取侵略作戰根本是魯莽至極。」

情報果然很重要。

我在這裡察覺維爾格琳的存在，就可以在踩到地雷之前避開。雖然我很想贏得跟帝國之間的和平關係，但若是被他們反過來侵略就太愚蠢了。

「若是維爾德拉大人的姊姊變成敵人，在我們之中或許無人可以戰勝她。要請維爾德拉大人出動嗎？」

以上這段話來自紅丸。

看起來很懦弱，但這是他冷靜判斷之後得出的結果。

「龍種」是連神明都超越的存在，感覺在現實之中不太可能戰勝他們。

「不，這就不一定了。我不想因為我們的關係把維爾德拉捲進來。」

我想他也不喜歡姊弟之間開戰，還是別拜託維爾德拉了吧。這下今後該如何對應實在讓人頭大。

「也必須知會優樹那個小子。總不能讓布陣好的軍團一直維持那樣。」

「說得對。這下需要將戰略全面重新審視，看來必須跟優樹取得聯繫才行。」

我嘴裡「嗯——」了一聲，開始煩惱起來。

就在這個時候，問題兒童迪亞布羅投下一顆炸彈。

「聽起來跟金也脫不了關係，我把他叫過來了。應該再過不久就會過來，乾脆也跟那傢伙打聽一下吧！」

什麼？

就連我也不禁跟著一臉凝重，三番兩次盯著迪亞布羅看。結果他給我一個害羞的表情，這讓人下意識會萌生一股殺意。

眼下都讓人這麼煩惱了，這個笨蛋竟然做出那麼多餘的舉動……

「你把他找來了？」

「是的！」

是什麼是啊——！

雖然我一肚子火，卻沒辦法無視。

總之目前先散會，我要準備迎接金的來訪。

＊

過來這邊的金擺明很不爽。

「唷，我過來了。話說回來，敢把我叫過來膽子不小嘛。」

說得對極了。

更希望你不是跟我說，而是向迪亞布羅說。

金動作粗魯地坐到椅子上。

為了避免壞他的心情，我帶他到位在貴賓館的豪華接待室裡頭，但或許我這個決定下的太草率。這個貴賓館不是隨便什麼人都可以來，原本只能夠帶王公貴族等級的人過來。

假如他在這邊作亂，那我們的損失可就大了。

裝飾在這裡的家具，都是公認很有審美觀的摩邁爾老弟打點的。甚至還放了來自各國、價值非常高的美術品。

配合我的嗜好，比起花枝招展的東西，內斂的物品更多。除了能夠感受到典雅的風格，還可以窺見摩邁爾的高度感性。

想要達到這個境界，想必利格魯德他們還需要再磨練。他們連接觸美術品這類物品的機會都沒有，要分辨物品的好壞我想沒那麼簡單。但是利格魯德曾經說過「這個地方讓人心情沉靜」，搞不好這邊跟他的興趣很合也說不定。

這些先不管，等金真的作亂再說。

既然沒有其他適合招待金的房間，若出現某種程度的損傷也只能看開。把最強魔王金帶到一般的接待室，我怎麼可能做這種不要命的事情。

椅子這時被擠出討厭的聲音。

那可是用香木雕刻出的木質頂級品。

柔軟的沙發也不錯，但是能夠包容一切的木質椅子坐起來也很舒適。會讓人覺得像被森林包圍，跟大自然融為一體。

若是被弄壞再找迪亞布羅求償。還好先讓其他人解散，我暗自慶幸。

我要帝國那邊的成員回到七十層。由戈畢爾帶他們過去，預計在阿德曼不在的這段期間內，讓戈畢爾照顧他們。

蒼影去安排正幸的護衛。

為了讓去到迷宮內部避難的都市能夠順利營運，我要利格魯德去聯繫各個相關部門。

凱金那邊則是要他去跟培斯塔商量，把剛才的會議內容傳達給蓋札王知道。我並沒有要刻意隱瞞的意思，預計晚點我個人也會聯絡他。

蓋多拉去跟優樹交換情報。為了決定今後的方針，他認為需要互相分享現況。

然後讓哥布達和白老去別的房間待機。為了以防萬一，我也讓那三個女惡魔加入待機小組。

不知道那三個人會搞出什麼亂七八糟的事，還是別讓她們到金面前露面吧——基於這樣的想法才會採取該措施。

於是來到接待室的共有四人。

有我、元凶迪亞布羅，再來就是紅丸和紫苑。

反之金那邊帶著三名女性登場。

他旁邊坐著長相跟蜜莉姆很相似的女子。

光亮水潤的白色頭髮散發光芒，眼睛是彷彿會將人吸進去的深藍色。是令人驚豔的美女，但若是看的角度不同，會覺得她顯得稚氣，是名不可思議的女性。

她並沒有特別去留意金，很自然地入座，看起來不是上司跟下屬的關係。

換句話說他們地位同等，這樣的人恐怕不多吧。

恐怕她就是——

「你是第一次見她吧。跟你介紹一下，利姆路。這傢伙就是維爾德拉的姊姊維爾薩澤。雖然『白冰龍』這個外號比較通用，總之你先記住就對了。」

「初次見面，魔王利姆路大人。我的名字叫做維爾薩澤。不知道說起『白冰龍』維爾薩澤，你是否認識？弟弟似乎受你關照了，我一直很想來跟你打聲招呼。」

沒錯。

她就是維爾德拉的姊姊，最強的「龍種」之一。

「白冰龍」維爾薩澤本人。

優雅一鞠躬的姿態好美麗。

看她優雅坐到椅子上的樣子，簡直就像一幅畫。

她很享受木頭的香味。

不過——

雖然有著高貴的笑容，我卻覺得背後直冒冷汗。

只看維爾德拉會覺得「龍種」很好親近，但這傢伙不簡單。簡直就像是另一個次元的存在，這個女子讓人感到很危險。

最近維爾德拉也終於懂得用很精確的方式控制妖氣。我認為那樣就很完美了，但是看到站在眼前的維爾薩澤小姐，我才被迫理解到是我太天真。

這個人在妖氣的控制上極其自然。完全沒有透露出任何氣息，由此可見她多會控制。若是沒有人介紹，肯定不會發現她是「龍種」吧。不僅如此，也許還會深深相信這個人是人類。然而那美貌與霸氣無法遮掩，讓人沒辦法小看。

「啊，妳好。我叫做利姆路。雖然這副德性，但姑且在當魔王。我才是常常受到妳弟弟的幫忙。」

為何我就只會這樣打招呼？

還有為什麼在這種時候就連智慧之王拉斐爾大師也陷入沉默？

心裡覺得這實在太莫名其妙，但一方面還是謹記要帶著微笑對應。

「哎呀，真是謙虛。用不著如此袒護那孩子。」

只見維爾薩澤小姐開心地呵呵笑。就在這一刻，沉穩的感覺煙消雲散，給人印象轉變成可愛的少女。

說真的，看起來年紀就好像只有女高中生那麼大。

她果然跟蜜莉姆有血緣關係，我重新有了強烈的體認。這下沉重的空氣緩和下來，感覺那個笑容救了我。

接著我們繼續寒暄，開始介紹彼此那邊的成員。

剩下那兩人是連我都見過的綠之始祖米薩莉，另外還有第一次見到的青之始祖萊茵。

還是老樣子穿著暗紅色的女僕裝，半點破綻都沒有，就待在金背後待命。

她們好像跟迪亞布羅他們地位相當，然而這種矮人一截的樣子實在讓人聯想不到是那樣。

即使如此，她們還是「始祖」。在惡魔族之中依然是最強的，可以肯定跟區區的惡魔大公相比之下有著天壤之別。我要多加留意，以免在對應上不小心失禮。

下定決心之後，我邊慎重地結束人員介紹。

坐在我旁邊的紅丸倒還好，可是輪到介紹紫苑的時候，我很緊張。至於迪亞布羅，我甚至覺得自己好像在處理炸彈。

我怎麼會選這些成員，但這個時候去反省也於事無補了。

＊

看大家差不多都坐到位子上了，我拜託帶他們過來的朱菜去泡茶。

朱菜是內行人，她一點都不慌亂，將手邊工作完成。

不，不只是朱菜，負責服務的人們都不例外，彷彿不管對方是誰都無所謂似的，就像平常那樣工作著。

他們都變成專業人士了。

這全都是培斯塔嚴格鍛鍊的成果。

喝著朱菜端上來的茶喘口氣，最後我切入正題。

「今天請你過來不為別的，我有事情想要問金。」

「哦？」

「是這樣的，因為帝國進攻，所以我們把他們擊退。接著這次想要主動進攻，但是聽說帝國那邊有維爾格琳在──啊，聽說維爾薩澤小姐的妹妹在那邊。接著綜合打聽過來的各種情報，我們判斷你跟帝國之間或許有某種糾葛……」

「哦，虧你能發現。」

聽完我的解釋，金看似開心地邪笑一下。
這只讓我有不祥的預感。
實在很不想繼續問下去，但也沒辦法吧……
「你好像想阻止帝國增強戰力。之所以讓優樹活下去，目的也是這個吧？我想你是真的不希望西方諸國滅亡，但動機應該不只這些吧？你曾經說過『遊戲』這個字眼，你是在跟誰較勁？」
這點一直讓我好奇，但我都裝作不在意。
然而帝國那邊有維爾格琳，若是還有跟那同等級的威脅潛伏，那我就不能不問了。
在不知情的情況下進攻，那我的夥伴很可能會出現犧牲者。
我筆直望著金的雙眼這麼問。
「呵呵呵。好啊，既然你都洞察到這個地步了，那我就告訴你吧。」
也沒賣關子，金乾脆地回應。
這樣反倒讓人害怕，同時我決定乖乖聽他說。
「其實我跟某個臭小子下了賭注。因為那傢伙說出太過天花亂墜的理想，我才想要教教他什麼是現實。我們不會直接對戰，決定用彼此擁有的棋子來決勝負。」
換句話說，要讓他們本人之外的人作戰，把對方的棋子全部打倒就贏了是嗎？
就算我不問，其實也隱約察覺到了。
「所謂的棋子是……？」
「呵，就是你們啊。」
我想也是。

就猜到是這樣。

很想叫他別擅自把人當成棋子，但是在這裡抱怨也沒用。我就看開一點，試著問出有利的情報吧。

「跟你決勝負的對手就是帝國皇帝？」

我想應該沒錯，但還是要確認一下。

因為金身邊坐著維爾薩澤，所以坐在維爾格琳身邊的人就是遊戲對戰者準沒錯。可是那不一定是皇帝，必須聽金親口說出正確答案才行。

「猜對了。帝國皇帝魯德拉這個人啊，就是我認定的勁敵。」

看樣子金完全不打算隱瞞，他開開心心地告訴我答案。

都說對方是自己的勁敵了，這表示那個魯德拉跟金一樣強？

我們不可能打贏這種人吧。

沒什麼比參加勝利機會渺茫的遊戲更讓人討厭的了。

「請問我可以發言嗎？」

就在一個頭兩個大的我身旁，紅丸毫不畏懼地發言。

當著金的面，態度很大方。

「可以。」

「那我就問了，遊戲的勝利條件是什麼？必須打倒皇帝魯德拉嗎？還是只要把他擁有的棋子全都鎮壓住就行了？我想請教正確答案。」

噢，這確實是一大重點。

我一直認為條件是必須打倒魯德拉，但若是將那些棋子——也就是只要讓帝國的戰力癱瘓就算勝利，

那這麼做的勝算更高。

雖然那裡還有一些棘手的成員，但還是比對付跟金同等的對手更有利。

「咯呵呵呵，在這裡把金收拾掉也是一種解決辦法——」

「「你是白痴嗎——！」」

我不禁發出怒吼，正好跟金的怒吼聲重疊。

真是累死我了。

金的心情大概跟我一樣吧，我們兩個人不約而同對著彼此點點頭。

沒想到會在這種事情上跟金有默契，這個部分要感謝迪亞布羅。但是說出很有可能觸怒金的話大大扣分，必須要將迪亞布羅得到的評價分數大幅下修。

總之我要迪亞布羅暫時安靜一下。

「那麼，金。針對紅丸的問題，你給的答案是什麼？」

雖然我這麼問了，金卻沒有回答，而是看著我。

他嘴角浮現邪惡的笑容，我心中的危機感應系統就全力警鈴大作。

「利姆路老弟～！」

唔哇，我有強烈的不祥預感。

這已經不能稱之為預感了。

我終於知道為什麼摩邁爾和維爾德拉被我叫名字加上老弟的時候，表情那麼微妙。現在我肯定也帶著一樣的表情。

「其實我有件事情想拜託你。」

「我拒絕。」

「你先聽聽看嘛。」

我才想說「你才該聽我說話」。

雖然很想這麼說，但對方是金。讓這個蠻橫的對手發怒並非明智之舉，因此我也只能聽他說話了。

摩邁爾老弟即使聽了會露出微妙表情，依然還是會開開心心地跟我應對。而我則是滿心只想全力推拒。

「我想要你去阻止魯德拉那個臭小子。我不至於叫你去打倒他，你就想辦法擺平那小子的棋子，讓我能夠確實獲勝。」

金說話當下的表情邪惡到不能再邪惡。

他從椅子上站起來，繞到我背後。一邊揉我的肩膀，一邊把話說下去。

「你願意幫忙對吧？」

揉捏我肩膀的手更加用力。

這是在威脅吧？

「若是接受你的委託，對我有什麼好處？」

既然不能拒絕，那我就要想辦法引導他給出更好的條件。

對方是金，這樣或許很有勇無謀，但我決定要盡自己所能交涉。

「我說啊，都是因為你的關係，我管理的世界才會失去平衡，關於這部分你有什麼想法？」

「對不起。」

我瞬間就敗得體無完膚。

為了建構出新的均衡情勢，我目前正在努力，但是把金那邊的戰力奪去大半的就是我沒錯。說得更貼切一點，就是把戴絲特蘿莎她們三個拉到我的陣營之中很不妙。若是在這個時候拒絕金的委託，恐怕就連我都會被當成敵人看待。

沒辦法。

我放棄掙扎，決定接受金的要求。

＊

當金回到座位上的時候，敲門聲音正好在這個時候響起。

門跟著開了，朱菜進到裡頭。

紅茶的香氣飄蕩開來，沖淡了緊張氛圍。大盤子上還放著蛋糕，我決定休息一下。

心中已經有逃不掉的心理準備，所以我這麼做可不是要把問題往後推。

隔壁房間似乎也有準備這些點心，兩個祕書跟那兩個女僕就到那邊去。原本以為對方會不情不願，結果他們去的比想像中更乾脆。

我開始喝朱菜泡的紅茶。

那是很溫和的味道。戴絲特蘿莎泡的紅茶在味道上很完美，無可挑剔，但朱菜的茶能夠讓人心靈平靜，非常美味。

「哦，這個很好喝呢——」

看來金很滿意，太好了。

「哎呀，真的呢。這個蛋糕也不是單純只有甜味而已，有多層次的變化，味道很深奧。芳醇的香味也很棒，但苦味能夠更加襯托出甘甜味。」

維爾薩澤小姐似乎也給出很棒的評價，這下我就放心了。

「還有這個房間的風格也很和我胃口。我也很喜歡這樣的擺設。」

令人意外，金說出誇獎的話。

我甚至認為這傢伙是個暴君，根本不懂什麼風格品味。看來我必須反省，不能用先入為主的觀念來判斷他人。

仔細想想，織田信長好像也很喜歡這方面的東西。他似乎喜歡讓人不用在意身分的茶室，搞不好他很看重重新審視自己心靈的那些時光。

這都只是我單方面硬拼硬湊罷了，不過把金帶來這邊似乎是對的選擇。

我有點放心了，接著我說了一段話想引出後續反應。

「啊，這樣啊。你喜歡就好。你是第一個被帶到這裡的人。這個房間是最高級的接待室，只會帶想炫耀的對象過來。」

「什麼？你這是在跟我炫耀？」

「對啊，就是在炫耀。若是沒這點福利，我看我魔王早就當不下去了吧。若是捨去這身榮耀，那還不如從一開始就暗中低調行動，過著輕鬆的人生。」

現在小小表態一下。

在接受金的委託之前，我必須展現自己的意志，表示自己不會任人擺布。

看金的反應而定，到時必須改變應對方式。

然而金卻笑我反應過度。

「啊哈哈。想要試探我？你也挺有趣的嘛！」

這一點都不有趣，還是覺得我就像被金玩弄在股掌之間。

「那還真是多謝誇獎了。」

「好了，就到這邊，別那麼麻煩。關於我的委託，其實並非跟你們毫無關聯。我希望你們就這樣繼續戰爭下去，把帝國擊垮。」

話說到這邊，金用優雅的動作喝了紅茶。

看起來很有風範。簡直就像是某個國家的國王一樣。

不，他是魔王，好歹也算是國王吧。

話說回來，金這個傢伙。

這個時候才直接來個開門見山。

「也就是說我們不用殺了魯德拉，只要把他的棋子都處理掉就可以了？看你都沒有明確回答紅丸的問題，我就有這種預感了。」

「大概就是那樣。關於遊戲的設立條件，其實並沒有嚴密規定。唯一決定的規則就只有『玩家雙方都不能親自出手』。」

「看是對方認輸還是死掉，又或者是遊戲本身無法進行下去，要拿哪個當勝利條件都行是吧？」

「對，差不多就是這樣。」

金又再次喝下紅茶，一面點頭。

聽說金和帝國皇帝魯德拉已經鬥爭兩千年以上。

說是鬥爭，卻沒有直接對決。聽說在那之前他們曾經交手過好幾次，但自從蜜莉姆誕生，「星王龍」維爾達納瓦不在之後，他們就收斂了。那兩個人對戰帶給世界的影響太過巨大，據說不知不覺間因此無法用真本事對決也是原因之一。

雖然那番說詞很天方夜譚，可是眼前的金看起來並不像在說謊。

就這樣，戰鬥持續到現在。

金一面維持世界均衡，一面增加手邊的棋子。很多魔物的壽命都很長，他似乎一直在等待這些魔物慢慢進化。

然而就連「八星魔王」的所有成員都不知道金的本意。聽說就連蜜莉姆也都不曉得金在跟魯德拉玩遊戲。

「那為什麼要跟我說啊！」

「啊？那還用說。能夠把魯德拉逼到這種地步的，你還是第一個。」

用不著我透露，金早就知道帝國軍被殲滅了。好吧，畢竟那種大魔法連續發動好幾次，金沒發現反倒顯得不自然……

「不過呢，你把他們全部殺光是對的。因為這樣魯德拉那小子的棋子就不會增加。」

金果然也知道魯德拉的行動目的嗎？

我從金口中聽到正確答案了。

魯德拉的目的果然是要給予那些人名為戰敗的試煉，讓存活下來的人進化。

除了捏造出臣民能夠接受的理由，還要鍛鍊軍隊，讓他們暴露在威脅中，再從存活的人之中找出進化者，這大概就是魯德拉的基本戰術。

證據就是上次帝國遠征軍雖然被維爾德拉一網打盡，但聽說裡頭出現了進化成仙人的人。金這邊也採取相同策略。

沒有覺醒的人不配當棋子，沒有相應的利用價值。金似乎是這麼想的，才會默許魔王之間互相競爭。覺醒成為真魔王的人愈多，遊戲對他來說就愈有利。這是大前提，剩下的問題就是何時出手。

比起對手，自己有更確切的勝算——當他們如此判斷的瞬間，那就是為勝負下賭注的時候。而這意外困難，而且還會有人進來搗亂，因此才會直到現在都沒有分出勝負，爭鬥依然持續。

不管是魯德拉還是金，那對他們來說都是壯大的長期計畫，需要很有耐心。

雖然對在這個世界生活的人來說根本是種困擾，但對他們兩個而言純屬打發時間吧……

「這次也不例外，若是面對維爾德拉能夠出現幾十個生還者，魯德拉八成預測這之中會出現覺醒者。」

換句話說，魯德拉根本沒把我放在眼裡。而我對金來說是優秀的棋子是嗎？

讓人有點懊惱，但那就是現實。

「所以你才想要趁機讓我對帝國進攻？」

「看你想要用什麼手段都行。我想用不著我多說，光是好看的戰力起不了任何作用。」

的確，用不著他提醒。

就算展現我們的威武也無法起到威嚇作用，這樣只會增加犧牲者，完全沒有任何戰略上的意義。看來不能派軍隊過去了。

「有些事情若你知道，希望你跟我說，魯德拉那邊有沒有必須警戒的手下？」

「誰知道。我主要都把注意力放在自己的棋子鍛鍊到什麼程度上。只要我變成最強的，對方的棋子

是強是弱都無所謂。」

這傲慢發言很像強者會說的。

這傢伙是那種人吧。

在打麻將的時候，是那種對對手丟掉的牌不屑一顧的類型。然後當對手自以為能夠輕鬆獲勝的時候，他就會若無其事用很高超的方式達成大滿貫。

不過如果是正幸的話，他只要靠身上的好運就能夠在牌一發下來的時候直接胡牌吧，這兩個人都不簡單，很想避免跟他們為敵。

聊遊戲的事情害我產生奇怪聯想，我們回歸正題。

「不管怎麼說，我們跟帝國那邊也要分個勝負。並不是因為你拜託的關係，我是基於我的信念才展開行動。」

既然沒辦法就這樣把問題推到後面去，那我就必須跟皇帝魯德拉做個了結。既然如此，在對我們有利的情況下出動比較明智。

「利姆路大人，莫非您想親自出征？」

紅丸這時驚訝地問出這句話，但這部分我不能妥協。

「這也是逼不得已吧。我又不能丟下優樹他們，目標是去跟他們會合，開出有利的條件跟對方和解。」

「這樣不會太危險嗎？」

「不管怎麼做都有危險。假設我們派人過去，然後順利和解好了。你會相信這是真的？」

我沒辦法。

會覺得那肯定是要讓我們掉以輕心的計謀。趁我在外面隨意拋頭露面，對方應該會試著祕密暗殺我。如此一來，我就必須一直保持警戒，將會沒辦法達成悠閒生活的目標。

我可不想這樣，所以這次必須要做個了斷。

「這麼說也對。那護衛呢？」

「當然是你啦。」

聽我這麼說，紅丸笑了一下。

「既然這樣我就不反對了。」

看那態度充滿自信，就像在說有他在就能徹底保護我。

紅丸果然很可靠。

看到我跟紅丸的這段互動，金露出玩味的笑容。

「啊哈哈。你很有趣，但你的部下也是有趣的傢伙。感覺他很奇妙，而且還保有進化的空間。」

「對啊。紅丸是我最為仰賴的左右手。」

「哦，不是迪亞布羅那傢伙？」

「對，那傢伙是很強沒錯，但總覺得是個問題兒童……」

「我懂。」

金似乎非常同情我。

而且不知道為什麼，他好像還把我當成同伴了。

原來金也吃過虧啊，看他的反應就能明白這點。

「有件事情想跟你確認一下。」

「什麼事情？」

「魯德拉是不是能夠分出究極技能給其他人？」

當我這麼問完，金就佩服地瞇起眼睛。

「虧你能夠注意到。就跟你說得一樣，魯德拉擁有有趣的特技，可以把自己的能力借給其他人。」

果然是這樣。

「那你知道借出去要滿足什麼樣的條件嗎？」

重點在這兒。

假如金知道條件是什麼，我們應該就能鎖定帝國那邊有哪幾個人是必須警戒的對象。照目前知道的來看，我們認為應該不到十個人，然而單方面斷言是大忌。

「放心吧。那傢伙的能力也不是萬能的。能夠借出去的只限某些劣化能力。至於給予的對象，我想想，最低標準是必須覺醒，否則不能變成能力的容器。除此之外似乎還有我不清楚的條件，但那應該不算太大的威脅。」

問那些原本是想碰碰運氣，沒想到金三兩下就給出答案。這下我想要得知的情報都湊齊了。

不過——

擁有究極技能不算威脅——能夠這樣斷言的就只有你一個，我真想大喊這句話。

搞不好蜜莉姆也跟金一樣……

或許就是這種感受差距讓事態變得更加複雜。

看著吃端上來的蛋糕吃得津津有味的金，我心裡帶著這個想法，同時感到憤慨。那跟發言內容搭不上邊的舉動令人火大，在我接受委託之後就一副事不關己的態度也令人不爽。

給我等一下，我們現在應該在聊非常重要的話題吧。我這麼想，但眼下卻瀰漫一股濃濃的密談結束氛圍。

這讓我不甘心，所以我也拿起叉子刺向自己的蛋糕。

若是要思考，攝取糖分很重要。

我決定不被金迷惑，冷靜下來整理情報。

＊

這是一段寧靜的時光。

氣氛很安穩。

然而──

明明事情都辦完了，金卻沒有回去的意思。

只見朱菜一絲不茍，對著金那變空的杯子重新添加一杯茶。為了避免剩下的茶葉泡過頭，她似乎已經先用別的待客用茶壺泡好了。

「妳還真有一套！我們家那些蠢才不可能做到這種地步。」

「被您誇獎是我的榮幸。」

紅丸看起來一直很擔心，然而朱菜的態度落落大方，面對金並沒有卻步，而是用平常心對應。

「我們家的米薩莉和萊茵能不能暫時到你這邊修行？」

「修行？」

「對。希望你們能教她們做這個蛋糕。」

在魔王盛宴上吃過她們做的料理，那些也很不錯，但是在甜點這個部分還是朱菜略勝一籌。畢竟她可是在跟吉田大叔比賽，勤於開發新作品，手藝也日漸進步。

我一直認為吃這些都是很正常的，如今才想起那些都算很奢侈。自從來到這個世界之後，直到現在都很隨心所欲呢——我對此有了體認。

想要重現喜歡的東西，希望能夠吃到美味的食物。

不管有多麼大的熱情和技術，某些食譜若沒有備齊材料就無法重現。即使是像吉田先生這樣優秀的人才，也要有我國生產的優質酒類才能成功重現這款蛋糕。

我可不能忘了對這件事該抱持感激。

那些姑且不管，來看看該怎麼回應金。

我有想過叫他過來購買，但用不著這麼小氣吧。

想到這邊，我決定藏起吉田先生教我們的部分，只教她們由我們開發的食譜。

「朱菜，晚點妳能不能把做法教給在隔壁的那兩個人？」

「好的，我很樂意！」

「若是不使用像樣的食材就做不出來，這部分今後就來跟我們進貨吧。」

就連一顆砂糖都是精製過的，以免混入雜質。有我對美味食物的執著，再加上凱金他們的技術實力，讓我們成功做出不亞於前世的品質。

雖然量沒有大到足以在市面上流通，但我們還是保有足以讓我們自己吃個痛快的量。我們就在量上面稍微追加一下，好讓金那邊也有足夠的分量可以用。

「這樣好嗎？」

「當然。」

這是真心話。技術層面的東西另當別論，但是在產品上我並不打算藏私。

我只擔心金若是也開始進出我國，麻煩事可能會增加……但只要有像米薩莉那種會使用「傳送門」的人在應該就沒問題了吧。若我們這邊先準備材料，應該也不用去考量搬運問題才對。

而且在那背後還有別的想法。

假如金看出我們有很大的用途，將能夠擔保我國安全無虞。跟外國的交流愈深，我們就愈能夠獲得安全保障。

若彼此之間互相需要，就不會隨意動武。

建構經濟圈就等同締結堅強的軍事同盟——以上是我的論調。

我不想跟金起衝突，能用的籌碼愈多愈好。

這還是第一次對一個人花那麼多心思。

不，自從遇到維爾德拉之後，這是第二次了吧？

姑且不論能不能打贏，假如真的打起來，可不是只有麻煩而已。肯定還會出現實質上的損傷，因此只要不是太嚴重的事情，我都打算尊重金的意見。

雖然他也有可能像這次一樣提些任性要求，但我也只能認命接受了吧。

不過那也是有限度的……

至今為止我跟他對談過幾次，覺得金並不是想像中那種無法溝通的暴君。他意外理性，是很好溝通的一個人。

看他在跟迪亞布羅對應的樣子，甚至會覺得他也有苦命的一面。我相信他會發現我們有其用途，不會提出無理的要求。

所以說，你是不是應該回去了？

我這個小小的願望因為金一句話殘酷地破滅。

「等等。回去之前，我有件事情想問你。」

什麼啦，還有什麼事？

「是什麼啊？」

「為什麼迪亞布羅進化了？」

心驚！

還以為他都沒注意到，是我有點太天真了嗎？

所以說我很討厭眼睛雪亮的人。

「呃——關於這部分……」

怎麼辦？

該怎麼回答才能讓金接受？

「不是只有迪亞布羅吧？因為那些人都在菈米莉絲的迷宮裡頭，害我為了尋找氣息花了一些時間，為什麼這裡有那麼多『真魔王』覺醒者？」

金面帶笑容問我這句話，但他眼神之中完全沒有笑意。

這下我看沒辦法隨便糊弄過去……

《答。就說是用主人的技能「暴食之王別西卜」做實驗得出的結果——如此斷言就沒問題。》

來自上天的聲音出現啦——！

很好，就這麼辦。

不愧是智慧之王拉斐爾大師，這種時候最可靠了。

「其實是這樣的。我想說能不能強化戰力來應付跟帝國的決戰，就拿自己的力量做各式各樣的嘗試。結果發現我的技能有有趣的效果。」

「哦。什麼樣的效果？」

是什麼樣的效果呢？

我也不知道。

拜託教教我，智慧之王拉斐爾大師！

《答。效果是可以把「靈魂」轉變成能量，再灌輸給擁有覺醒資格的人。若解釋成有這種促進強制進化的效果，想必個體名「金．克林姆茲」也能接受。》

聽起來天衣無縫。

的確，進化儀式並不是透過「智慧之王拉斐爾」的能力，而是運用了「暴食之王別西卜」的力量。

因此剛才的說明並未有所隱瞞，只是在陳述事實。

或許這才是正確的答案。

「我的能力『暴食之王別西卜』可以將人類的『靈魂』轉換成能量。還能夠將那些灌輸給其他人。但是對沒有資格的人就起不了作用——」

「嗯。也就是說獲得魔王種的人將能夠覺醒？挺厲害的。」

可能是因為我這個解釋並沒有半分虛假吧，金就算沒有全部聽完還是接受了。

這些都多虧智慧之王拉斐爾大師。

「確實滿厲害的。在這個世界的戰爭中，比起聚集一大堆人，個人的力量更重要吧？當然要提高個人能力啦。」

「說得對。話說我從之前就很在意一件事情，你也不是普通人嘛。」

「啊？我很普通啊。」

「不不不。一般而言史萊姆是不會說話的。這部分先跳過，像是收買維爾德拉的手段也好，還有這個城鎮的發展情形，不管怎麼看都很不尋常。你應該是『轉生者』吧？」

「嗯？怪了，你不知道啊？我是在別的世界死掉，帶著前世的心靈轉身成史萊姆的。」

「真的？」

「是真的。」

我跟金互看彼此。

原來他不知道啊？

我還以為這件事情他早就知道了。

我並沒有當成祕密，已經對外公開，這件事情在西方諸國也很有名。我還以為金會理所當然地掌握這個消息呢。

自以為對方早就知曉所有情報，也許這部分也要列入檢討才行。

還不到失言的程度，但我決定今後要多加注意。

必須留意不要隨便亂提供話題，以免不小心將情報洩漏出去。

「真的假的？」

「是，這是真的。」

「利姆路大人是不會說謊的。」

喂喂喂，為什麼那麼懷疑？

當著我本人的面，甚至還去找紅丸和朱菜確認……

「啊哈哈哈哈哈！這下厲害了！原本想說你明明是魔物卻很怪，原來背後有這樣的原因啊。光是橫渡世界轉生就已經夠稀奇了，沒想到還變成魔物。你的運氣還真背。」

話說到這邊，金捧腹大笑。

這件事情明明就沒那麼好笑。

「但這樣我就明白了。若是只有『靈魂』『橫渡世界』並保有自我和記憶，照理說心核確實會受到鍛鍊。這下我就知道為什麼你會執著於人類姿態，而且怪不得會進化得異常快速，並獲得究極技能。」

簡單來講就是我的心很強韌吧？

也是啦。自己說這種話有點那個，但我這個人處變不驚。

永不放棄、意志堅定，總是正面思考——這是我的信念。

「這樣你能理解了？」

「對，之前還以為你是一個怪人，這下子要我相信你也無妨。」

真的很失禮耶。

可是，就原諒他吧。反正跟他對戰也贏不了。

而且這樣總比他對我抱持詭異的疑慮和敵意還好，就那麼想吧。

這才是正面思考的典範。

「既然懷疑已經洗清，也問到想要問的事情，你差不多該回去——」

「這個再來一份。」

「好的，請用。」

我想要請金早點回去，話才說到一半，金卻打斷我的話，還很厚臉皮地說他要第二個蛋糕。

朱菜若無其事對應。

沒辦法，我也說要再來一個。

就讓蛋糕的甜味治癒我吧。原本是這麼想的，金卻不讓我如願。

「那麼利姆路老弟，我們回到剛才的話題上吧。」

我隱約能夠聽出來了。這次絕對是要說對我不利的事情。

「啊？什麼話題。」

「就是你能夠讓部下覺醒的那件事。照剛才的說明聽起來，你也能夠把力量分給我的僕人，如何？

實際上有可能辦到嗎？」

這傢伙……

他該不會跟我很像吧？

像是很精明啦，只要有好處什麼都能拿來運用啦。

還有讓對方以為話題已經結束了，使對方掉以輕心，接著再切入要害。

不不不，我可沒這麼明顯——好像沒辦法這麼斷言？

總之去在意那些就輸了。

先不去管那個了，現在必須回答金的問題。

關於這部分——

《答。有可能辦到。》

啊，我都還沒在心裡提出問題，就被搶先回答了。

這讓人覺得有點寂寞。

該怎麼說，總覺得就像在說它已經嫌配合我很麻煩。

《答。並沒有這個意思。》

總覺得智慧之王拉斐爾大師好像有點生氣。

要是讓它更生氣就不妙了。

我只能靠智慧之王拉斐爾大師，要是它在這邊放生我，那我就完蛋了。

這就來認真提問。

雖然我跟金的僕人之間並沒有「靈魂迴廊」連繫，那樣也可以嗎？

《是。就算是沒有連通「靈魂系譜」的魔物，還是能夠強制介入。條件是該對象沒有抵抗，只要具備覺醒資格，就能夠灌注能量促使進化。》

我了解了。

那接下來還剩一個問題。

就是我擁有的「靈魂」數量。

雖然不清楚金打算讓幾個人覺醒，但最重要的東西若是欠缺了，那就沒戲唱。

「我想應該沒問題。雖然沒試過也不清楚，但應該可以。只是我這邊已經沒有足夠分出去的能量了。」

為了在不惹火金的情況下巧妙拒絕，我如此回應。

其實我這邊還有剩下十萬多一點，但金勢必無從確認，這下他肯定會放棄。

「哦。也就是說只要準備『靈魂』就能夠辦到是吧？」

「這……」

他不打算放棄？

「其實我之前也曾經給米薩莉她們大約一萬個的『靈魂』。但她們都沒有出現任何反應，也沒有覺醒的跡象，我還以為沒用呢。」

竟然能夠直接給予「靈魂」，惡魔族能做這種事情還真是有一套。

不過，這樣還是不能覺醒？

《答。為了促使進化，必須要讓「靈魂」變換成應有的姿態，去讓進化對象適應才行。單純只是給予的話，想必沒辦法有效運用「靈魂」。除此之外，灌輸給其他人的時候，能源效率會極度下降，有效值會降低到只剩一成。》

原來如此。

若是要讓「魔王種」發芽，就必須要用正確的方式澆水。不過就算知道正確做法，能不能辦到似乎又是另一回事。

既然這樣，是不是讓部下自行覺醒會比較好？

《否。被比自己更高階的人「命名」之後，魔物本身的性質會產生變化。就算對象靠自己的力量獲得「靈魂」，推測也無法覺醒。》

換句話說，被命名之後就會被迫關閉進化的渠道是嗎？

光只是要獲得資格就很不容易了，這裡還有個意想不到的陷阱。

話雖如此，大部分的魔物似乎連獲得資格的機會都沒有，被命名也會有大幅度的進化，所以我想這有好處也有壞處吧。

總而言之，被命名的魔物在性質上會改變，會沒辦法從獲得的「靈魂」抽取出適合自己的能量。看來金也不知道這點，智慧之王拉斐爾大師的知識令人敬畏。

簡直就該稱呼這位大人為導師才對。

《……》

哎呀，不行不行。

我很認真在誇獎，結果對方好像解讀成表面誇獎，實際上卻是在損它。這下也知道要怎麼回答金的問題了，我們繼續談下去吧。

「先是米薩莉小姐嘛。另外還有想要嘗試的對象，應該是指萊茵小姐吧？」

「我不是說過可以不用加尊稱嗎？」

這不是許可，是命令對吧。

「以後我會那樣叫的。那關於這兩個人，是你替她們命名的吧？」

「你真清楚。就是這樣。」

「原因就出在這邊。」

「啊啊？」

「若是被比較厲害的人取名字，性質上似乎會產生變化。」

「……嗯。原來是這樣啊。既然是這樣，怪不得不管給多少『靈魂』都沒用。那如果是你的話，可以配合對方的性質調整成合適能量？」

我可是拚了命才把那些說明聽懂，金理解力還真強，而且還給出無可挑剔的正確答案。

「好像可以。」

「那我有事情想要拜託你。」

果然變成這樣。

我慢慢能夠看出金是什麼性格了。

雖然金說話的語氣很軟，但他肯定不認為我會拒絕……

我是很想二話不說拒絕，但這麼做太恐怖，我辦不到。就在今天這一刻，愛惜自己的我只能逼不得已答應金的請求。

「先跟你說一下，就算必須用到的『靈魂』都湊齊了，若是沒有資格還是無法進化。」

「沒問題，她們兩個都滿足覺醒條件了。所以說，就讓那些傢伙覺醒吧。」

她們目前這樣太廢，沒辦法幫上什麼忙——金給她們兩人的評價如上。

感覺金的判斷基準有點怪怪的。

就我聽說的，米薩莉和萊茵應該是跟戴絲特蘿莎她們同等級的「始祖」才對。居然沒提到這點，只說她們很沒用……

有人去煽動這樣的金，那個笨蛋就在我身邊，愈想愈讓人不安。

再來就要看「靈魂」數量夠不夠了。

「只要讓米薩莉和萊茵這兩個人覺醒就可以了是吧？」

「對。這樣需要多少的『靈魂』？」

要讓自己覺醒需要一萬個，如果是跟「靈魂系譜」有關聯的部下，那需要十倍也就是十萬個。這次

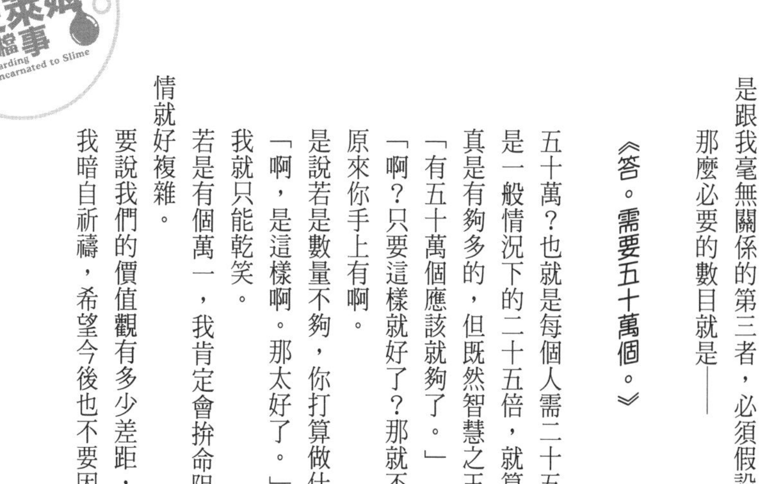

是跟我毫無關係的第三者，必須假設效率會更差。

那麼必要的數目就是——

《答。需要五十萬個。》

五十萬？也就是每個人需二十五萬個！

是一般情況下的二十五倍，就算跟在系譜之中的魔物比較，也是他們的兩倍以上……

真是有夠多的，但既然智慧之王拉斐爾大師都這麼說了，那應該就有必要吧。

「有五十萬個應該就夠了。」

「啊？只要這樣就好了？那就不用殺更多人類，拿我這邊儲存的量去補應該就夠了。」

原來你手上有啊。

是說若是數量不夠，你打算做什麼？

「啊，是這樣啊。那太好了。」

我就只能乾笑。

若是有個萬一，我肯定會拚命阻止金。幸好沒變成那樣，但想到至今為止的犧牲者有多少，我的心情就好複雜。

要說我們的價值觀有多少差距，就是那麼大……

我暗自祈禱，希望今後也不要因為利害關係對立。

＊

紅丸和朱菜在聽我跟金的對話時，看起來似乎也很緊張。

我認為對象如果是這兩個人，用不著對他們隱瞞我和金的對話內容。

「事情就是這樣，去把客人們找過來。」

還要順便把紫苑和迪亞布羅也帶過來。

這下金心情變超好，他在吃蛋糕。

這是第三個了。

看樣子他很喜歡。

給我五十萬個「靈魂」之後，他態度就像在說自己的工作已經告一段落。

這樣條件就滿足了，我已經跟智慧之王拉斐爾大師確認過，即使如此還是無法釋懷，是因為我的心胸太狹窄？

才剛想到這邊，朱菜就帶著米薩莉她們回來了。

「不愧是魔王利姆路大人，那個蛋糕非常棒。」

「您完全不藏私，願意把食譜傳授給我們，我很感激。」

以上是來自米薩莉的大力誇讚，還有萊茵的道謝。

看來話都有確實傳到，那兩個人對朱菜的態度也很有禮貌。

既然為這點小事就感到開心，那就不要玩以世界為賭注的無聊遊戲呀。

我個人認為這個世界上處處都充滿更多驚奇。

這兩個人看起來是完美的女僕。

感覺不像紫苑那樣有著毀滅性的味覺，看來沒兩下子就可以學會相關技術。

但還有更重要的，就是要先舉行進化儀式。

「妳們的道謝我就收下了。若是今後也能夠繼續互助合作，那我也樂見其成。互相幫忙才是最重要的。」

只是獨善其身是不行的，希望她們能夠確實體認這點。

「妳們兩個，利姆路似乎願意傳授力量給妳們。要更加感激。」

你也是啊。

這句話被我吞下去，我朝著米薩莉她們擺出笑臉。

「關於進化期間的注意事項，我想妳們會因為豐收現象陷入沉睡。在這種狀態下回去勢必很辛苦，會花上幾天的時間，可以先在這邊住下。」

金他們可以透過米薩莉的「傳送門」來到迷宮外面。接著只要獲得菈米莉絲許可，就可以招待他們到迷宮內部。

執行進化儀式之後，想必回去也會有困難。我不認為金會好心到帶她們兩個人回去，所以想要事先幫她們準備房間。

還有——

「這樣好嗎？」

「當然好。所以說，就先把金和維爾薩澤小姐送回去吧。」

這才是我的目的。

交涉都順利結束了，希望金快點回去。

「啊？怎麼能給你添那麼大的麻煩。我會帶這兩人回去，你別介意，快點灌輸力量給她們吧。」

咦？

沒料到金會有這種反應，我不由得發出驚呼。

不只是我，就連當事人米薩莉和萊茵也露出驚訝的表情。由此就能看出金不曾主動為她們做過些什麼。

這就表示金背後有某種打算。

說真的這讓我很頭痛。

我不想讓金看到我的能力，想要他快點回去。

是說……這個時候我突然想到一件事。

我之前覺得自己跟金有相似之處，搞不好我們真的很像。

如果是我的話，會想要觀察對手的舉動，然後要智慧之王拉斐爾大師看看能不能將之重現。就算沒辦法重現，為了擬定對策也需要蒐集情報。

按照這個觀點看來，金很有可能也有同樣企圖。既然這樣就更應該避免讓金看到我有什麼能耐。

話是這麼說，會不會早就穿幫了？

《答。沒問題。會按照命令只讓「暴食之王別西卜」出面，其他都隱藏起來。》

果然厲害。

只要交給智慧之王拉斐爾大師，連金都能騙。

目前就只能推測應該還沒有穿幫，所以不能大意吧。

也因為這樣，要避免給金更多情報。

「不不不，用不著跟我客氣。我們還有多的客房，用不著在意，盡量用沒關係！」

這部分我可不會退讓。

金的目的肯定是觀察我的力量。

只有我亮出本領是不行的。眼下就算不擇手段也要把金趕出去……

我跟金笑著對看，私底下卻在進行一場激烈的心理戰。正好就在這個時候，房間的門被人用力打開。

「我在找你呢，利姆路！『管制室』的監控影像消失了，想要叫你再把影像弄出來。」

「就是說啊！我也會幫忙監視世界的動向！」

維爾德拉跟菈米莉絲看起來好開心。但現在我在跟人談非常重要的事情，拜託他們兩個也看看場合。

還有啊，那裡是為了戰爭而使用的房間，不是你們的遊戲室好嗎？

我們現在確實還在跟人作戰，而你們就只是想用大螢幕調查要去哪裡玩吧。

——諸如此類，我有好多話想跟他們說。

可是原因就出在我身上，所以我沒立場抱怨。

等戰爭結束就出去玩吧——之前是我一不小心說了這句話。

後來他們兩個就開始研究要去哪裡。

明明就活了很長一段時間，那兩個人卻都沒有在這個世界上旅行過。可能是對旅行這件事抱持憧憬吧，他們的意願比我還高。

原因就是這樣，那兩個人利用我的物理魔法「神之眼」，有空閒就開心遍覽世界各地的景色，這已經變成他們的例行公事了。

用來監視的魔法可以用低耗能維持著，所以我就讓這魔法常駐發動。而且若是要變更視角，任何人都能輕易更動。

雖然不至於能夠映照出世界上的每一個角落，但還是能夠照出很大的範圍。

只不過，使用過度會讓魔法效果消失也是當然的。

「晚點我也會過去那邊，在那之前你們就先乖乖等著。」

晚點必須要確實指導他們，要他們有客人在的時候不要吵鬧。

這就是身為監護人的責任。

我也想跟他們一起調查——並不是這樣，為了他們兩人的今後著想，適當斥責也很重要。

這些先擺一邊。

現在我忙著跟金交涉，總之要先把維爾德拉他們趕出去，不過……

「咦，這不是金嗎？你找利姆路有什麼事？」

菈米莉絲注意到金了。

緊接著維爾德拉也發現。

「你看起來很開心呢，維爾德拉。」

「哇！姊、姊、姊姊妳怎麼在這裡——？」

「還以為你多少有點成長，結果還是一樣毛躁。但可以變成人類模樣很厲害了。還有以剛解除封印

來說，你算是很有精神，那我也就放心了。」

「姊、姊姊看起來也很有精神，我也很高興……」

開開心心的氣氛一變，維爾德拉變得戰戰兢兢又緊張。

維爾薩澤看起來溫和，然而看在維爾德拉眼中似乎並非如此。

「我們隔了好久才見到面，很想慢慢跟你聊聊。」

「不、不用了……姊姊應該也很忙，我也有工作，並不是那麼閒……」

「你用不著介意。看樣子金和利姆路大人會聊很久，我們就來促膝長談吧。」

維爾薩澤還特別強調促膝長談這個字眼，徹底忽略維爾德拉說的「還有工作要做」這個部分。

維爾德拉用眼神跟我求助。

因此我就對他用力點點頭。

叫他加油。

「利姆路大人，可以借用隔壁的房間嗎？」

維爾薩澤小姐對我拋出這麼美麗的笑容，我有辦法拒絕嗎？

不，沒辦法！

「當然好。你們應該也累積很多話想說，慢慢來沒關係！」

我只能這樣回答。

別了，維爾德拉。

我們不會忘記你的英姿！

知道無法期待我伸出援手，維爾德拉看起來好悲傷。然而他手的動作很快，一把抓住菈米莉絲。

「等、等等，師父！這跟我沒關係吧！」

「求求妳！別丟下我一個人！」

看維爾德拉的模樣變得如此難看，這下我確定了。

維爾德拉八成很不會應付姊姊維爾薩澤。別說是不會應付了，看起來甚至還感到害怕……

說到不擅長應付姊姊，我前世的朋友也是如此。

「那傢伙是暴君……」

我朋友曾經帶著頓悟的眼神如此抱怨。

即使是「龍種」，情況應該也差不多。

對了，那個朋友還跟不擅長應付妹妹的幾個人展開一場比誰更不幸的對決，但是這對只有哥哥的我來說一點關係都沒有。我只是覺得他們各自都有難處。

維爾德拉身上也飄出跟他們一樣的氣息。

我突然想到一件事。

以前曾經跟維爾德拉閒聊過。

我們在爭吵要去哪邊旅遊，但維爾德拉就是堅決反對去北方的提案。

他說那裡很冷，找一堆藉口，我想說他明明就不會感受到寒意，這很不自然。

現在回想起來，會覺得他那樣是因為知道有維爾薩澤小姐在的關係吧？

他現在也用快要掛掉的表情抓住門，拚命鬧脾氣說自己不想去，看到這樣的維爾德拉，我開始覺得他很可憐。

也有可能是我搞錯了，而且我不想一不小心被延燒到，原本打算見死不救，但還是稍微幫他一把好了。若還是幫不動，維爾德拉你就放棄吧。我邊想邊開口：

「印象中金你們好像住在比英格拉西亞王國更北邊的地方？」

「嗯？對，我們都叫那個地方『凍土大陸』，就住在那塊極寒的土地上。」

「我在那邊不會壓抑魔力，所以就變成生物無法居住的環境。金討厭弱者，我這麼做是為了避免任何人靠近。」

不只是金，就連站起來將手放到維爾德拉肩膀上的維爾薩澤都轉頭過來回答我。

我心想「很好」，一面反問。

「莫非維爾薩澤小姐的力量是能夠釋放寒氣？」

「——說是寒氣並不正確，但若是只看結果，或許人們會如此認為吧。」

原來如此，那就沒錯了。

那麼有自信、天不怕地不怕的維爾德拉也有怕的東西，這點讓人意外。

「維爾德拉他是不是很怕維爾薩澤小姐？」

「說、說什麼蠢話！我才不怕任何東西！」

這種時候就別逞強了。

你就是這樣才會讓受害範圍擴大。

「是啊？畢竟可是我一直在照顧他的。」

維爾薩澤說這句話的時候，臉上帶著沒有半點陰霾的笑容。

看來她一點都不懷疑對方可能討厭自己。

「剛生下來的維爾德拉在大吵大鬧時，我馬上就將他破壞，讓他重生。重生之後還是在鬧，我就將他的動作暫停，讓他乖乖待著，對他溫和說教。因為這孩子很讓人頭痛，連變成人類姿態都不會，所以才會造成過大的災害。假如事後沒有多加調教，他肯定會更難管教吧。」

就好像做了什麼好事一樣，維爾薩澤細數過去的種種事蹟。

這些話聽起來實在太血淚。

原因肯定就出在這裡。

「維爾德拉，原來你以前也滿辛苦的……」

「你懂嗎，利姆路？你能夠理解是嗎！」

怪不得維爾德拉會怕維爾薩澤。

沒有惡意，卻過於惡質。

該說是誤解嗎？若沒有矯正維爾薩澤的一廂情願，那維爾德拉很有可能一輩子都在恐懼中度過。

而維爾德拉也真是的。

都怪他太過逞強，才變得無法反抗維爾薩澤。若沒有將忍耐拿捏在適當範圍內，怎麼能夠跟人圓融相處。

是因為他是龍種嗎？

算了，這些不重要啦。

「維爾薩澤小姐，我知道說這個有點多管閒事，但維爾德拉很怕妳。」

「哎呀，為什麼？」

「簡單講就是妳做得太過火。別不聽人解釋就硬要對方聽自己的話，而是應該教導他怎麼做比較好，讓他自己學會分辨善惡。其實只要好好跟維爾德拉說，他都會聽進去的。所以就請妳別使用暴力，能不

能敞開心胸跟他談談？」

妳今天要住下來也行——我對維爾薩澤小姐如此提議。

在一陣短暫的沉默後，維爾薩澤小姐邊嘆氣邊點頭應允。

太好了。看來她願意認真考慮我的提案。

「利、利姆路……」

「太好了，師父！所以就拜託你放開我吧。」

「我明白了。如今仔細回想，我好像都沒去傾聽維爾德拉的想法。就務必讓我藉這個機會跟他慢慢談吧？」

還是一樣要慢慢談就是了。

「我、我知道了啦。妳要手下留情。」

維爾德拉也恢復冷靜，看樣子已經放棄掙扎了。

希望這樣能夠化解他們姊弟之間的代溝……

這次維爾德拉沒有抵抗，他也跟著去隔壁的房間。可是他手上依然抓著菈米莉絲，這我就裝作沒看見吧。

「等、等等！這真的跟我沒關係呀！」

我好像聽到有人這麼說，但是當房間的門關上，那些聲音也跟著聽不見了。就當成是我想太多。我重新面對留在現場的金。

＊

當吵吵鬧鬧的維爾德拉等人離去後，現場頓時安靜下來。

「接下來——」

這時金輕聲說了一句。

我吞了吞口水，等著看他接下來要說什麼。

「維爾薩澤那傢伙似乎想要慢慢來，今天就讓我們住下吧。」

「知道了。那我會準備三個人的房間，你們就放心吧。」

「啊？為什麼是三個人。」

「咦，沒為什麼，你不是要回去嗎？」

在問問題的時候，我一邊想著「希望他回去」。

但這個期待一下子就落空了。

「說什麼傻話。我跟你都什麼交情了。今天就要讓你關照啦。」

所以你就快點讓米薩莉她們進化吧——他眼中擺明寫著這句話。

咕唔唔，這樣下去金就會得逞。

「不不不，既然都要住了，那我想要下次再慢慢準備，給你最棒的招待。所以今天就先——」

「你剛才不是說有多的房間嗎？我多少也能將就一下，只要是空房間，不管在哪裡都行。我還想試吃之前說過的天婦羅，就拜託你啦。」

我輸了。

對方話都說到這個份上，我再也找不到藉口拒絕。

雖然這樣會把我非常重要的其中一個王牌暴露出來，但總比拒絕之後起摩擦好吧。

「好吧。那我就從空房間之中挑出最棒的房間給你使用。晚飯也會配合你的期待準備天婦羅。」

我點頭答應，接著對朱菜使眼色。

「遵命。那我這就去準備。」

只見朱菜帶著微笑回應，很有禮貌地鞠躬，之後就離開房間。哈露娜小姐在她之後進來，什麼話都沒說，待在房間的角落待命。

就好像空氣一樣，不會讓人感受到她的存在，簡直就是一個老練的女僕。就連米薩莉和萊茵都露出佩服的表情，說她是一流的應該沒問題。

在跟我的攻防戰之中獲勝，金看起來非常滿足。

雖然我不甘心，但這次只能放棄——剛想到這邊，先前一直保持沉默的迪亞布羅開口了。

「咯呵呵呵，這樣啊。你今天要住下來是吧，金？」

「啊？是沒錯——」

「原來如此。那看樣子你有很多時間吧。」

「你在說什麼……」

「沒什麼，只是想說這樣正好。」

「正好？好什麼？」

「我也想跟你敘敘舊，你很久之前不是跟我炫耀過究極技能嗎？關於這部分，我今天就想深入跟你研究一下呢。」

喔喔！

幹得好，迪亞布羅。

情勢一口氣逆轉，金要被壓過去了。

怎麼能放過這個機會。

「既然這樣，迪亞布羅你就把金帶到內廳去吧。今天你們兩人就在那邊慢慢聊個痛快！」

「多謝您的好意，利姆路大人。您的用心，在下感激不盡。」

一說完這句話，迪亞布羅就用手勾著金的肩膀。

「咦，等、等等！」

「我不等。走吧。」

碰到主動的人，金意外會變很被動。

迪亞布羅不給他拒絕的機會，一下子就被帶走了。

原來迪亞布羅也會在意想不到的地方派上用場。

如今金消失了，我就能夠放心使用力量。

不知道他什麼時候會回來，我要趕快把儀式結束掉。

於是我立刻將靈魂灌注到米薩莉和萊茵體內，促使她們進化。

《宣告。已滿足規定量「十萬個靈魂」，個體名「米薩莉」開始進化。》

嗯？

咦——好奇怪。

明明就從金那邊拿到五十萬個——

《接著促使個體名「萊茵」進化……成功。》

減少的靈魂加起來總共二十萬個。

奇怪？

只要具備資格，就算靈魂之間沒有連繫也能讓對方進化嗎？

——是說，喂！

還有更重要的。

我說你啊，這樣還剩下三十萬個，該不會——？

《答。因為已經掌握訣竅，因此必要數量比想像中更少。》

這樣啊，原來是因為掌握訣竅了——呃，不是這樣吧！

你不是弄來大量「靈魂」，連套用這種藉口都說不通嗎——！

《答。已經為個體名「戴絲特蘿莎」、「烏蒂瑪」、「卡蕾拉」三人儲存必要的量了。》

你做了什麼好事啊！

智慧之王拉斐爾大師真是太亂來了。

真是天不怕地不怕耶。

對方是魔王金．克林姆茲，你根本就想把他耍得團團轉吧！

不，等等。

那這樣一旦穿幫，到時候對方會怨恨的人是我吧！

《答。不會有問題。》

不對，問題一大堆啊。

我現在覺得你有點恐怖了。

所以說不知道害怕的人最可怕。

《否。只是因為跟預料情況相比，操控「資訊體」的技量提昇了。多的部分可以當成報酬看待。》

不，不一定吧？

我覺得這樣有點牽強……

比詐欺黑道分子還恐怖。

若是穿幫了，就算被對方消滅也不能有怨言吧。
我不會流汗，所以慌亂沒有顯現在臉上，但心裡可是冷汗直流。
還好我是史萊姆——好久沒這麼覺得了。

這天晚上我們舉辦宴會。
金好像有點不滿，但他沒有來找我抱怨。
不僅如此，他還跟我道謝。
「雖然我有一堆話想說，但今天已經累了。看樣子那兩個人進化成功了，我先跟你道聲謝。」
他臉上表情看起來真的很疲憊。
這是為什麼？
跟金形成對比，迪亞布羅看起來神采奕奕。
真不可思議。
「不不不，不用客氣。」
還是別去攪和比較明智。
我假裝自己什麼都沒注意到，沒去觸碰這個話題。
對方似乎很滿意我們送上的菜餚，去泡完溫泉也重拾好心情了。維爾薩澤跟維爾德拉對話後看起來心情很好，以沒有事先準備的接待來說，我認為這樣算是及格了。
「我會再過來的。」
「到時候再讓我盡全力接待你們。」

「我很期待。我們的國家很寒冷，泡溫泉真是療癒。」

「看樣子你很喜歡，那我也開心。期待你再次來訪。」

「哎呀，你們真的很在行。我也想再來看看維爾德拉，下次就讓我們慢慢打擾一番。」

至於這個當事人維爾德拉，目前沒看見他的蹤影。

這是因為他在迷宮裡頭跟維爾薩澤交手，現在渾身是傷動彈不得。

「呵呵呵，嘎哈哈哈！我稍微手下留情了，幫我跟她說下次絕對不會放水。」

「跟她說真的沒問題嗎？」

「對不起。」

維爾德拉似乎用很小的音量說了什麼話來搪塞，但我人很好，就當作沒聽到了。

總之維爾薩澤小姐似乎也不是真的要跟他打，某種程度上的傷勢只要過幾天就能夠徹底治癒吧。反過來說，我還是第一次看到維爾德拉受傷的樣子，讓我重新認識到「龍種」有多強。

帝國那邊也有維爾德拉的另一個姊姊在。

為了確實擬定對策，晚點要去拜託智慧之王拉斐爾大師讓我看龍種之間的戰鬥情報。

*

金他們留下對我們有利的情報回去了。

拿這些資訊當參考，我們要重新檢討今後方針。

我對此幹勁十足，這時有人慌慌張張來到我跟前。

就是摩邁爾。

「喔喔，利姆路大人！原來您在這兒啊。我在找您喔。」

「怎麼了，這麼慌張？」

「當然慌張了。『大姊頭』出來了，要我來叫利姆路大人過去。」

「大姊頭來了？」

我大吃一驚，趕緊過去會面。

前往的地點是位在一級地段的某間旅館。只要大姊頭來訪，我都是去那邊。

大姊頭是一個暗號，只有我跟摩邁爾才會用這個代號。對，只是因為那號人物直呼名諱似乎會出問題，所以才叫她大姊頭。

這個人當然就是──魔導王朝薩里昂的天帝艾爾梅西亞・阿爾・隆・薩里昂。

還有另一個別名，在我們「奸計三人組」之間稱作艾爾。

我是利姆。

摩邁爾老弟叫做卡多。

艾爾梅西亞小姐是艾爾。

就立場上來說，艾爾排行第一，我是第二，卡多是排行第三的下屬，他們本人也都興致勃勃地配合。

而這樣的艾爾發動召集，我當然沒有不快點趕過去的道理。

只不過，她應該知道我們現在在打仗吧……

「我們目前在跟人打仗，你有把這件事情告知艾爾小姐吧？」

「當然有。她本人親口說下次會等塵埃落定再來的。」

其實比起跟我，摩邁爾老弟和艾爾梅西亞小姐的互動更多。他代替忙碌的我，在許多層面都會去跟對方交涉。

這跟檯面上和檯面下兩方面都有關。

檯面上指的就是與我們和魔導王朝薩里昂的正式外交有關。這部分我本身都沒有涉足，全部交給摩邁爾老弟和利格魯德他們處理。

像是工程進度和物流決策、談定各種關稅和確立其他權利關係，還有保障兩國商人、來訪問逗留的旅行者人身安全等等。需要確認的東西有夠繁雜，多到不行，他們反覆進行好幾次確認，談出雙方都能接受的條件。

面對這些讓人為之發昏的交涉，他們都很努力，過程中毫無怨言。

反之檯面下的關係都跟一些邪惡勾當有關，說是發揮我們「奸計三人組」的本領也不為過。用邪惡勾當這個字眼聽起來不太好，但事實上內容也絕對不值得褒獎。

而這個邪惡勾當究竟是什麼？

那就是要掌控新誕生的巨大經濟圈。

…………

……

……

我們三個一開始單純只是出來喝酒的夥伴。然而不知不覺間開始商量買賣，等回過神才發現就連跟國家營運有關的重要事項也拿來討論了。

太容易說溜嘴是我不好，但沒阻止我的摩邁爾老弟也要擔負相同罪責。並不是只有我們兩個借機發

牢騷而已，就連艾爾梅西亞小姐都洩漏很多機密給我們。

會掉以輕心也是沒辦法的事情。

喝醉酒還真可怕，我們三個人都把過錯推給酒。

當然這層關係完全保密。

那是只屬於我們三個人的祕密。

這是當然的。

若我們在談的那些事情穿幫，肯定會被罵到臭頭。

想必我會接收到來自大家的無聲壓力，而摩邁爾老弟會被罵到胃穿孔的程度。

艾爾梅西亞小姐也不例外，肯定會被艾拉多挖苦。

因此我們三個人很團結。

身為「奸計三人組」，我們締結了跨越立場的友誼。

至於我們的關係事實上是從什麼時候開始，回想起來可以追溯到跟羅素一族對戰後勝利的那個時候。

當時羅素一族衰退，西方諸國的黑暗組織形同瓦解狀態。沒有人出來帶領，開始出現群雄割據的情形。

我認為這樣下去不行，就命令戴絲特蘿莎維持治安，雖然因此不至於產生太大的混亂，但也很難說可以就此不去管眼下情況。

只有在各國警察——應該說是軍隊——沒辦法應付的時候，我才會叫她暗中協助。

接下來就遇到一個問題，那就是要怎麼處置那些犯罪者。

之所以說各國軍隊無法應付，是因為這是來自犯罪組織的報復。要是沒有處理好，有可能地方領主還會來個隻手遮天，因此有的時候會讓人不知道該不該將犯罪行為公諸於世。

當然我們不能縱容那些犯罪行為，但去追究可能導致內亂勃發。就是因為害怕這樣，國家才不敢出手，只能默認的情形很多。

當時我在為這樣的情況煩惱，一不小心就對待在旅館裡頭的艾爾梅西亞小姐發牢騷。

「希望你能夠找更有趣的事情跟我商量呢。」

一開始艾爾梅西亞小姐並沒有讓我諮詢的意思。然而聽我說著說著，她的眼神逐漸改變，甚至主動要求我詳細說明。

而我的說明，就是些不只對我有利，也對艾爾梅西亞小姐有利的內容。等挑起對方興趣，我又開始說些很夢幻的事情。

經濟和犯罪之間有著砍不斷的連繫。

若是貧富差距擴大，就會生出嫉妒，甚至有可能會影響到國家的治理。犯罪組織吸收那些貧困的人會跟著壯大，有可能會成為導致國家混亂的原因。

話說摩邁爾老弟這個男人，他原本也是那種黑社會的頭。大概是有親身經驗的關係，他表示能夠理解我的說明。

重點在於要準備接納這些人的容身處。

不管有多麼落魄，都要讓他們免於成為罪犯，為此必須準備任誰都能做到的工作，那是關鍵所在。

一般而言這容身處就是軍隊。

軍隊裡頭的工作五花八門，總是很缺人——雖說如此，然而國家一旦貧窮，就算想這麼做也無法如願。

因此我們打算暗中支援那些國家。

「首先要成立犯罪組織。我們吸收在各國擊潰的組織，已經有基礎了。目前是想之後也將那些打游擊的組織一網打盡。」

我開始藉著酒意畫大餅。然而這成功挑起艾爾梅西亞小姐的興趣。

「原來如此。西方諸國這邊沒有足以對抗祕密結社『三巨頭』的組織。只要能夠保障人們的食衣住行，我想會有很多人宣誓效忠組織。」

到這邊為止，艾爾梅西亞小姐還不打算跟進，但我接下來的發言成了讓她決定的關鍵。

「對吧？就這樣顧慮貧民，接下來要處理富裕階級。」

「哦——？」

「如今格蘭貝爾已經死了，羅素一族肯定會衰退。目前還有餘力的組織總有一天也會變弱。而我的企畫就要針對接班人發動。」

「你說企畫？講來聽聽。」

「就是那個吧。您以前提過要讓布爾蒙王國成為產業聚集都市。費茲先生也都有在準備，同時確保人員充足。」

我也曾經找摩邁爾商量過這個大構想。為了要跟大家共存共榮，調整跟周邊諸國的利害關係很重要。

「矮人王國是工業，法爾梅納斯王國是農業，薩里昂王朝應該也是工業吧。必須調整成不會彼此競爭，而這些產業會流入布爾蒙王國。然後把那邊當成窗口，擴展到整個西方諸國。」

「對了，艾拉多曾經跟我報告過這件事情。你真的打算執行這個計畫？」

「當然啦。」

「那利姆你打算靠什麼追求利益？」

「我的利益是次要的。」

「哦——」

「隨便講講啦！我們的利益就是那個啊。掌握根幹技術，並將技術外流出去。建造一個大型學園都市，從各國吸收優秀的學生。表面上主打觀光立國，背地裡偷偷做些小動作！」

「哇哈哈哈哈！就是要弄專利，專利！聽說這樣一來用不著工作也能賺到錢，是如夢似幻的制度！」

這概念我本身已經理解了，但要讓大家接受應該會很困難吧。

「原來如此——要開發出不使用某個技術就無法製造出來的商品，來確保智慧財產權對吧！」

「艾爾，妳真聰明！這麼快聽懂就好辦了，但妳可別學我們。」

「這種事情先搶先贏吧？說笑的！既然不讓我學，那就讓我分一杯羹吧。」

「哇哈哈哈哈！既然大姊頭願意協助，那這個企畫就形同已經成功了！」

「討厭啦，你們兩個。雖然那是真的，但也未免太會誇獎人了吧！」

情況就是這樣，我們喝得很 High。

來到隔天。

反省著自己說過頭了，我們三個人互相對望。

「那個，關於昨天說過的話……」

「嗯，我記得。你就連不能說的事情也說了吧？」

「嗯……」

「請、請您一定要保守這個祕密。若是在這個時候讓企畫毀掉——」

「真是的，卡多你別擔心嘛。雖然是喝醉酒時說的，但我會遵守約定的。」

就這樣，因為酒後失言而生的同盟成立了。

之後我們逐步推動企畫。

有兩個來自超大國的首腦，事情辦起來就容易了。

動作快到其他人聽了肯定會嚇一跳，我們暗中執行西方支配計畫。

只花了幾個月的時間，就將犯罪組織整合起來。「三賢醉（利艾葛）」這個祕密結社就此誕生。

組織成員為「三賢醉」這個名字的由來想破頭，但那不關我們的事。話題也偏離正題了，就這樣放著不管吧。

至於正題——也就是企畫的進展進度。

很多貧困的人在各國遭到凌虐，新興勢力的謎樣祕密結社「三賢醉」接納了他們。接著經過大約一個月左右的適合度檢查，把這些人分別篩選出來適才任用。

若判定為特別優秀，就會把他們找來我國，讓他們接受正式的教育。

被迫接受這個麻煩任務的人就是古蓮妲．阿德利。原本是「三武仙」的成員之一，現在變成蒼影的手下。不管什麼骯髒勾當都做這句話果然不是講假的，扮演黑道老大有模有樣。

而古蓮妲的部下就是原本在當傭兵團「綠之使徒（verte）」的團長傑拉德，還有曾經是他部下的精靈使者艾茵這兩個人。

這兩個人不愧在西方諸國活躍過一段時間，管理那些小混混得心應手。在黑社會的名氣也很響亮，成為古蓮妲的助力。

大家似乎都認為「三賢醉」說的就是這三個人。

事實上說的就只是三個醉漢，結果卻被大家用美好的方式誤解，以為是這些人醉心於夢想，所以我決定把真相藏在心裡。

以上就是我們的黑社會組織。

接著要介紹在檯面上世界活躍的組織。

若都把事情交給特定一個組織，總有一天會培育出腐敗的溫床。為了避免這點，最好創造出對立的組織。

我們基於這個想法準備出兩個組織。

其中一個就是摩邁爾老弟負責的新興組織。

主幹是在布爾蒙王國接受教育的工作人員，還跟評議會聯手，專門從事商業活動。

正式名稱為「四國通商聯盟」。

我們魔國聯邦為領頭羊，再加上布爾蒙王國、法爾梅納斯王國、矮人王國當加盟國。代表人是摩邁爾老弟，一看就知道有我在背後操刀。

第二個是艾爾梅西亞小姐在背後打點的西方諸國商會聯合組織。

跟德蘭將王國的德蘭王融資，打著這樣的旗號，藉此吸收羅素一族的生還者。準備了這樣的舞台專門用來吸收對我們具強烈同仇敵愾的人們，結果因此誕生了比我們預料中更強大的勢力。

稱做「西方綜合商社」。

代表人是德蘭王的兒子，不愧是羅素血統的後繼者，據說這個人很優秀。

就只有德蘭王和他的兒子費加羅．羅斯．德蘭王子知道艾爾梅西亞小姐有參與此事。條件是要得到艾爾梅西亞小姐的庇護，他們因此參與我們的計畫。

「羅素一族若是不懂得變通就沒辦法生存下去。那個魔王想必會成為這個世界的霸主，再加上有對世界帶來絕大影響力的天帝跟他聯手，若不配合他們就等同在宣告滅亡。」

聽說跟德蘭王表明計畫後，他說的第一句話就是這個。

羅素一族很重視契約。在雙方履行契約的期間，可以相信他們會一直跟我們保持這種關係。

順便說一下，將艾爾梅西亞小姐和我擁有的部分加起來計算，我們握有西方綜合商社百分之六十一的股份。最大的股東是艾爾梅西亞小姐，這表示費加羅一旦背叛，商社就會瓦解。

費加羅很優秀，我不認為他會做出如此愚蠢的選擇——艾爾梅西亞小姐是這麼說的。我也認同她的看法，目前決定信任費加羅，任命他當董事長。

情況就是這樣，兩個組織同時展開活動。

表面上這兩個組織互相競爭，是敵對關係。

會競價也會互相爭奪流通權，但不會透過武力競爭，都是合法的健全競爭。

雖然出現卑鄙的人，想要利用黑社會組織，但不知為何這些人都受到慘痛教訓。我接到來自「三賢醉」的報告，他們說還發生了這種不可思議的現象。

我故意沒去阻止，但還是希望他們知道做得太過火會遭報應。

發現有人採取激烈手段，這點令人惋惜，但這次雙方似乎都卯足全力。速度比我預料得還快，兩邊都急速成長。

只花了幾個月的時間，就連組織的構造似乎也安定下來。針對各個領域細分出相應的職責，還訂定階級。

我們遭受帝國進攻的現在，聽說那些組織因此發了戰爭財。

燃燒經商魂也不用這麼誇張，但這些利潤都會回到我這邊，該切割為必要之惡吧。

什麼都要規制死死的，我認為這樣不對。

總之這次對我來說也有好處，或許是因為這樣，我才會特別有那種感受。

事情就是這樣，經濟圈的掌控計畫逐漸完成。

…………………………

…………

……

艾爾梅西亞小姐無預警到來，肯定是出現緊急狀況了。

我能想到的大概就是費加羅王子背叛吧？

這部分的對策也早就想好了，但需要放出我手上擁有的股份。艾爾梅西亞小姐會過來找我也是當然。

＊

來到旅館之後，我被帶到艾爾梅西亞小姐在等待的別邸中。

「久等了。今天是怎麼了，艾爾小姐？」

總之用不著做些多餘的揣測。
我決定直接問她本人有什麼事。
艾爾梅西亞小姐看起來很不開心。
也沒去隱藏她那身憂鬱氣息，一直用不善的眼神看著我。
「奇、奇怪？妳心情不好啊？」
「當然不好啊！你知道自己做了什麼好事嗎？」
怎、怎麼了？
她看起來好像非常生氣？
而且這件事情好像並非跟「三賢醉」有關……
「這、這話怎麼說？」
「跪下。」
「啊，是。」
讓瞪著我的艾爾梅西亞小姐生氣可不是上策，我乖乖跪到榻榻米上。
摩邁爾老弟也跪在我旁邊。跟我不一樣，他看起來好像很難受。
「利姆，聽說你讓幾個部下都進化了，這件事情是真的？」
為、為什麼扯到這個！
我的眼睛朝旁邊看，試著對摩邁爾老弟使眼色，但他拚命搖頭，表示自己不知情。
那就是說，這件事情是從某個地方洩漏出去的吧？
「蓋札小老弟用緊急通訊聯絡我。他好像在煩惱要說還是要隱瞞，最後說還是應該轉達給我知道。

那孩子真乖。」

看在艾爾梅西亞小姐眼裡，就連老奸巨猾的蓋札都被當成小孩子看待。

原來是這樣啊。我並沒有刻意隱瞞，所以不值得驚訝，只是情報傳達的速度快到出乎意料。

「東方帝國好像比我想像得還要厲害，所以我想先把大家強化一下。然後覺得不應該隱瞞，就也邀請珍婆婆過來了。」

「這樣啊，原來是真的……」

艾爾梅西亞小姐站了起來，背對著我看向窗外。

她的背影飄蕩著一絲哀愁，不知為何有種傷感氛圍。

「──你在那裡事不關己地點什麼頭啊！」

我被艾爾梅西亞小姐迅速拿出扇子敲了一下頭。

「沒、沒有沒有，我並沒有這個意思……」

我只是想要緩和沉重的氣氛。

「我說你呀，聚集那麼龐大的戰力是想做什麼？」

「咦，沒想做什麼啊。只是要打造能夠快樂生活的國度。」

「我都聽蓋札小老弟說了，除了迪亞布羅，你還收了其他『始祖』當手下對吧？」

「對啊，我沒跟妳說過？。我最近知道那些人是始祖也很驚訝。艾爾也認識戴絲特蘿莎吧？原本就想說她有夠優秀，結果看樣子她也是『始祖』之一。再來是另外兩個人，名叫卡蕾拉和烏蒂瑪，我讓她們擔任我國最高法院長官和檢察總長。」

當我說明完，艾爾梅西亞小姐就開始顫抖。

「原來這也是事實啊……」

小聲說完這句話之後，艾爾梅西亞小姐在我前方跪坐，目不轉睛地看著我，然後開門見山地問我。

「你是不是想要毀滅世界？」

「這、這怎麼可能。」

「旁人看了只會覺得事情就是這樣！」

她對我發出怒吼。

我趕緊開始找藉口。

摩邁爾老弟也加進來幫腔，我們唇槍舌劍戰了將近三十分鐘。

「也就是說金和魯德拉為了一決高下，利用他們自己的棋子來玩遊戲？」

「就是這麼一回事！」

「是這樣嗎，卡多？」

「不，這麼深入的事情我並不清楚，先別管那個了，小的認為這件事情好像不是我該聽的吧？」

「確實不該啊，但情勢所逼嘛。」

「竟然說情勢所逼，這樣我也很為難……」

也是啦。

你完全就是受到波及嘛。

真的很抱歉喔。

可是我跟摩邁爾老弟都這麼要好了，我相信他一定會原諒我的。

「唉，情況我都明白了。要是被金威脅，你也沒辦法拒絕……」

對，就是這樣！

我是被金威脅的——就當成是這樣吧。

「是不是？原因就是這樣，我也很為難啊。」

摩邁爾老弟的語氣傳染給我了，但看樣子可以用這一招想辦法矇混過去。

這個時候艾爾梅西亞小姐嘆了一口氣。

她是不是氣消了？看樣子已經恢復冷靜。

「那你打算怎麼辦？」

「什麼叫打算怎麼辦？」

「你不會甘心當金的棋子吧？」

「不，我很甘願啊。」

「這是為什麼？」

「也沒什麼，只是我在想——」

艾爾梅西亞小姐看樣子不能理解我在想什麼。面對這樣的她，我表明自己的想法。

想必帝國那邊確實有實力不明的強者在等著我們。在這個時候避免戰爭也是個辦法，但我認為那樣子是在逃避問題。

到時我就要警戒來自帝國的暗殺者，一直躲躲藏藏生活吧。而且還有可能跟暗殺者之間出現小型衝突，一不小心就會害我們這邊出現犧牲者。

為了避免事情變成這樣，我想要將主導權握在我們手上。

反正對帝國來說，戰爭是催生出覺醒者的儀式。既然如此，今後也會被迫一直當他們的對手。若是

無視他們，那只是讓對方有更多緩衝時間罷了。

「以上就是我的判斷。就是因為找來一大堆人也沒用，所以我打算只派出主力戰將撐過去，來跟對方和平交涉。只要在那個時候想辦法收拾魯德拉的棋子，之後金就會替我們善後吧。」

其實金一點都不可靠，我對他並沒有抱持那麼高的期待。這個時候問題來了，就是要帶誰過去。

「利姆路大人，這樣沒問題嗎？」

「喂喂喂，摩邁爾老弟，你以為我是誰呀？看起來不怎樣，但我好歹是『八星魔王』之一喔。管他是帝國的皇帝還是皇帝近衛，都不是我的對手！」

「說得對！對我來說就是女神——」

「嗯？女神？」

這傢伙……還用那種眼光看我啊？

看到我賞他白眼，摩邁爾趕緊改口。

「——不對，是可靠的魔王陛下！」

「喔、喔喔。好吧，包在我身上！哈哈哈！」

「哇哈哈哈哈！」

我們開始高聲大笑。

這只是在虛張聲勢，若是情況不對，我打算逃回來。到時候就算躲著不出去也在所不惜，已經有這樣的覺悟了，不用想得太複雜沒關係。

「哦——是只要把皇帝魯德拉的部下打到落花流水，還是要把他們殺掉，可以告訴我這部分你是怎麼想的嗎？」

以我會獲勝為前提來問讓我不知道該如何回應，但是關於這部分，我早就有定案了。

「我想要盡可能留他們一命。根據遊戲的勝利條件來判斷，只要把魯德拉以外的人癱瘓掉，金就會獲勝。我想那之後的問題這不是我能插嘴的了。」

在我回答完這一句話之後，艾爾梅西亞小姐滿意地點點頭。

「知道了。為了不讓朕失望，你要全力以赴。若是有什麼萬一，朕也會出面照看你的國家。」

拜託別說那種不吉利的話！

「用不著操心！我最討厭犧牲自己了！大家一起過得開開心心是最重要的，我完全沒有想死的意思。」

聽到我這麼回應，艾爾梅西亞小姐露出非常開心的笑容。

「那就好。你要記住。若是你死了，這個世界就會破滅。能夠馴服迪亞布羅他們這些『始祖』的怪物，除了你以外就沒有別人了。還有你栽培出來的魔王們，他們未必能夠達成共識。假如出現對立，那將無法避免出現戰亂。聽好了，你想做的事情可不能半途而廢，這點要牢記在心。」

這是艾爾梅西亞小姐發自內心的忠告。

「我知道啦。真的。」

所以我也用嚴肅的表情發誓。

遊戲即將邁入最後。

只要再走幾步，我們就必定會贏得勝利。

可是一步踏錯，恐怕情勢就會逆轉。

我們必須冷靜、慎重。

首先要跟優樹取得聯繫，和他討論要怎麼對付皇帝魯德拉。

時間來到隔天。

我們出發前往帝國。

中場　天人的遊戲

這是關於一段戰爭的紀錄。

歷經漫長歲月，一場屬於天人的遊戲持續著。

以地面上的霸權為賭注，魔王和勇者互相對決。

然而——

對於「灼熱龍」維爾格琳來說，這種遊戲一點意義也沒有。她沒興趣，不管哪邊獲勝都無所謂。

用不著這麼麻煩，直接對決分出高下不就得了——她甚至如此認為。

不過金和魯德拉的正面對決不管打幾次都無法分出勝負。因此他們才會展開這場遊戲，唯一規則就是「禁止正面對決」。

抱怨也沒用，然而維爾格琳還是很不滿。

畢竟——若要她說出真正的感想，她認為這場勝負對他們不利。

在金擁有的棋子之中，有可能打倒魯德拉的就只有維爾薩澤，反過來講，只要能想辦法處理掉維爾薩澤，他們就能夠獲勝。

這點套用在金身上也一樣。

要說這邊有誰能夠打倒金，那非維爾格琳莫屬。

然而維爾格琳認為他們很難戰勝金。

維爾薩澤有可能戰勝魯德拉，維爾格琳自己卻比不上金。這就是維爾格琳認為這場遊戲對他們不利的理由。

（啊啊，真麻煩。）

這才是她的真心話。

維爾格琳討厭玩弄計策，不擅長得花好幾百年準備的這種縝密鋪陳。

所以她把一切都交給魯德拉處理，自己只要追隨他就好。

即使如此，只要魯德拉希望獲勝，維爾格琳就不惜提供協助。若對方要求，她甚至打算出面作戰。要想辦法擺平維爾薩澤，確保他們勝利。

金是如假包換的最強魔王，而姊姊「白冰龍」維爾薩澤跟維爾格琳正好屬性相剋。她是猶如天敵一般的對手，正面硬碰硬很難贏過對方。

如果維爾薩澤和維爾格琳打起來，情況好一點就是兩敗俱傷，弄不好就會導致維爾格琳轉生。

不，這也算是比較樂觀的推測了吧。

維爾格琳的屬性是灼熱。

反之維爾薩澤的屬性是冰。

換句話說就等同「加速」和「減速」，說她們性質上正好相反也不為過。

假如雙方認真起來對決，將會引來悲慘的結局。

兩邊都不會活下來，兩個人都會倒下——也就是說她們兩個很有可能一起消滅。

如此一來，她們兩個都會轉生，但目前的自我將會消失吧。

即使記憶繼承，還是會變成另一個人。

維爾格琳就害怕這點。

她不怕自己消失，但不希望愛著魯德拉的這份心情消失。

愛這種微不足道的感情——自己竟然對這種東西如此執著，維爾格琳不免自嘲。

所謂的完全勝利，大前提就是自己和魯德拉都平安無事。因此需要做好保險措施，但這所謂的保險措施卻很難控制。

（真是的，那孩子也真讓人頭痛。似乎是因為走運讓封印解開，但他為什麼就是不來打聲招呼？）

如此這般，維爾格琳完全沒想到對方可能是害怕自己，對於保險措施——也就是維爾德拉抱持不滿。

如果他是維爾格琳認識的維爾德拉，那照理說他早就在世界各地大肆作亂。但卻不知道在想什麼，看樣子好像黏上新上任的魔王了。聽說他甚至連魔王盛宴都跑去參加的時候，維爾格琳還懷疑維爾德拉是不是被封印到腦袋出問題。

即使如此，維爾德拉喜歡熱鬧，面對百萬大軍壓境，維爾格琳不認為他會保持沉默。因此認定他肯定會出現，結果卻大出意料。他如今依然窩在迷宮深處沒有現身。

這是維爾格琳始料未及的。

（那孩子真的很任性——可是這次為什麼沒有出來呢？）

上次遠征也一樣，維爾德拉討厭自己的領域受到侵犯。既然帝國侵略朱拉大森林，那就無法避免跟維爾德拉開戰。

而這也如魯德拉所料。

對魯德拉來說，重要的不是精悍軍團，而是超越極限的個體。

上次也有好幾個存活下來的人成功進化。

因為憎恨、恐懼和絕望。

就只有在這種極限情境下失去希望的人才會突破人體極限，來到更高的境界。

即使百萬大軍如字面上的意思全滅，只要能夠出現幾個覺醒者，對魯德拉來說就划得來。這就是魯德拉打的算盤，維爾格琳也覺得很值得。

之所以不公開情報局上繳的詳細情報，都是為了讓各個軍團長會錯意，使他們拿出幹勁。

在維爾格琳看來，那些軍團長的自信顯得滑稽。

這次作戰計畫順利執行的可能性很低。

應該說完全沒有可能性可言。

只不過是一些靠科學強化的軍隊，哪有可能戰勝維爾德拉。

因此這次也會有很多人死去吧。

然而那將會生出希望。

（呵呵呵，這次會有幾個人活下來，成為覺醒者呢？只要用來乘載魯德拉力量的容器增加，勝算也會跟著提昇。真令人期待。）

維爾格琳原本是這麼想的，但遠征行動意想不到的結局卻讓她說不出話來。

＊

「你說全滅了？」

「呵，寡人也很驚訝，妳也是嗎？好久沒看到妳露出這種表情了呢。」

「拜託你別開玩笑。竟然沒有任何一個生還者，像這樣全盤皆輸還真是在意料之外。這樣一來，想要獲得覺醒者的目的不也失敗了嗎？」

他們讓將領士兵盡量累積經驗，培育出最少也相當於近衛騎士等級的強者。要從這些人之中催生出覺醒者，才是遠征行動背後隱藏的目的。

然而這次卻沒有任何生還者。

被維爾德拉滅掉的那個時候還比較好——已經不是這種等級的事了。

接觸到這個世界上最強的戰力之一，品嚐到絕望滋味並存活下來，這樣才能讓人類進化的可能性提高。

為此，他們才組織大軍遠征，但沒有生還者就沒意義了。

除此之外，其他派過去潛入敵營的好幾個近衛騎士也都沒了消息。

這樣就只是在消費貴重的棋子，等同受到重大損害。

「罷了，就這樣吧。」

魯德拉的反應很平淡。這讓維爾格琳感到不滿，但是看到魯德拉的眼睛就沒了怒火。

他眼裡有著激烈的不滿情緒。

維爾格琳這才發現魯德拉的心情跟自己一樣。

所以維爾格琳決定轉換心情。

即使損失一個軍團，對維爾格琳來說也無所謂。出現覺醒者再好不過，但即使像這次一樣失敗收場，那也沒問題。

但她可不能無視造成這一切的元凶。

既然能夠讓帝國軍百萬人如字面所述一般全數滅亡，那對手的戰力也不容小覷。是誰造成這一切的，她必須查清楚。

「這次也是維爾德拉那孩子做的？」

恢復冷靜之後，維爾格琳如此詢問。

她完全沒感應到維爾德拉在作亂的氣息。但是以前也曾經收到消息，說維爾德拉把法爾姆斯的兩萬大軍滅掉。

當時並非情報局的眼線親眼所見，因此沒辦法獲得詳細情報，可是這次不一樣。

照理說他們已經掌控一切了，再過不久「元帥」維爾格琳也會收到報告吧。

魯德拉之所以會先得知消息，是因為他的能力使然。因此維爾格琳對他抱持很大的信賴，等著魯德拉給她答案。

按照維爾格琳所想，她不認為喜歡熱鬧的弟弟會放過作亂機會。只要派百萬大軍進攻，維爾德拉一定會出來迎戰。

那樣就能觀察維爾德拉的力量。維爾德拉是否已經學會控制妖氣，來到不會讓她察覺的程度？維爾格琳原本還想說這次可以確認那件事。

看到維爾德拉成長，維爾格琳也感到開心。

雖然是一個笨弟弟，但對維爾格琳來說很可愛。

只不過，他確實也是一個棘手的存在。

為了避免維爾德拉跑到金的陣營那邊，無論如何都要把他拉過來加入他們。基於這樣的想法，維爾格琳總是在想相關對策。

知道維爾德拉如今成長多少，這點對維爾格琳來說很重要。

然而——

「並非如此。而且令人驚訝的是，就連寡人也無法掌握詳細情形。」

魯德拉將自己知道的全都說給維爾格琳聽。

從他們和對方初次交手徹底戰敗講起，到挺進迷宮的部隊有去無回，最後被對方放大魔法殲滅。

還有卡勒奇利歐覺醒，以及他跟人對戰的結果。

再加上機甲軍團是如何戰敗的，魯德拉都正確描述出來，彷彿他曾經親眼看到。

「不會吧？」

「是真的。剩下的四個『始祖』全部都加入魔王利姆路的陣營。若那些惡魔出來作亂，根本用不著妳的弟弟出馬。」

「這下遊戲的平衡性就瓦解了。那金會不會也覺得很頭痛？還是正好稱心如意？」

「天曉得。假如這正好是金樂見的，那我們就只能承認戰況對我們非常不利。」

話說到這邊，魯德拉面露苦笑。

他花了很長一段時間累積戰力，為了迎接最佳時機做足準備。

不勉強提昇戰力，而是腳踏實地。

然而卻有人在轉瞬間聚集到超乎想像的戰力。

那是魯德拉等人原本都沒看在眼裡的渺小存在——「新星（Newbie）」利姆路。

這下只能認栽了。維爾格琳那麼想著，暗中燃起鬥志。

「那你說有些部分無法掌握，是指迷宮內部的情況？」

「呵呵，正是如此。棘手的是，就算靠寡人的力量也不至於能突破菈米莉絲的能力。」

聽到這個答案，維爾格琳也能理解。

「迷宮妖精（Labyrinth）」菈米莉絲是不可侵犯的存在。無法指望她能夠來當遊戲的裁判，但她肯定不會干擾遊戲進行。

沒錯，過去是如此。

如今她已經完全變成魔王利姆路那邊的人馬。和魯德拉及金之間的遊戲無關，她是想對付過來入侵朱拉大森林的帝國。

菈米莉絲本身的力量並沒有什麼大不了，甚至來到能夠無視的程度，不會對遊戲造成任何影響——維爾格琳過去是這麼想的。

不過她的能力「迷宮創造」八成擁有可以阻斷內外情報的效果。

這個能力有點麻煩，就連維爾格琳都覺得棘手。

「菈米莉絲應該已經失去身為『調停者』的力量了吧？」

「對，沒錯。因為她算不上威脅，所以一直放著沒管，但那傢伙的迷宮似乎變成最適合用來隱藏祕密的地方。明明之前都能夠透過邦尼和裘的眼睛觀看一切……」

「是突然間看不到對吧？」

維爾格琳這麼一問，魯德拉點點頭。

「這應該是想要讓寡人掉以輕心的計謀。」

「原來是這麼一回事。這確實比想像中還要棘手……」

這下就連維爾格琳也了解到事情的嚴重性。

也就是說，他們沒辦法得知迷宮內部發生過什麼。

一般情況下都會認為是維爾德拉動了什麼手腳，但維爾格琳認為事情應該沒這麼簡單。

「問題在於迷宮內部似乎潛伏著好幾個高手吧。其中最強的人就是妳弟弟，不曉得他被那個新來的魔王收買到什麼程度……」

「按照那孩子的性格看來，我不認為他會乖乖聽從別人的命令。如果是你另當別論，但我不認為他人可以靠技能來束縛那孩子。」

聽說維爾德拉在跟魔王利姆路合作，但維爾德拉可不是那種會對人言聽計從的性格。

就連對維爾格琳和另一個姊姊維爾薩澤說的話都敢反抗了，肯定沒辦法靠蠻力讓維爾德拉屈服。

如此一來，是不是魔王利姆路準備了什麼可以讓維爾德拉言聽計從的東西？

維爾格琳想到這邊，開始試著想像那是什麼樣的東西。

但她毫無頭緒。

（假如真的有那種東西，之前就不用那麼辛苦了。乾脆直接去問魔王利姆路？）

最後維爾格琳放棄去想這件事情。

「去問他本人比較快。」

聽到維爾格琳的喃喃自語，魯德拉也跟著笑了一下。

「呵，說得也是。跟寡人得出的結論一樣，寡人很開心。」

那個名叫利姆路的魔王，對他們兩人來說成了無法忽視的存在。

既然對方有能耐馴服「始祖」，那他肯定是用了某種手段讓維爾德拉言聽計從。假如真的是這樣，那他們就必須把對方從金的陣營收買過來。

「若是要採取行動，現在應該就是好機會。如今我們的計策失敗了，想必金也會掉以輕心。而那個有耐心的魔王肯定相信我們是在等待下次機會吧。」

「八成是那樣。畢竟他之前一直都不願意做出賭注，而是慎重行事。我們不留喘息空間，在這個時候一鼓作氣行動似乎也不錯。」

這下維爾格琳可開心了。

因為魯德拉決定要跟金分個勝負。

他們雌伏的時刻已經結束了。

想來維爾格琳要趁這個機會採取行動，一鼓作氣掌控維爾德拉。然後順勢擊潰那個叫做利姆路的新上任魔王，跟金來場全面對決吧。

「呵呵呵，就交給我吧。等我出去大鬧一場，你再去把他們掃除乾淨就行了。我對你有信心，魯德拉。」

「那當然。只要能夠掌握維爾德拉，之後的事情都有辦法解決。達也那邊似乎也想到有趣的策略，這次失態可以靠那一筆勾銷。」

即使是棘手到不行的「始祖」，只要「龍種」維爾格琳正面跟他們對決，根本不是維爾格琳的對手。如果之後他們再來作亂也是個麻煩，既然要跟維爾格琳作對，那就一起收拾掉吧。

（好像還有其他人會構成問題，但只要我出馬就沒問題了。）

就像這樣，維爾格琳自信心高漲。

「就當成是熱身運動，也把那些笨蛋拿來血祭吧？」

當真是無法無天，有一群人想違抗魯德拉。

之前都隨他們意，但就到今天為止。

竟敢策劃對皇帝發動政變，這些愚蠢之人的下場就只有「死」。

因為這麼想，維爾格琳才會說出那句話，然而魯德拉卻帶著壞笑搖搖頭。接著說出令人意外的答案。

「希望妳別殺那些人，留他們一條命。」

「哎呀，真稀奇。像你這麼仁慈，我還以為你想要讓他們在毫無痛苦的情況下死去呢。」

「不，他們之於達也的計策是必須的。為了吸引金的注意力，他想要在這個時候挑起另一場大戰。」

「很像近藤的作風。就連背叛者都拿來利用，這我可想不到。」

「妳不喜歡啊？好吧，的確，達也的計畫很沒人性，但可以肯定合乎邏輯。」

聽魯德拉這樣說，維爾格琳曖昧地點點頭。

不管是多麼殘忍的計畫，對她而言都無所謂。他只是想親手對那些人降下天譴。

維爾格琳愛著魯德拉，但她並不喜歡人類。

但也不是特別討厭，不會想要去毀滅他們，單純只是不能原諒背叛魯德拉的愚蠢之人。

（算了，無妨。只要能夠幫到魯德拉，就饒過他們的小命。）

如此說服自己後，維爾格琳繼續把話題延續下去。

「那近藤的計畫是怎麼樣的？」

「這些晚點再談，還有更重要的，就是必須重新審視目前的作戰計畫。」

聽到魯德拉這麼說，維爾格琳馬上聽出他的意思。

「是啊，沒錯。既然事情演變成這樣，那同時展開雙面作戰就沒意義了。」

「正是如此。我們要撤回作戰計畫，晚點再去攻打魯米納斯。」

「只要我跟你能夠『說服』維爾德拉，之後有的是辦法。為了避免出什麼意外，有人來搗亂，我也去把達姆拉德他們叫回來。」

「可以交給妳辦嗎？」

「可以，當然好。我們就這樣平定叛軍，順便把德瓦崗也攻下來吧。這樣一來就能夠騙過金的眼睛。」

最後他們對話到這邊，兩人的企圖告一段落。

維爾格琳站了起來。

相隔了幾千年之久，她要再次認真起來行動。

如此這般——被稱作「紅蓮之肅清」的這場慘劇將揭開序幕。

Regarding Reincarnated to Slime

帝都有著深深的黑暗面。

科學文明帶來恩惠，帝都城鎮被靠著天然氣運作的街燈照亮。但即使如此，還是有人們看不見的黑暗通道存在。

帝都持續發展，但要將黑暗全數驅逐還要花上很長一段時間吧。

米夏靜靜走在這片屬於帝都的黑暗中。

這片黑暗就是米夏長大的地方。

比起恐懼，她更覺得讓人心情平靜，待起來很舒服。米夏就是這樣的一名女性。

跟優樹報告完之後，這幾天來米夏一面隱藏行動潛伏，一面忙著為政變做準備。

目前帝國軍正在遠征。在這種情況下，隸屬於軍事部門的米夏出來外面走動很危險。若被當成是戰前逃亡將會判死刑，事實上也不算有錯。

然而她堂堂正正，臉上沒有半點恐懼色彩。

對帝都的黑暗無所不知為她帶來自信，這如實顯現在米夏的態度上。

她常常負責處理檯面下工作，但戰鬥能力也很優秀。即使比不上威格和達姆拉德，米夏依然確實擁有能夠當上頭目的實力。

她能夠輕而易舉蒐集情報，自認為勝過德瓦崗的密探以及布爾蒙的情報人員。正因為如此，米夏自認也能瞞過帝國情報局。

事實上，她如今在帝都裡頭確實還能保住小命。就像平常那樣，米夏前往目的地。

但這行動似乎失敗了。

她並沒有大意，然而有個男人擋住米夏的去路。

這個男人的名字就叫近藤達也。

他隸屬於帝國情報局，被稱為「以情報為食的怪人」。消息並不是達姆拉德洩漏出去的，但那個人的真實身分恐怕是帝國皇帝近衛騎士團的團長。至少可以確定米夏絕對無法戰勝這樣的對手。

「都這麼晚了，妳打算去哪裡？」

近藤發出冷酷的聲音。

米夏在心裡暗自「嘖」了一聲，帶著笑容回應。

「哎呀，這不是近藤中尉嗎！近藤中尉你才是，工作到這麼晚啊？」

私底下怎麼想另當別論，米夏表面上從容應對，但情況糟透了。

（帝都這麼大，他竟然能夠跟到這麼偏僻的地方來……不愧是怪人。跟他打應該打不贏，靠那些護衛也無法爭取時間吧。）

近藤突然出現在眼前，看樣子他似乎一個人行動。話雖如此，還是不能樂觀看待，米夏開始想有沒有什麼辦法能夠設法逃離現場。

「妳是跟著卡勒奇利歐軍團長的參謀米夏對吧？我們目前在打仗，正在執行作戰行動，妳為何回到帝都？」

近藤用非常嚴肅的語氣逼問米夏。

「好可怕喔，近藤中尉！其實我是收到卡勒奇利歐閣下的祕密命令，這才回到帝都。」

總之先想辦法矇混過去，米夏如此回應。同時她謹慎窺探四周氣息。

狹窄的小路上沒有半點人影。這就算了，問題在於護衛們的氣息也消失了。

（已經被收拾掉了？就連我都沒察覺有作戰的氣息，我們的實力差距是有多大啊……）

就在一瞬間，米夏已經掌握現況。

雖然沒有直接見過面，但近藤不可能不知道她。不曉得對方是怎麼看她的，但想用花言巧語矇混過關大概不容易。如今護衛被人二話不說收拾掉，可以解釋成矇混不會管用。

米夏如此判斷，決定去向接下來預定會面的達姆拉德尋求幫助。

這時她腦中突然閃過一個討厭的想法。

（為什麼我的所在位置會穿幫？雖然優樹大人決定相信達姆拉德，但真的可以相信他嗎？）

指定會面地點的人是達姆拉德，今天他們要談的，是明天預定要跟魔王利姆路展開機密會談的事前聯絡事項。

（糟了，這下糟了。達姆拉德背叛的可能性——不，我想應該不至於。優樹大人也是那麼認為的，再說我跟達姆拉德之間也有恩義在。）

米夏跟達姆拉德的交情很長，超過二十年以上。他們都是率領祕密結社「三巨頭」的頭目，米夏對達姆拉德這個男人的了解程度更甚優樹。正因為米夏有這樣的背景，她才更想不透。

達姆拉德有冷酷的一面，是講求合理性的男人。按照他說出口的情報判斷，對方應該沒道理背叛米夏等人才對。

這不單只是米夏如此相信的關係，而是聽完優樹的說明後，她得出這個合理的解釋。既然如此，現在就不是迷惘的時候，直到最後都要相信夥伴。

這下米夏的心不再擺動，她目不轉睛看著近藤。

「在這裡遇到你算我幸運，感謝偉大的魯德拉陛下。」

「哦？」

「把追殺我的人處理掉的就是你對吧。如果只有我一個人，對付那麼多敵人很吃力。」

「原來如此，妳打算用這一套說詞帶過？」

「哎呀，該不會是在懷疑我吧？無論如何都要把弄到手的情報帶回來，我才拚命從那個地獄脫身的呢。」

米夏臉不紅氣不喘地繼續演戲。

她走到近藤身邊，靠到他的胸膛上。

充分運用自己身為「女人」的魅力來魅惑男人，這是米夏最擅長的。

手段上合併使用「香水系咒術」和幻術魔法「魅惑」，影響對方的思考能力。阻礙思考，刺激對方的本能，讓對方變成米夏的俘虜。

若更深入讓心靈和身體與對方結合，將能夠提昇對方對米夏的依戀度。如此一來就等同能夠隨意操控對手。

她也跟卡勒奇利歐交涉中，目前已經跟對方上床好幾次，還差一點就能完全收買。

不只是卡勒奇利歐，有很多男人都成了米夏的俘虜。印象中至今為止都不曾失敗過，對她來說，這才是最強的王牌。

即使對方是自己在實力上遠遠不及的對手，還是會為了肉慾沉淪。米夏如此深信，柔嫩的手繞到近藤背上。

豐滿的胸部擠向近藤，來彰顯自己的魅力。接著她窺探近藤的反應。

突然間，她感覺到近藤身上的氣息緩和下來。

米夏暗自竊笑。

（呵呵，太好了。他一直裝得剛正不阿，但近藤果然還是個男人嘛。）

比想像中更好得手，米夏認為這樣一來就能矇混過關了。

「來吧，我們去更棒的地方吧？去比這邊更讓人放鬆的房間。好不好？」

米夏的嘴唇湊到近藤耳邊，對著他輕聲細語。像在呼應米夏一般，近藤的右手動了一下，「知道了」這聲低喃傳進米夏耳中。

（看來進展順利。最理想的情況是去目的地跟達姆拉德會合。就算沒辦法，只要讓近藤跟我上床，直接把他變成俘虜——）

這成了米夏最後的思考。

「砰——」的一聲，一道清脆的聲音響起。

米夏無力地倒下。左側頭部流出鮮紅的血液，將地面染紅。

不知道是什麼時候拔出來的，近藤手上握著南部式大型自動手槍。槍口硝煙竄升，主張自己就是射穿米夏太陽穴的凶器。

近藤臉上的表情沒有半點改變，彷彿什麼事情都沒發生一般，將手槍收起來。

他已經將情報採收完成。

透過能夠讀取接觸對象思想的獨有技「解讀者」。

包括米夏的目的、優樹的企圖，還有遠征帝國軍的下場。讀取這些情報連一秒鐘都花不到。

而且就算讀取了這麼重大的情報，他依然面不改色。

只是看起來對此感到無趣，朝著黑暗說話。

「——要發動政變啊。愚蠢。做出這種事情，還敢主張沒有背叛陛下？」

照理說在那片黑暗中沒有任何人會回答他，然而卻有一個男人慢慢自黑暗中現身。他沒有回答近藤的質疑，而是走向趴倒在地的米夏。

這個男人就是達姆拉德。

「近藤啊，沒必要殺她不是嗎？若是培養起來，這個人應該也能夠幫到陛下。」

「不，這可能性是零。若是把那個女的換算之後放到排行榜裡頭，頂多也相當於三十七名而已。若是十幾名還有那麼一點可能性，但就這個女人的程度，對陛下起不了作用。」

虧我還特地放下防備，她就連我的防禦都無法突破——近藤冷酷地下了這番斷言。

聽到那句話，達姆拉德聳聳肩。

既然近藤都這麼說了，那就是這樣吧。他並沒有反駁，而是接受了。

只不過——米夏跟他曾經是夥伴，他只是心情有點複雜罷了。

只見達姆拉德跪在米夏旁邊，手放到遺體左側的頭部上。一道柔和光芒逐漸修復遺體的傷口。他把米夏噴出來的眼球塞回去，讓她閉上眼睛。

最後擦拭臉上的髒汙，盡量讓她多少找回一些美麗面貌。

達姆拉德沒有辦法讓死去的人活過來，但這是他的心意，希望至少能夠讓對方安眠。

「白費功夫。若是丟著不管，在天亮之前屍體就會被處理掉。別管那個了，回答我的問題。」

「我沒辦法像你這麼無情。」

「天真。」

「是你太奇怪了。明明這麼年輕，為什麼能夠徹底抹煞感情到這個地步？」

「我沒有感情。只是這樣罷了。」

「這怎麼可能──」

「我見過地獄。把我從那個地獄救回來的人就是魯德拉陛下。假如你要成為他的敵人，我可不會手下留情。」

「我是陛下忠實的僕人。不可能背叛他。」

「這就難說了。你可別忘了，目前已經中了我的術法。若想要我相信你，就用行動表示。」

丟下這句話，近藤頭也不回地走了。

達姆拉德看了米夏的屍體一眼，最後也離開現場。

帝都的夜晚很漫長。

他還有事情要做。

在那之後──

情報局成員們將米夏的屍體處理掉，完全沒留下任何痕跡。

帝都夜晚有著深深的幽暗，發生過的一切事情都被葬送掉，彷彿從不存在。

●

接到優樹的指示後，卡嘉麗立刻動身。

既然要發動政變，那他們就必須仔細準備。

在當天之內傳令下去，幾天之內來自世界各地的主要成員都跑來集合。

優樹的豪宅就在帝都之內，將近三十名幹部趕來。

這次召集過來的人都發誓過絕對效忠優樹。

某些人就像威格一樣，潛伏於其他軍團，沒辦法過來參加，因此這邊聚集的幹部大概半數。

政變計畫本身從之前就在準備了。聚集在場的人們都想說這天終於來了，等著優樹發表。

他們都是很厲害的高手。

靠自己的實力在軍事部門嶄露頭角。

從一開始就沒有忠於皇帝魯德拉。甚至有些人相當興奮、熱血沸騰，因為他們可以為這個國家帶來一場革命。

有來自另一個世界的來訪者。

也有跟不同種族混血過好幾次的異能者。

以及追求強大力量，被反覆進行殘酷實驗的實驗體。

加上優樹培育的一流冒險者。

達姆拉德找過來的奴隸戰士、被米夏收管的魔人。

他們信奉的是暴力。

這就是混合軍團的價值觀。

這個樓層有著大大的挑高設計，從階梯走上去，那裡有著建造來開會的大房間。

看到大家都坐在椅子上了，優樹跟卡嘉麗進到房間裡。

就像平常那樣爽朗，優樹面帶笑容跟大家打招呼。

「嗨，各位，歡迎你們到來。」

「明天預計要跟魔王利姆路會談。我派米夏過去把達姆拉德叫過來，詳細事項等達姆拉德來再說吧。」

聽到這句話，會場一片譁然。

「不是只有我們來執行計畫嗎？」

「魔王利姆路狡猾奸詐，不能大意。他可以相信嗎？」

「不，等等。我們現在在打仗對吧？魔王利姆路可是這場戰爭的當事人，他的人怎麼可能跑過來這邊。」

會場各處傳來這樣的發言。

優樹臉上的笑意加深。

「帝國軍已經毀了。聽說利姆路先生已經把攻過去的九十四萬國軍全都殺掉嘍。」

「怎麼可能！」

「未免也太快了。按照移動時間來計算，自從跟敵人接觸後，不過也才過了幾天……」

聽到這種讓人難以置信的話，會場內頓時吵鬧起來。

優樹笑著制止他們。

「為了顛覆帝國，我們需要戰力。因此我決定跟利姆路先生聯手。」

聽到這句話，即使無法馬上接受，還是開始有人陸陸續續表示優樹說得也有道理。他們很精明，開始去關注這份情報是否值得信賴。

「那情報是米夏大人帶回來的嗎？」

會場裡頭也有「三巨頭」的成員，他們知道米夏加入軍隊，因此才會這樣問。

「你說對了。若沒有事先締結同盟關係，我想米夏也早就被殺掉了吧。」

「米夏大人嗎？」

「沒想到對方竟然這麼強……」

雖然米夏在暗中活動比較多，但她的知名度很高。「三巨頭」的頭目可不是浪得虛名。

在場的人都只講究實力，就算面對的是自己人也會給出公正評價。

他們不會看重沒什麼實力的人，因此才會莫名對優樹有著深厚的信賴。

「原來如此。那我們就贊成跟魔王同盟。雖然至今為止都隱瞞這件事情讓人不滿，但那也是因為老大有自己的打算吧？」

「其實也沒什麼打算。單純只是因為輸給金，遭到他強制約束罷了。」

「金？該不會是金．克林姆茲？」

「你跟『暗黑皇帝（Lord of Darkness）』對戰了？老大，這樣未免太亂來了吧！」

「太扯了。虧老大能活下來。」

會場上為別的事情吵鬧起來，但這次優樹也讓他們閉嘴了。

「我想你們有很多話想說，但我們沒時間針對那些事情進行說明。所以我全都先斬後奏了，還望大家先忍忍。還有更重要的事情，想要跟大家協議的事項是關於明天會談要如何磋商，還有該如何發動作戰行動。」

留在帝都的官方戰力就只有情報局人員以及新手兵團。

情報局的前幾大厲害角色有可能會構成威脅，但排行末端的局員用不著算在戰力之內。

新手兵團有十萬人，光看人數還不少，實力卻不怎樣。完全算不上威脅，只是靠人數虛張聲勢罷了。

其他還有代替警察的衛兵，總數有大約兩萬人駐紮，但從裝備層面來看，他們也不是軍事部門的對手。

軍方和警察在武力上差距太大，就好像大人對小孩。頂多就只能來拖點時間吧。

然而皇帝手上還有帝國皇帝近衛騎士團這個最強戰力在。

「情報局之中也有近衛的成員。因此嚴格來說，真正應該警戒的就只有近衛。」

「這倒是真的。我也曾經參加過排行爭奪戰，排行前面的人真的很強。」

「喂喂喂，少自賣自誇。近衛裡頭不是也有像你這種背叛者嗎？」

「是啊。我相信的就只有力量，才不會去效忠虛有其表的皇帝。」

這個時候現場揚起一陣笑聲。

在近衛之中也有他們的夥伴。重新體認到這個事實，他們才明白自己有多麼大的優勢。

帶出這段發展的男人身材有點嬌小，但是態度很不可一世。

他的名字叫做阿里歐斯。

是「異界訪客」，但不是被召喚過來的，而是不小心誤闖。

「那魔王利姆路的援軍會在明天之前趕上嗎？」

有個黑髮少女對優樹提出問題。

她是古城舞衣——也是「異界訪客」。是日本的女高中生，被召喚到這個世界。

舞衣被自由公會總帥優樹撿到，受到許多援助。因為那層關係使然，她信賴優樹，而且很仰慕他。

「就是啊。若是要帶軍隊過來，不管再怎麼趕路，還是要花一段時間。如果在天空中飛就另當別論——他們該不會飛過來吧？」

有人打斷舞衣的問話，是個一身肌肉的壯漢。

名字叫做東尼奧德，原本是奴隸戰士。若沒有被達姆拉德挖掘出來，他早就在礦山當奴隸到死了吧。

東尼奧德被丟入軍隊中接受教育，認識到學習的樂趣。所以與外貌不符，他學識淵博，在混合軍團之中是一名參謀。

「飛行魔法會消耗精神力。魔王來用或許沒問題，但低階的魔物就不一定能夠飛了。」

有人贊同東尼奧德的說法，是一個嬌小的少女。

名字叫做艾莉亞。不僅是魔法師，同時也是重戰士。

她的年齡不如外表，除了曾經是蓋多拉大師的徒弟，還對自己用了改造手術，是個特殊人物。

看艾莉亞這樣，東尼奧德做出傻眼的反應。

「重點不是這個。雖然帝都那邊的大軍都出動了，但帝都上空還是有監視網存在。如果有大軍從空中壓境，就算在很遠的地方著陸，還是會被發現。」

被人意想不到且一針見血地指正，艾莉亞困窘到面紅耳赤。以魔法師來說，艾莉亞是少見的急性子，有著心思不夠細膩的一面。

「好啦好啦，表示意見是很重要的。從不同的角度分析事情，我們才能得到不同的觀點。」

優樹立刻加進來當和事佬，藉此修正議題走向。

「利姆路先生那邊透過蓋多拉老爺爺來聯絡，聽說他明天只會帶少數人過來。」

至於是怎麼跟利姆路聯絡，都是透過蓋多拉祕藏的「魔法通訊」來通話。就算帝國情報局有在監聽，談話內容也加密了，要解讀是不可能的。

當時蓋多拉只傳達重點，按照他的話聽來，目前還不確定誰會過來。

利姆路確定會過來，那護衛呢？

（看樣子利姆路先生也認為對魯德拉示威沒有意義。比起量，他似乎更重視質，帶過來的肯定只有幹部。）

就算多也不過十人左右，這是優樹的預測。

「是在小看帝國嗎？還是在耍弄身為同盟對象的我們？」

一個身材纖細的美女彎著姣好的身軀，歪著頭透露出疑問。

與其說是提問，倒不如說是直接說出內心所想。看上去沒什麼心機，這名女性是名字叫做奧露卡的戰士。跟外表形成反差，私底下是擁有好幾種特技的異能者。

「奧露卡，不是那樣的。剛才也說過，若要帶大軍過來，準備起來要花時間，很容易浪費時間。對方應該是認為帶著少數精銳行動比較方便吧。」

這次也是東尼奧德出面解釋。

這讓優樹面帶微笑，彷彿在說這下就不用他多費唇舌。

「說得有道理。所以說，我們這邊必須事先擬定方針。」

利姆路只會帶精銳人員過來——這個時候問題來了，那就是誰要對付誰。

「利姆路先生有何打算，這點我打算在明天的會談中問他。因此必須先整合我們的想法——例如要拿皇帝魯德拉怎麼辦之類。」

優樹這番話可以說是很傲慢。他完全沒想到可能會戰敗，只看到會獲勝的未來。

政變都還沒有成功，他就想談如何處置皇帝。但沒有人指正這點。

就連特別愛挑人語病的東尼奧德也只是笑著對優樹開口：

「矮人王國那邊也知道事情原委。因此目前已經出兵的混合軍團主力也可以不用去管背後敵人，能夠向著帝都進軍。如果要對付的只是帝都裡頭那些殘存戰力，想必我們能夠輕鬆獲勝？」

「確實如此。構成威脅的就只有近衛吧。」

「八成是。」

優樹帶著笑容回應。

其實他知道真正的威脅另有他人。

那就是有「元帥」這個未知存在。

除此之外，金讓優樹活下來的意義是什麼，若考量到這點——

（這次利姆路先生為什麼行動了？他明明是和平主義者，看起來似乎不願意主動攻打其他國家，可是……）

這是為了避免留下後患——也不失為一種解釋。但無論如何優樹就是認為理由沒這麼單純。

就這樣，優樹將一片一片的拼圖組合起來，開始去整理思緒。緊接著他隱約察覺利姆路背後也有金在操控。

如此一來就得出某個結論——那就是帝國這邊有足以應付金的怪物存在。

「看情況而定，或許我們不得不殺了皇帝？」

「你未免太急了吧，阿里歐斯。」

「就是說啊。不可以一個人獨占功勞。」

聚集在坐的人們都激動起來，甚至有人說出要弒君這種話。

優樹認為談論到皇帝的處置未免言之過早，但他換個角度想，覺得血氣方剛也是件好事。

事實上，他也預計在明天的會談上跟對方談談要怎麼處置皇帝魯德拉。

蓋多拉反對殺害皇帝，達姆拉德效忠的對象也是皇帝魯德拉。既然這兩個人是重要的幫手，那優樹就想避免留下壞印象。

更重要的是，金在警戒的對象很有可能就是皇帝魯德拉。既然如此，莽撞出手就形同自殺行為。

（目前還是先觀察一下情況。用不著硬是去跟棘手對象硬碰硬，就把皇帝讓給利姆路先生吧。）

以上是優樹的結論。

詳細事項的討論要等達姆拉德過來之後再說，他們只把概要事項整理成草案。

那就是要讓混合軍團主要部隊來鎮壓帝都。

那些近衛會過來搗亂，預計要讓待在現場的這些人來對付。

在這裡的人優樹都很看好，論實力並不會輸給近衛騎士。雖然比不上「個位數」，但是在人數上有優勢。

若同時讓好幾個人去對付一個人，這點程度的實力差距將能顛覆，這就是優樹打的算盤。

至於像魯德拉和「元帥」這樣的怪物，就交給特地參戰的利姆路去處理。想必利姆路也有那個打算吧，優樹認為他會接受這個提案。

至於帝都的防衛面，不管是哪都不會有援軍過來。

在三大軍團之中，機甲軍團已經被利姆路毀掉了。

魔獸軍團在遙遠的高空上。就算他們得知情形盡全力趕來，到時候一切也已經塵埃落定。

在這種情況下，最後的混合軍團會出面背叛。

計畫進展到這個程度，他們便十拿九穩。

用不著焦急，勝利手到擒來。

明明應該是這樣的，優樹卻無法擺脫彷彿遺漏了什麼的不安感。

那究竟是什麼——

「讓各位久等了。」

這時在氣氛熱烈的會場裡，有道冷靜的聲音響起。

一聽到那個聲音，大家都好像被冷水澆到一樣，全都縮起身子。

「你總算來了，達姆拉德。」

那個男人——達姆拉德抵達會場了。

＊

達姆拉德沒有穿平常那種偽裝用的商人服飾，而是很稀奇地穿著帝國軍服。

就在這個時候，優樹感到不對勁。

「米夏怎麼了？」

「她死了。」

會場內頓時鴉雀無聲。

大家都感覺到氣氛不對勁，進入備戰狀態。在這裡的人走過好幾次鬼門關，因此對那種危險氣息很敏感。

「這話什麼意思，達姆拉德？」

「就是字面上的意思。就在剛才，米夏被近藤親手解決掉。」

一聽到這句話，優樹感覺到一直塞在胸口的那塊疙瘩消失了。

之前老覺得自己遺漏了什麼，因此感到不安。

而他終於發現這是什麼了。

優樹和達姆拉德認識的時間並不長，但交集非常深遠。他們一起做過無法搬上檯面、數也數不清的壞事。

之所以能夠擊潰統治帝國黑社會的黑暗之母（Echidna），也是因為有達姆拉德的協助。後來還設立祕密結社「三巨頭」，達姆拉德一直擔任幹部辦事。

原本優樹是這麼看待，但那似乎也是他想錯了。

這一切都在帝國的計畫之中。

達姆拉德找過來的人占據某組織中樞，那個組織就是祕密結社「三巨頭」。

目的在於要篩選出有能力的人和無能者。在世界各地撒下情報網，這樣就可以找出優秀的人才加以吸收。

收留迷途羔羊也是其中一環。

而且那都不是最近才發生的事情。早在許久之前，從黑暗之母肆虐的那個時代開始，他們就重複在做一樣的事情吧。

若是如此，優樹自己也可以說是被達姆拉德選出來的人吧。

要找出強者，將之吸收到他們的陣營。達姆拉德按照這樣的目的行動，而他相中優樹。因為達姆拉德自己在檯面上活動會過於醒目。

所以就找人來當醒目的象徵，從眾多的人之中挑出他當犧牲者，只是這樣罷了。

換句話說，優樹原本想利用對方，卻反過來被利用。

話雖如此，那並不代表達姆拉德背叛。

達姆拉德的忠誠無庸置疑。

為了讓疑心病很重的優樹信任他，達姆拉德也被某個人操控了——一想到這邊，之前感到疑惑的事情也找到答案。

恍然大悟之後，優樹無奈地談了一口氣。

「真是被騙得團團轉。從什麼時候開始的？」

「——？這是在說什麼呢？」

達姆拉德淡淡地回應。

語氣就跟平常一樣，然而優樹卻發現有著關鍵的不同之處。

對方並不是在裝傻，看來是真的不知道優樹在說什麼。這就表示達姆拉德並沒有被操控的自覺。

（怪不得我沒發現。因為他本人沒自覺，我不可能看穿。）

一面想著，優樹回想起上次的情形。

當時達姆拉德主張他並沒有背叛自己。優樹感覺到這是出自真心說的話，事實上他有可能是在那之後被動了手腳。

假如優樹相信自己的直覺，那他推測達姆拉德是最近才被操控的。

（沒錯。決定相信達姆拉德的人是我。事到如今也沒有要抱怨的意思，把達姆拉德送到這邊的人有什麼目的才是更重要的事情。）

有個人在操控達姆拉德——這點優樹內心已經確定了，若是以這點作為前提，可想而知他們目前的處境非常嚴苛。

當自己在跟達姆拉德應對的時候，想必也有一群人已經過來包圍優樹等人了。

優樹陷入沉思。

在旁邊的卡嘉麗也開始冷靜分析現況。

然而聚集在會場的年輕人都血氣方剛，達姆拉德的態度讓他們群情激憤。

「達姆拉德，你這樣對優樹大人未免太無禮了吧！」

艾莉亞出面指責他。

緊接著是東尼奧德，他想要問出究竟發生什麼事，於是提出疑問。

「達姆拉德先生，你在想什麼啊？莫非是想叛變？」

這時達姆拉德給出漫不經心的回應。

「叛變？說這話也太不可思議了。我的忠誠心從來都沒變，從一開始到最後一刻都效忠魯德拉皇帝陛下。」

「嘖，這就叫做背叛！」

阿里歐斯不屑地回應。

達姆拉德在處理金錢上手段骯髒，有一部分的夥伴甚至看不起他，還在背後說他的壞話，說他可能會看在錢的份上背叛。

就因為達姆拉德給人這樣的感覺，別說是為這種情況吃驚了，更多人先為此感到憤怒。

率先採取行動的人是東尼奧德。

他單手抓住達姆拉德的脖子將他提起，對他恫嚇。

「少裝蒜！我是被你撿來的。與其就那樣當礦山奴隸死掉，我寧可為了大義而活。我很感謝你。可是你為什麼要做這種──咕！」

對東尼奧德來說，這其實是在庇護達姆拉德。搶在其他人有動作之前，他想親手找到化解衝突的方法。

然而對達姆拉德而言似乎是多管閒事。

只見達姆拉德輕輕回握東尼奧德的手腕，借力使力，反過來固定對方的動作。

「東尼奧德，你還記得我說過的話嗎？」

達姆拉德的眼神非常冰冷，讓冷靜的東尼奧德為之膽寒。

「什、什麼話？」

手腕被人壓住，東尼奧德出聲回應。

「為了大義要變強，我那個時候有這麼教過你吧？你得到的力量就這點程度？」

所有的力量集中在一個點上，東尼奧德的手腕發出嘰嘰聲。

緊接著就這樣──粉碎了。

「我、我的手腕居然瞬間就被……」

一面呻吟，東尼奧德邊摩擦手腕邊跟達姆拉德拉開距離。他拿出常備的回復藥，開始治癒傷勢。

達姆拉德並沒有去追擊這樣的東尼奧德，而是悠哉地站著。

然而他身上沒有絲毫破綻。

在這個世界上還有魔物就連骨折都可以瞬間治癒，直到確實將對手癱瘓之前都不能掉以輕心。若沒有這樣的認知，無法在這個世界存活。

看到這樣的達姆拉德，優樹瞇起眼睛。

他知道達姆拉德很強。

畢竟是「個位數」裡頭的前段班成員，就算比聚集在這個房間的人都要強大也不奇怪。

重要的是他是否有究極技能。

還要看出他能夠將這種技能操縱到什麼程度。

（問題在於靠我的「能力封殺」究竟能不能解除。）

視情況而定，可能還必須把達姆拉德殺掉。

就為了做這方面的評估，優樹故意沒有去阻止夥伴們。

「原來你是皇帝的走狗啊。原本以為你只是個守財奴，沒想到居然擺了我們一道。只不過就你一個人闖進來，這愚蠢行徑真不像膽小的你會做的！」

阿里歐斯喊完這句話，情況接著有所改變。

「他說得沒錯，達姆拉德先生。你對我有恩，所以我會在不讓你感到痛苦的情況下將你殺掉。」

東尼奧德認真起來，這次要使出全力對付達姆拉德。

「太慢了。」

他雙手拿起掛在腰上的戰棍全力揮下，結果被達姆拉德輕輕鬆鬆躲過。

接著用自然的動作鑽進東尼奧德懷裡，輕輕將左手的手掌推出。

不像那輕巧的動作會有的一擊沉重衝擊打向東尼奧德。

螺旋浸透波——這是一種拳法上的發力技巧，將紮實鬥氣打向對手的技巧。

那股鬥氣具備指向性，會滲透進去，能夠貫穿裝備或肌肉，從對象物的內側破壞。威力跟鬥氣量成正比，而達姆拉德精實的螺旋浸透波，甚至超越戰車砲的威力，成為必殺一擊。

東尼奧德不可能撐得住。

「咕唔！」

他當場吐血蹲下。

就算想站起來，雙腳也使不上力。這理所當然。因為剛才那一下已經把東尼奧德的內臟破壞了。

「怎、怎麼可能……你竟然這麼強……」

「呼——真是的。靠外表來判斷他人，這是強者特有的驕矜自滿心態，容易自我感覺良好。莫非是因為我僱用你來當護衛，你就搞錯以為自己比較強？」

「唔！」

「我曾經叫你要變強。人類也不是好惹的。就算不依靠技能，只要經過鍛鍊，想變多強就有多強。就像我一樣。」

一說完這句話，達姆拉德也沒看後方，直接往後踢出迴旋踢。

有人從背後偷襲達姆拉德，來不及對這迴旋踢做出反應，對方脖子骨折命喪黃泉。

雖然輕易就被殺掉，但他是優樹也認可的強者之一——阿里歐斯。

阿里歐斯有獨有技「殺人者」，獲得適合執行暗殺任務的特性「無聲移動」和「隱藏存在」。簡直就是專門拿來殺人的技能組成，擁有的實力相當於排行榜第四十四名。

照理說個人作戰正是阿里歐斯的拿手功夫，沒想到卻三兩下被達姆拉德葬送掉。

「像這樣只仰賴技能是不行的。在關鍵時刻能夠仰賴的，就只有自己經過鍛鍊的肉體和精神。若要給個評語，那我會說你們都是派不上用場的傢伙。」

達姆拉德的話很辛辣。

就連戰術指導教官都沒有嘲笑過這些人，他們聽完都很憤慨。這些話就像在對弱者訓話，讓他們怒上心頭。

所有人都臉色難看，想要殺掉達姆拉德。

在這之中，優樹一直冷靜地分析狀況。

接著他得到一個結論。

（果然沒錯。達姆拉德並沒有背叛，而是被某個人操控。阿里歐斯是近衛，操控他的人很有可能是皇帝那邊的人馬。因為達姆拉德沒有殺掉東尼奧德，卻對阿里歐斯心狠手辣，這就是證據。也就是說雖然保留他的自由意志，所處狀態卻讓他沒辦法做出對支配者不利的行為是嗎？）

想必操縱達姆拉德的力量非常強大。然而達姆拉德卻想辦法迴避，希望能夠跟優樹傳達現況。

按照這些判斷看下去，優樹找出最佳答案。

「來，大家看這邊！我們現在要開始打撤退戰！全權交給卡嘉麗處理，大家要盡全力去跟混合軍團會合。」

「老大？用不著逃走，只要把背叛者解決掉，然後我們直接發動政變——」

「不行。」

艾莉亞的提議被優樹一刀兩斷拒絕。

優樹臉上帶著跟平常一樣的悠哉笑容，用認真的目光將所有人看一遍。

「達姆拉德的目的在於爭取時間。因此才會做出冗長的說明，這應該是在許可範圍內吧？」

「你說在許可範圍內？」

這問題來自卡嘉麗。

優樹聽完她的話點點頭，同時如此斷言。

「沒錯。達姆拉德並沒有背叛，而是被某個人操控了。那個人打算在這邊把我們斬草除根。」

聽到優樹這番話，眾人出現各種反應，但似乎起了效果，讓夥伴們恢復冷靜判斷的能力。他們壓下對達姆拉德的殺意，目光都放到身為副官的卡嘉麗身上。

卡嘉麗的判斷也跟優樹一樣。

本能持續敲響警鐘，卡嘉麗也發現如今情況危機四伏。而優樹在這個時候做出指示，她也明白自己該做什麼。

情況迫在眉睫。現在不是去反駁優樹指令的時候，因此卡嘉麗也付諸行動。

「我們要放棄這裡，去有混合軍團的營地。」

「但這樣一來，優樹大人該怎麼辦？」

「用不著在意我的事情。我想達姆拉德不會放過我，必須當他的對手才行。」

所以你們走吧——優樹轉身背對大家，開始跟達姆拉德對峙。

「我們走。」

「「「遵命！」」」

每個人都對自己該做的事有自覺。

至於達姆拉德是不是背叛者，那都已經不重要了。看著優樹的背影，眾人知道他已經做出覺悟。

眼下沒空爭論不休，為了活下去必須拚命，身為強者的他們都明白這點。

艾莉亞揹起趴倒在地上的東尼奧德。

嬌小少女揹著壯漢的模樣看起來很滑稽，但沒有人笑他們。會用治癒魔法的高手一邊治癒東尼奧德，一邊緊隨在所有人之後。

接著那些人就整整齊齊消失於夜晚的黑暗中。

幾分鐘之後。

廣大的會議室裡頭只剩下優樹和達姆拉德。

「事到如今要逃也來不及了吧。您做事情總是不夠犀利。優樹大人太小看情報局。」

「或許吧。但我可以掙扎看看，也許能夠找到一條活路也說不定？」

「可笑。這可不是小孩子在玩遊戲。」

「當然了。我總是很認真喔。」

「說要征服世界的夢想也是認真的？」

「當然！關於這點，你也半斤八兩吧？」

聽到那句話，達姆拉德也笑了。

對，就是這個樣子，他看起來打心底感到滿足。

神樂坂優樹對達姆拉德來說是一個好主人。

雖然在思考上依然孩子氣又幼稚，但也有冷酷的一面。

他工於心計，不會讓達姆拉德感到無聊厭煩。

也因為這樣，達姆拉德信賴優樹。

希望對方能察覺目前自己正被近藤操控。

…………

……

……

達姆拉德是真的對皇帝魯德拉忠心。他也認可優樹，但遠不及對魯德拉的忠誠。

說來根本就不是能夠拿來比較的。

皇帝魯德拉對達姆拉德來說就是一切。

而達姆拉德是按照跟魯德拉的約定行動。履行這個約定，才是達姆拉德賭上人生要完成的目標。

比起近藤，達姆拉德跟魯德拉認識的時間更久。因此他才會大意，認為近藤不會對自己動手。

他知道自己已經遭人懷疑。因此也保持警戒，然而近藤這個男人似乎比達姆拉德想像得更加危險。

在送別米夏之後，達姆拉德的意志就被近藤支配了。

不知道近藤是用什麼方法，不論達姆拉德用什麼手段都無法解除。依然保留達姆拉德的意識，行動全部都被近藤掌控。

…………

……

……

（近藤那傢伙，竟然連我都操控。我知道那傢伙心思非常深沉，但沒想到會做到這種地步。話說回

來，優樹大人果然厲害。）

既然沒辦法靠自己的力量解除，那剩下的希望就只能寄託在優樹身上。如此一來，就必須讓優樹注意到達姆拉德面臨的狀況，然而這非常困難。

因為不論是誰不管從哪一個角度看，達姆拉德都像是背叛了。這樣還要取信於對方是不可能的，就連達姆拉德自己也差點要放棄。

然而優樹還是漂亮地注意到了。

這件事情讓達姆拉德很感動，同時只說出在近藤許可範圍之內的話。

「優樹大人，就讓您見識帝國皇帝近衛騎士團副團長、排行第二的實力。」

這種支配方式採取的是許可制，而達姆拉德的行動則受到限制。即使面臨這種狀況，達姆拉德還是盡可能試著將情報傳達給優樹。

報上名號也是其中的一環。

只要把他能夠透露的情報全都說給優樹知道。之後就能夠任意發揮。達姆拉德如此深信，打算把身後事託付給優樹。

（再來我只要被優樹大人殺掉，一切就會結束。跟魯德拉陛下的約定，優樹大人也會替我實現吧。雖然不能親眼見證令人遺憾——）

優樹必定會繼承達姆拉德的意志。優樹為了達成野心，必須要連達姆拉德的目的也一起完成。他對優樹抱持很高的期望。

「放心吧。我還要讓你賣命，會救你的。」

「哈哈哈！說那種天真的話，這樣是沒辦法打倒我的。」

心中湧現的愉快情緒就算被人操控也沒有消失。達姆拉德盡情釋放這份情感——

●

三十幾個戰士跑在帝都的大街上。

遵從優樹的命令，卡嘉麗等人前去跟混合軍團會合，試著從夜晚的帝都中逃離。

混合軍團紮營的地點，位在跟矮人王國國境交界處附近。在帝都的西南五百公里之外，旅行商人要花十日以上才能走到的距離。

如果是魔力比較高的人，就能夠利用設置在帝都裡頭的「傳送門」。可以瞬間在固定的都市間來去，是優秀的魔法技術結晶。

但沒辦法同時讓一百個人運用，而且這是重要設施，戒備森嚴。在這種大半夜硬闖過去，肯定會起紛爭。

卡嘉麗毫不猶豫選擇用自己的雙腿。

在這裡起爭執是其次，首先要整合戰力才是最要緊的。

在這個集團之中，每個人都是超越凡人的超人。若是不眠不休持續奔跑，只要花幾個小時就能抵達目的地吧。

「卡嘉麗大人還行嗎？」

「嗯，沒問題。謝謝妳替我擔憂，蒂亞。」

卡嘉麗跟和她並排奔跑的面具少女——蒂亞道謝。

卡嘉麗原本是魔王，敗給魔王雷昂之後，過去曾經變成精神體徘徊好幾十年。當時不是精神生命體的卡嘉麗——魔王卡札利姆光是要保持自我就很吃力了。

而她克服這樣的過去，多虧優樹，終於獲得身為人造人的肉體。之後順利將這個肉體鍛鍊到強力無比。

因此如今已經獲得足以媲美高階魔人的戰鬥能力。就算是在這個強者組成的集團中，她也毫不遜色。

「是嗎？那就好。要是這種時候拉普拉斯在就好了……」

「是啊，如果是拉普拉斯，就連達姆拉德也能戰勝。」

「呵呵呵，老大也很強。一定會贏得勝利，再次回到我們面前！」

「就是說啊！」

「對，說得沒錯。」

卡嘉麗如此笑著回應，但她知道心裡那股焦躁愈來愈強烈。從剛才開始就警鈴大作，卡嘉麗心中的不安愈來愈大。

（——不妙。這下情況不樂觀。）

雖然只是出於本能的直覺，但不知道救過卡嘉麗多少遍。因此就算毫無根據，卡嘉麗依然認為必須想出對策突破難關。

接著她看向最值得信賴的夥伴蒂亞和福特曼。

「把拉普拉斯叫過來。」

「咦？」

「叫他回來。」

如果是蒂亞和福特曼，他們可以跟拉普拉斯透過「念力交談」對話。不管距離多遠，小丑之間都能夠彼此聯繫。

「可是拉普拉斯派去當使者了──」

「沒關係。快點！」

只有卡嘉麗聽得到的警鐘愈來愈響亮。

沒空解釋了。如此判斷後，卡嘉麗也不去管蒂亞，打算說出下一個命令。

「所有人從這裡散開！然後自行判斷，以生存為優先──！」

去跟混合軍團會合──這句話沒能說到最後，她發現一切都已經太遲了。

「──我很驚訝。原本以為已經完全讓氣息消失，虧妳還能發現。」

在這句話出口的同時，有個身穿軍服的男子從黑暗中現身。

他是近藤中尉。

不只近藤一個人，從面向大街的建築物屋頂上陸陸續續有好幾個人無聲無息降下。

人數有五十名左右。

然而每個人身上都散發著壓倒性的氣息。

「帝國皇帝近衛騎士團……」

「猜對了。別做無謂的抵抗，投降吧。那樣就賜予你們為皇帝陛下而死的榮譽。」

「是嗎？這下等同承認了。近藤中尉，你就是帝國皇帝近衛騎士團的團長。」

即使指出這點，近藤依然面無表情。

他不否認也不肯定，然而這對卡嘉麗來說就已經足夠了。

卡嘉麗等人開始靠在一起，對包圍他們的騎士們保持警戒。既然事情都到這個地步了，看來是無法避免戰鬥。

那些近衛騎士們都已經穿上傳說級裝備，完全武裝完成。就算在實力上勢均力敵，裝備之間的差異還是太過巨大。

情況對卡嘉麗他們來說極度不利，但優樹的部下可不會在這邊放棄。

「哈！要打就來啊。這樣反倒省事，還比較好呢！」

「說得對。就讓我們見識近衛的實力吧！」

剛才還遊走在死亡邊緣的東尼奧德大聲放話，艾莉亞也跟著示威。

不愧是超乎常人的強者，不打算什麼都不做就直接認輸。

在這個節骨眼上，卡嘉麗一直都在拚命分析眼下情況。

所有人都存活下來的機率接近零。現階段戰術性勝利目標是盡量讓多一點夥伴去跟混合軍團會合。

為此必須爭取時間。

直到優樹打倒達姆拉德之前，都要爭取時間。

撐到拉普拉斯回來幫他們。

要爭取寶貴的時間——卡嘉麗意識到這就是她的使命。

（接下來，只要其中一方來得及就好了，但也不知道結果會如何。）

一面想著，卡嘉麗朝著近藤踏出一步。

「哦？妳要來當我的對手？」

「對。近衛頭頭的力量到什麼程度，就讓我確認一下。」

卡嘉麗如此回應，但她明白自己的實力遠遠不及近藤。她的目的在於拿自己當誘餌。

（就算無法勝利，至少也要爭取時間──）

如此鼓舞自己，卡嘉麗對著近藤擺出對戰架勢。

反之近藤根本沒有把卡嘉麗看在眼裡。四周的人都在作戰，對此他無奈地嘆了一口氣。

「我討厭做多餘的事，也不打算陪妳爭取時間，妳要搞清楚靠意志力是無法在戰爭中獲勝的。」

「這可不一定。也許可以祈禱會有奇蹟發生。」

「呵，可笑。前魔王別在那說夢話。」

聽到近藤這麼說，卡嘉麗跟著「嘖」了一聲。

照理說只有少數夥伴知道卡嘉麗原本是魔王，這點卻被近藤輕易看穿。這表示那點程度的情報對他來說不算什麼。

「看來我們被小看了。」

「並沒有那個意思。話說，就告訴妳一件事吧。你們八成要去跟混合軍團會合，但那是在白費功夫。就在剛才，皇帝陛下已經親自組成討伐軍隊出征了。」

「你說什麼？」

皇帝親自出征很不尋常。

然而卡嘉麗更在意討伐軍這個字眼。

「那是當然的吧。重要的就只有強者。若是發誓對魯德拉陛下效忠另當別論，但連進化可能性都沒有的雜碎根本是多餘的。」

「這是什麼意思──」

「妳還不懂嗎？之所以讓你們活到今天，只不過是因為你們還保有進化的可能性罷了。一切都按照魯德拉陛下的計畫行事。」

「你在鬼扯什麼！意思是說我們的企圖全都被看穿了嗎！」

卡嘉麗很激動。

近藤則是不感興趣地看了卡嘉麗一眼，接著對她說：

「愚蠢的問題。又或者，妳認為在這個帝都裡頭能騙過我的眼睛？」

卡嘉麗心中燃起幽暗的憤怒之火。

這道火名為屈辱。

透過獨有技「企畫者」，卡嘉麗設計出各式各樣的計畫，也讓那些計畫成功。雖然因為利姆路的關係，後來陸續失敗，但她是優樹的左右手，還是一名策士，這是卡嘉麗的驕傲。

然而近藤對此嗤之以鼻。

「區區一個人類……」

「那是在說神樂坂優樹才對吧？」

一陣劇烈怒火讓卡嘉麗身上的血液直衝腦門，甚至有種眼前變得一片空白的錯覺。但她也看出這是近藤的策略，若是因為生氣而感情用事，那原本能獲勝的戰鬥也會輸掉。

證據就是疑似受到卡嘉麗的怒火觸發，福特曼彷彿失去理智，對近藤發動攻擊。他在小丑之中擁有最強大的攻擊力，完全不打算收斂，不惜破壞街道，放出極為龐大的魔力彈。

雖然近藤輕鬆閃避，但街道那邊似乎有警鈴作響，引起大騷動。這樣下去不只是近衛，就連警備兵和看熱鬧的民眾也會跑過來吧。

既然事情都變成這樣了，那卡嘉麗他們就不用有所顧忌。礙事的人都看成是敵人，全部打倒就行了。然而近藤應該也很清楚事情會變成這樣。

那他為什麼還容許現在這種情況出現？

這讓卡嘉麗感到疑惑。

（別激動，我要冷靜。這傢伙只是想要激怒我……）

她已經看穿近藤的企圖，所以別上當就好。基於這樣的想法，卡嘉麗壓下怒火。緊接著她突然感到不安，覺得自己好像遺漏了什麼重大事項。

（等等……？達姆拉德被某個人操控。若這都是近藤做的——）

不只是福特曼，就連蒂亞也加入戰局。看看四周，近衛和優樹的夥伴正在瘋狂廝殺。

就算面臨這種情況，近藤依然面不改色。

還在神不知鬼不覺間右手握槍，左手拿刀對應。同時對付福特曼和蒂亞這兩個凌駕在魔王之上的魔人，他的態度依然從容。

雖然早就預料到近藤應該很強，但沒料到會這麼強。

他肯定比達姆拉德還要強。察覺這點之後，卡嘉麗重新認識近藤的可怕之處。

近藤就只有拿著手槍，並沒有擊發。只有用刀對付福特曼和蒂亞。

至於那把刀，就連卡嘉麗都能看出是一把名刀。事實上卡嘉麗並不曉得，那把刀的刀款為海軍太刀型軍刀，關鍵的刀身有著令人著迷的美麗刃紋，是一把利刃，也是近藤家代代相傳的傳家寶，不是門外漢可以拿的便宜貨。

當然這並不是一隻手就能使用的武器。然而近藤卻用左手握著刀柄下方的部分，只用一隻手使刀。

看起來並不是某種特殊流派，明顯可以看出他並沒有發揮真正的實力。

（這個男人很危險。對付那兩個人完全沒有拿出實力……但這是為什麼？若是要把他們殺掉，那他就應該更認真對付才是。之所以沒這麼做，果然是因為他覺得我們有某種利用價值？也就是說——）

接著卡嘉麗想到答案。

她發出叫喊。

「你們小心！近藤很有可能透過某種手段來操控他人！」

「呵呵，說對了。」

原本以為近藤會否認，結果他二話不說承認。卡嘉麗為此感到不妙。

（這個男人竟然掀自己的底牌？不，既然我們都已經在懷疑了，那他去否認也沒意義。反而是承認還比較能夠提昇我們的警戒心。但我不懂。這是為什麼——）

卡嘉麗開始疑神疑鬼。

她不明白近藤在想什麼，看不出該怎麼做才是正確的。

既然跟對方打也沒辦法獲勝，那就應該徹底爭取時間，按照當初的作戰計畫走才最理想。雖然卡嘉麗這麼想，卻不懂近藤為什麼要配合這個作戰計畫。

（——不，太奇怪了！這個男人說他不想配合我們爭取時間，那又為什麼——啊！我懂了，是那樣吧！）

就在這個時候，卡嘉麗總算理解近藤真正的可怕之處。她理解到對方說的每一句話都有意義，裡頭混雜謊言，完全支配現場的走向。

「你也在爭取時間……」

「總算注意到了？知道我在配合你們爭取那無聊的時間。」

「唔。」

「像妳這種貨色的想法，要看穿輕而易舉。」

就算卡嘉麗試著保持冷靜，近藤的挑撥還是刺激到她。

「竟敢妄下斷言——」

「妳知道人們為什麼叫我『以情報為食的怪人』？」

「……」

「妳剛才也說過吧？說我能夠操控其他人。那要把被操控對象的知識吸收過來也很容易，為什麼沒想到這點？」

這傢伙在說什麼——卡嘉麗為之驚愕。

若要拿這個當謊言，未免也太拙劣。不過，假如那是真的，可是在洩漏重要機密。

把自己的底牌秀給別人看，卡嘉麗不認為這個慎重的男人會那麼做。

「真麻煩。我並非能夠看穿一切。原本預計在你們來到郊外才要跟你們接觸。我並不想對帝都造成傷害，像這樣放水對付你們也是在費多餘功夫。」

「這是在放水？」

「呵呵呵，看來我們被人小看了！」

對近藤的話起反應，蒂亞和福特曼激動起來。但那只是上了對方的當，在這種時候不宜如此。正因為明白這點，卡嘉麗才會焦急。

「你們兩個冷靜一點！別被對方的話攪亂情緒！」

她喊出這句話，試著阻止那兩人做出失控行為。

而近藤則是對這樣的卡嘉麗不悅地看了一眼。緊接著他稍微看一下手槍，似乎想到什麼，把手槍收進懷裡。

「太麻煩了。就在不殺你們的範圍內奪去戰鬥力吧。來吧。」

當近藤雙手握住軍刀的剎那，氣氛頓時一變。

那股氣息是高手才會有的。

「蒂亞，這裡能不能交給我？我要上了，人類！」

雙方的氣勢瞬間高漲，就連原本在作戰的人們也被震懾住，停止手邊戰鬥。

近藤採八相（註：劍道架勢的一種）姿勢，靜靜等待敵人出手。

反之福特曼完全不考慮防禦層面，準備採取特攻。全身包覆鬥氣，讓自己化為巨大的子彈發動突擊。

從他那肥胖身軀完全想不到行動如此敏捷，他旋轉般地移動。每次在地面上彈跳都會加速，開始在近藤四周跳來跳去。重複不規則動作，逐漸加速。

「呵——呵呵呵。若你能看穿我的動作就試試看啊！」

福特曼確定自己已經施展全力，對近藤使出最終奧義。

他的力量真相來自獨有技「增幅者」。

這能力的本質在於增幅。

波動也好，質量也罷，都能夠隨意增長。光靠彈跳就能夠加速，自己的體重也會持續增加，重量會增加到超越外表。若是被這股動能攻擊到，不管是怎樣的對手都會被粉碎吧。

「接招吧，『憤怒爆散（Angry Splatter）』——！」

蘊含絕對的自信和破壞力，福特曼向近藤逼近。然而近藤臉上表情一成不變，他使出劍法。

「我對你使出『天地轟雷』，這是你的光榮。」

這句話靜靜傳來，而那是在一切結束之後。

福特曼的雙手雙腳就在方才那瞬間被人砍斷。速度快到沒人看見。若不是雙方存在極大的實力差距，不可能做到這個地步。

雖然腦袋還沒掉，但鮮紅的血液噴發出來。話雖如此，福特曼還不至於喪命，但要繼續戰鬥想必很困難。

「妳叫做蒂亞是吧。去把這個男人的手腳綁起來，順便替脖子止血。再把人弄死就頭痛了。」

近藤用淡然的聲音如此說著。

他的右手重新握住手槍，回到最初的姿態。

不管怎麼看，那模樣都顯示他不想再繼續陪他們過招。

「你、你究竟在想什麼──！」

「我不會殺你們。尤其是妳，卡嘉麗──不，前魔王卡札利姆。妳有利用價值。所以我不會殺妳。」

「愚蠢，對我們做這種事還想要我們幫你？」

「呵，用不著你們答應。不是說過嗎？我可以操控其他人。」

卡嘉麗覺得這個男人可惡至極，用憎恨的目光看著近藤。

他的說詞實在令人火大。自己的想法明明是對的，對方卻讓她心生不安，懷疑自己想錯。近藤的每一句話都讓卡嘉麗惱火。

就在這個時候，近藤拿的手槍發出紅色光芒。

他看了露出笑容。

那是非常細微的笑容。才剛想著這個男人也會笑啊，卡嘉麗心中就敲響了至今為止最大聲的警鐘。

（爭取時間……這樣啊，原來那是在說真的？）

事到如今才察覺已經太遲了。

雖然討厭被玩弄到這種程度的自己，但卡嘉麗還是持續摸索最好的解決辦法。

雖然不清楚是什麼，但近藤要出的牌肯定都湊齊了。想要就此逃亡是不可能的，要繼續爭取時間似乎也不容易。

那能夠採取的手段就剩一個。

卡嘉麗只剩下一條路可走，那就是摘除可能會為我方夥伴帶來危險的芽。

也就是自殺。

她決定選擇死亡，來防止情報洩漏。

然而身為妖死族的卡嘉麗並不會真的滅亡。她會失去這具肉體，再次寄宿到某個人身上就能夠獲得永生。

福特曼和蒂亞似乎也察覺卡嘉麗的企圖。他們也是妖死族，跟卡嘉麗一樣，並不會真的死去。只要他們三個同時攻擊近藤，應該就能在盤算不被察覺的情況下達成目的。

就算失去肉體，只要能逃脫還是能避免最壞情況發生。卡嘉麗是如此判斷的，這也是她留著不用的王牌。

（這是優樹大人好不容易才替我準備的肉體，可惡。而且還花了一段時間適應，但總比失去一切好。雖然會把福特曼和蒂亞也拖下水就是了，但等到下次再幫他們準備更強韌的肉體吧。）

如此這般，卡嘉麗下定決心。

她相信之後的事拉普拉斯會想辦法的。

近藤實在太強了，在她意料之外。照卡嘉麗現階段的觀察看來，近藤和拉普拉斯的實力不相上下。

不，搞不好近藤比他更強一些。

就算在這邊會合，還是沒把握能夠完全贏得勝利，讓拉普拉斯也遭遇危險是下下策——這是卡嘉麗的判斷。

讓她感到不安的是——近藤是怎麼操控其他人的？

雖然很想看破這點再逃亡，但太過貪心會很危險。卡嘉麗捨棄迷惘，立刻展開行動。

「真是的，我們被人類小看了。福特曼、蒂亞，你們別玩了，要盡全力攻擊。還有，就讓你好好品嚐被稱為魔王的我有多少真功夫！」

妖氣在卡嘉麗全身上下遊走，讓她使出突破極限的力量。如此亂來，這個人造肉體根本撐不住，頂多只能夠撐幾分鐘。但反過來想，這樣對方就不會懷疑她打算自殺。

福特曼和蒂亞看到卡嘉麗的狀態也明白作戰計畫是什麼。

「呵呵呵，只是失去手腳沒辦法阻止我啦！」

「人家也還能打！好久沒認真起來對戰了，興奮到不行！」

配合卡嘉麗，福特曼也開始把身體弄圓彈跳。而蒂亞則是跟卡嘉麗一樣，開始解放妖氣。

在帝都的中樞，巨大的妖氣開始膨脹。只要能夠讓對方以為他們發動特攻是想跟近藤弄成兩敗俱傷的局面，卡嘉麗他們的作戰計畫就算成功。

只不過——

眼下情況都這樣了，近藤卻連眉毛都沒動。他用沉穩的動作收起軍刀，去確認手槍的情況。

接著若無其事說了一句話，彷彿對卡嘉麗他們澆了一盆冷水。

「所謂的妖死族，聽說只要保留精神體就能夠存活是吧。」

這句話實在不能聽聽就算了。

要說有誰知道卡嘉麗他們的種族，在夥伴之中就只有優樹一個人。就連達姆拉德都不知道，是超機密的情報，不管近藤有多麼厲害都不可能知曉才對。

「你、你為什麼知道這個——」

「所謂的戰鬥，其實在開始之前就分出勝負了。機甲軍團之所以全滅，就是因為他們小看敵人，沒有確實蒐集情報。沒有掌握確切的情勢，胡亂發動攻擊，那樣根本就可以肯定會戰敗。你們不這麼認為嗎？」

「……」

「話說回來，妳的部下也很讓人失望呢。我明明讓他在最佳時機發動攻擊，他卻輸給新來的魔王。那樣也算是魔王，太可笑了。」

「——你說什麼？」

「不過他輸掉了，對我們來說正好。那塊土地上發生了什麼事情，這樣我們就能大致掌握，而且還誕生了比克雷曼更有趣的傢伙。」

「我在問你這話什麼意思——！」

卡嘉麗的怒火爆發了。

必須保持冷靜的想法煙消雲散，對眼前這個男人——對近藤中尉的恨意讓她無法控制自己。

近藤那番話就等同在自白說是他操控克雷曼的。

如今回想起來，克雷曼從某個時候開始就變得失控。根據拉普拉斯帶來的報告指出，從幾十年前開始，這種傾向就愈來愈明顯。

原本卡嘉麗認為是因為當上魔王帶來的壓力使然，是她多心了，然而這些若都是近藤害的就另當別論。

若她自己立案的作戰計畫全都失敗也是因為有人過來攪局，那就不可饒恕。最重要的是，卡嘉麗疼愛的克雷曼逝去若也是因為受到近藤操控……

（不可原諒。絕對不能放過他。）

卡嘉麗的憤怒已經無法控制了。福特曼對憤怒這種情感很敏感，他也對卡嘉麗的憤怒起反應，更讓卡嘉麗的憤怒增幅。

結果，諷刺的是這些全都正如近藤所料。

不，那才正是近藤的目的。

「太天真了。竟然在對戰的時候感情用事。就因為妳只有這點程度的覺悟，才會如此輕易就中了圈套。」

近藤一說完這句話就扣下扳機。

「啊！」

「砰」——當這個細小的聲音響起，卡嘉麗整個人顫了一下。

她沒有流血。

這是非常特殊的子彈，不會影響肉體，而是影響精神。

名字就叫做「支配的咒彈」。

是皇帝魯德拉賜予的祕寶、近藤的殺手鐧之一。

「支配的咒彈」灌注了魯德拉的部分能力，有能夠支配、操控他人的效果。只不過一次只能對一個人產生效果，碰到精神力比較強的人很有可能遭到抵抗。

雖然拿到充足的數量，但必須要慎重思考該用在哪兒。假如失敗了，不僅會被敵人知道自己有什麼招式，還會失去一個棋子。

若是要支配魔王級的人，那就必須趁睡眠的時候出招，或是在對方情緒激動的狀態下實行。

例如被欲望沖昏頭，或是被憤怒、自怨自艾這類負面情感吞噬。先讓對方陷入這種狀態再擊發「支配的咒彈」，那樣才能夠支配。

「雖然花了一點功夫，但都按照計畫進行。卡嘉麗呀，讓夥伴們停止戰鬥吧。妳做事情很慎重，應該都有對受到召喚的人刻下『咒言』吧？」

「遵命，近藤大人。」

「不用加大人。叫我中尉就可以了。」

「是，近藤中尉。就按您的命令行事。」

就這樣，卡嘉麗落入近藤手中。

而且也如近藤所料，優樹的夥伴們都被下了「咒言」，刻在靈魂上。蒂亞和福特曼也一樣，沒辦法違抗命令者卡嘉麗的話。

有些人並沒有被下「咒言」，但他們也察覺情況很不利。自己人打自己人，最後只會白白犧牲，他們認為與其抵抗，還不如讓對方抓起來。

帝都的夜晚回到黑暗帶來的寂靜之中。

「要恨就恨自己沒有力量。多數人認可的東西就是正義，會被更強烈的意志整合在一起。理想也是一樣的。你們的野心對上魯德拉陛下的大義，全會化為泡影。事情就只是這樣罷了。」

那就是弱肉強食這個絕對法則的體現。

近藤非常明白這點。

「若是沒有被人踐踏的覺悟，甚至連擁有野心的資格都沒有。所以我會連你們的懊惱悔恨一起記住。」

近藤自己也是帶著覺悟而活。正因為如此，近藤並沒有看不起卡嘉麗他們。

若是失敗了，那他自己也會遭受相同的命運，經驗教會他這點，也讓他明白了這點。

●

優樹和達姆拉德彼此拳頭交錯，進行激烈的戰鬥。

已經不曉得是第幾次了，兩人互換攻防。

對方毫不猶豫對準臉部要害，握起拳頭用手背攻擊，優樹利用手掌擋開。原本打算就這樣直接對達姆拉德的手腕發動攻勢，但達姆拉德沒讓他這麼做。他打出手刀，用來牽制優樹。

優樹早就預料到他會使出這記手刀，上半身向後仰，踢出二連踢。發現這點的達姆拉德當場身體向下沉，打算使出掃堂腿——但優樹似乎也看穿這招，他跳起來用迴旋踢攻擊達姆拉德，試圖踢掉他的腦袋。

然而這個迴旋踢落空了。

達姆拉德已經拉開距離，人站了起來。

這已經超越人類的領域，雙方用精湛的武鬥技巧交手。重複了好幾次，如今就好像在看拳法示範一樣，他們的動作變得中規中矩。

然而速度卻是一般人用肉眼追不上的。很可惜沒有觀眾，要找到實力足以鑑賞的人想必很困難吧。

就靠著他們鍛鍊過的肉體來進行高手之間的格鬥戰。

然而實際上正在進行的不只這些。

優樹為了試著跟達姆拉德溝通，他沒跟對方對談，而是使用「念力交談」。達姆拉德也想要回應他，因此正在協助優樹的行動。

刻意讓肉體之間有好幾次多餘接觸，都是為了在那瞬間交換情報。

『真是的，終於聯繫上了嗎？達姆拉德，真沒想到連你都有究極技能。為了把我的「念力」傳達出去，竟然讓我費了這麼多苦心。莫非是從跟我相遇的時候就有了？』

『這是借來的。當然是從遇到優樹大人的時候就有了。』

因為我很少使用，所以您才沒有發現吧——達姆拉德流暢地補了這麼一句話。

優樹就只能苦笑。

如今他的究極技能也覺醒了，已經發現這跟獨有技之間存在絕對的「等級」差異。

話雖如此，在達姆拉德的回應之中，有些話可不能聽聽就算了。

『你說借來的？那是什麼意思？』

原本技能這種東西要靠自己的力量獲得。

雖然有人也能夠像優樹那樣自行創造，但他並不是無中生有。只是拿自己的願望當糧食，改變「靈魂力量」的形式罷了。因此能夠轉讓技能這件事情令優樹無法忽視。

達姆拉德給出答案。

『就是字面上的意思。說到我的力量，那不過是皇帝陛下賜予的。』

『這種事情有可能辦到？』

『我能理解您會疑惑，但我就是一個證人。就只能請您接受那是有可能的。』

『原來如此，也對。』

既然對方都這麼說了，優樹也只能接受。

如此一來，下一個疑問接著湧現。

『關於這個技能轉讓，不管對象是誰都可以？』

達姆拉德笑著說怎麼可能。

『如果是一般人，別說是究極技能了，就連當獨有技的容器都沒辦法。光只是要接受能力，那就需要龐大的能量。必須像「異界訪客」那樣改變肉體才行。』

『聽到這個我就放心了。原本還在懷疑皇帝是不是能夠玩究極技能特賣，害我著急了一下。』

『哈哈哈，這還沒辦法實現。陛下的盤算就是想實現這點。』

原來是這樣，優樹這下也懂了。

『就為了這個，才要蒐集強者是嗎？』

『就是這麼一回事。就算是人類，經過修行也能進化。種族會發生改變，變成「仙人」。優樹大人已經變成「聖人」了，應該也明白這個道理吧？』

『是啊。』

優樹也有過親身體驗。人類想要變成「仙人」還有「聖人」，只靠一般方式修行是不可能的。就連那些在西方諸國號稱最強的「十大聖人」也不例外，真的有來到「聖人」境界的就只有日向和薩雷這兩個人。

『人類只有進化成「仙人」，才能跳脫必須靠人跟人交配來生出人類的這個循環。而且就算是靠個人力量還是能跟世界聯繫。帝國皇帝近衛騎士團就聚集了來到這個境界的人們，可以說他們在魯德拉陛下的篩選中已經達到最低標準。』

『你說「仙人」是最低標準？』

『對，就是如此。優樹大人跟金既然都對戰過了，那您也理解他有多強了吧？就算是「聖人」也沒有戰勝的可能。』

『這部分確實是那樣沒錯。』

金異常強大。實際對戰之後優樹對此有了深刻體悟。知道半吊子力量甚至不配當魔王金・克林姆茲的對手。

『想要戰勝金，究極力量覺醒是最低條件。』

『是在說究極技能嗎？』

這點優樹也有概念。

他自己獲得了究極技能，因此對這點有了更強烈的體認。面對擁有究極技能的對手，只能用究極技能對付。

『沒錯。魯德拉陛下非常清楚這點。所以才要給予變成「仙人」的人們試煉，讓他們更進一步覺醒，想要將他們鍛鍊成足以給予究極力量的容器。』

『也太亂來了。不過，我也會這麼做吧。』

『您一下子就明白了，真不錯。』

優樹和達姆拉德對彼此露出笑容。

這些話一般人八成無法理解，但優樹看出這個方法合情合理。只要確立出一套方法，想必就能聚集許多覺醒獲得究極技能的人。

被別人捷足先登令人不悅，但優樹認為值得認可的東西就該認可。比起那些，魯德拉的特殊性才是在這個方法上不可或缺的，這點才是問題所在。

『魯德拉可以給其他人究極技能，這件事情讓人驚訝。』

『呵呵呵，這就證明魯德拉陛下有多麼偉大。變成「聖人」的人會被魯德拉陛下御賜「究極賦予『代行權利（Alternative）』」。』

達姆拉德的「念力」散發出引以為傲的訊息。讓人感受到他對皇帝魯德拉的敬意，優樹不禁苦笑。

達姆拉德看來依然還是效忠優樹的，但是對皇帝的心意又另當別論。優樹想著：「雖然我早就知道大概是那樣，但你至少再多掩飾一點吧。」

不過，平常的達姆拉德不會犯這種錯誤，他是故意而為之的吧。

『所以魯德拉為了讓部下覺醒，才挑起戰爭？』

『應該是這麼一回事。上次戰爭因為維爾德拉搗亂遭遇挫折，但那樣很好。有好幾個人進化成「仙人」，補充回來的戰力比失去的更大。』

皇帝未免也太有耐心了，除了感到嫉妒，優樹也覺得佩服。

兩人就像這樣一面作戰，一面透過「念力交談」交換情報。

最後優樹的力量終於突破達姆拉德的心理防壁。

『喔，搞定了。我找到在操控你的力量「核心」了。』

『那真是太好了。有辦法解除嗎？』

『嗯，沒問題。但解除了，近藤不就會發現嗎？』

『應該會被發現，但是沒關係。』

『那我就一口氣解除。』

優樹和達姆拉德並不是胡亂作戰。

達姆拉德知道優樹有「能力封殺」，他相信靠這股力量一定能打破近藤加在自己身上的「支配」。優樹也看出達姆拉德是這麼打算的，用不著他多說，一直在打探達姆拉德的狀態。

接著優樹就試圖用新覺醒的力量讓達姆拉德復原——

優樹獲得的究極技能是「貪婪之王瑪門」，是專門用來奪取的。如果是光跟對手接觸就能夠奪取能量的「奪命掌（Steal Life）」，那只靠拳頭交手也可以在對手身上累積傷害。

那有可能是魔力，有可能是體力，對手不同，奪走的能量性質也不同。但都一樣可以當成自己的東西運用。

然而「奪命掌」對達姆拉德沒用。

達姆拉德的力量很棒，就算被近藤操控，依然維持在最佳狀態。跟本人意願無關，全力妨礙優樹。

而實現這點的，就是皇帝賜予的究極賦予「代行權利」能力。如此一來，達姆拉德的靈魂就受到保

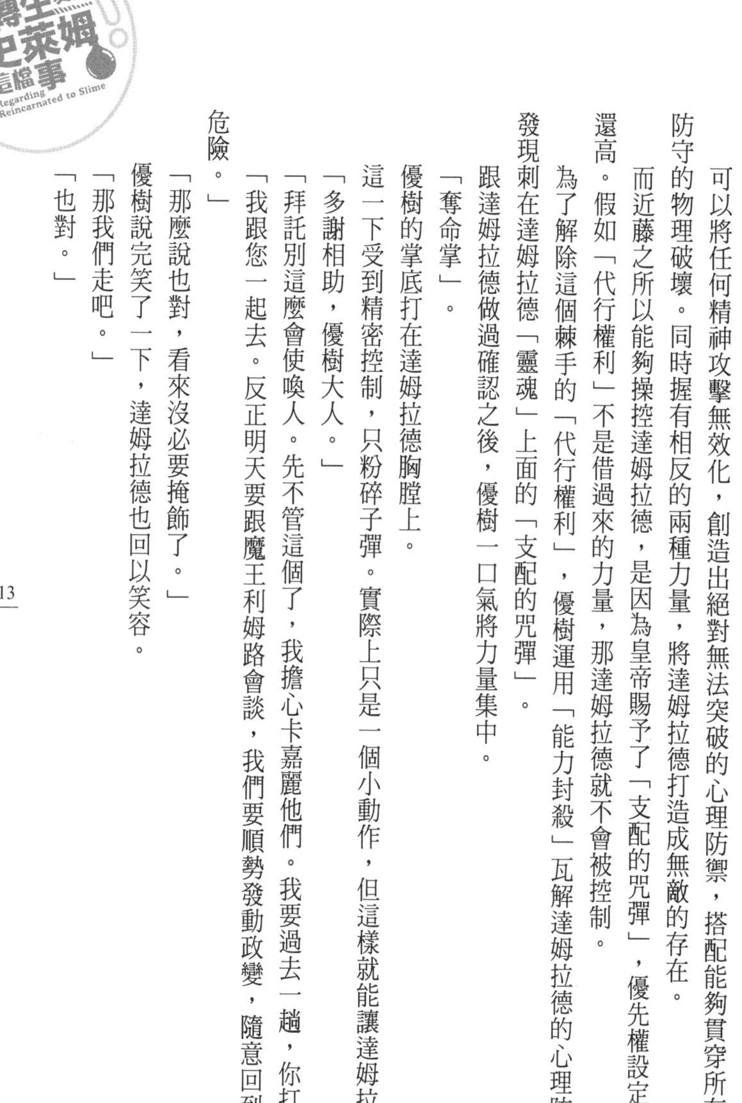

護。

可以將任何精神攻擊無效化，創造出絕對無法突破的心理防禦，搭配能夠貫穿所有防禦且絕對無法防守的物理破壞。同時握有相反的兩種力量，將達姆拉德打造成無敵的存在。

而近藤之所以能夠操控達姆拉德，是因為皇帝賜予了「支配的咒彈」，優先權設定上比「代行權利」還高。假如「代行權利」不是借過來的力量，那達姆拉德就不會被控制。

為了解除這個棘手的「代行權利」，優樹運用「能力封殺」瓦解達姆拉德的心理防禦網。後來終於發現刺在達姆拉德「靈魂」上面的「支配的咒彈」。

跟達姆拉德做過確認之後，優樹一口氣將力量集中。

「奪命掌」。

優樹的掌底打在達姆拉德胸膛上。

這一下受到精密控制，只粉碎子彈。實際上只是一個小動作，但這樣就能讓達姆拉德恢復自由身。

「多謝相助，優樹大人。」

「拜託別這麼會使喚人。先不管這個了，我擔心卡嘉麗他們。我要過去一趟，你打算怎麼辦？」

「我跟您一起去。反正明天要跟魔王利姆路會談，我們要順勢發動政變，隨意回到近藤那邊八成很危險。」

「那麼說也對，看來沒必要掩飾了。」

優樹說完笑了一下，達姆拉德也回以笑容。

「那我們走吧。」

「也對。」

優樹轉身朝門那邊去，達姆拉德點點頭後也跟上他的腳步。

然而就在那瞬間——

「為什麼沒有把異己分子收拾掉，還在那邊玩，達姆拉德？你該不會真的要背叛魯德拉大人吧？」

一道冰冷的聲音傳來，優樹緊張到停下動作。

真正的危機從現在才開始。

＊

完全沒有發出半點聲音。

她神不知鬼不覺站在那邊。

全身散發壓倒性的強者氣息。

是一個有著藍色頭髮的絕世美女。

照理說應該是第一次見到對方，優樹卻覺得這個美女的氣息似曾相識。

這是簾幕後方之人的氣息。

被人們稱做「元帥」，坐在皇帝旁邊的人物——

「維、維爾格琳大人……」

達姆拉德的呢喃聽起來格外清晰。

（他說維爾格琳？該不會是——？）

就在這個瞬間，優樹發現自己神情僵硬。

這個世界上號稱最強的「龍種」——面對這個存在，他拿來跟自己的力量比較，才會有那種反應。

（糟了。雖然之前見到維爾德拉的時候都沒那種感覺，但這已經不是談論輸贏的次元了。跟這種對手正面對決，根本就是在自殺。）

即使認識到這點，優樹還是沒有放棄。

既然正面對決行不通，那從背後攻擊就行了。優樹還留了隱藏王牌。只要能夠巧妙運用目前手上有的籌碼，他認定自己有十足把握獲勝。

「真沒想到『元帥』閣下的真實身分竟然是『龍種』。這下我知道金為什麼不親自出馬了。」

「哦，以人類來說還真少見。你不怕我，這點值得嘉許。」

「那就多謝了。若還能順便放過我，我會很開心就是了。」

「我個人是無所謂。有事找你的人不是我，是我心愛的老公。」

回答完這句話，維爾格琳後退一步。

在這個時候優樹才察覺到那個男人的氣息。

他不禁睜大眼睛，一直看著那號人物。

站在維爾格琳身旁的男人，他身上穿著非常奢華的服飾，感覺要價是天文數字。

那張臉就連優樹都很熟悉。

「……正幸？不，這不可能吧。莫非你是——」

跟正幸一模一樣——優樹原本這麼想，但是他發現一個差異。

最明顯的就是髮色。

那個男人有著閃亮的金髮。相對的，正幸平常雖然都把頭髮染成金黃色，但最下面的頭髮還是日本人那種黑茶色。

仔細看會發現眼神也不同。

正幸的眼神有點少根筋，看起來較無緊張感，相對的這個男人彷彿能看穿一切，目光霸氣四溢，讓人感覺一有疏忽就會被他吞噬。看到那個男人散發出這種氣勢，根本不會把正幸和他當成同一人物看待。

（這是另一個人吧。）

優樹確定是這樣，也已猜到那個男人的真實身分。

既然維爾格琳說他是心愛的老公，那真面目只可能是那個人。

「——是皇帝魯德拉嗎？」

「正是如此，優樹大人。這位大人就是立於帝國頂點的皇帝陛下——魯德拉大人。」

回答的人是達姆拉德。為了表示自己對魯德拉沒有敵意，就連衣服髒了也不在意，他當場跪下。

優樹並沒有責備他這種行為。

用不著說也知道對達姆拉德來說，魯德拉比自己更重要。更大的問題是——為什麼魯德拉會出現在這裡。

「我很驚訝。沒想到尊貴的大人願意來到這種地方。你是太閒了嗎？」

優樹用揶揄的語氣問話。

魯德拉並沒有對這樣的優樹動怒，他用很平常的語氣回應。

「寡人當然很忙。跟金的對決即將進入高潮，沒空在那邊玩。」

吃驚的是達姆拉德。

他沒想到魯德拉竟然會跟下賤的人說話，也沒想到維爾格琳會允許這種事情發生。

「是喔，那你就不要偷懶了——」

「客套話就免了。當寡人的部下吧。這樣一來，我就不會奪走你的自由意志。」

這是命令。

來自遙遠的天上，對在地上爬的人下令。

這是優樹最討厭的類型，但不知道為什麼，他感覺自己無法違抗。

（這是「思考誘導」嗎？跟瑪莉安貝爾下的「支配」很像，但強大到不能相提並論。）

這是一股棘手的力量。然而優樹身上有「能力封殺」，來自能力的命令都能夠無視。

照理說應該是這樣。

（不對！這不是那麼簡單的能力！）

他差點下意識屈膝下跪，感到戰慄的同時，優樹領悟到一件事。

他發現這是領袖氣質。

能夠讓世間萬物都對其服從，超乎想像的支配者霸氣。

優樹拚死命抵抗。

「呸，有一手。沒想到第一次出招就用這麼陰險的手段進攻。」

優樹憤憤不平地吐出混雜鮮血的唾液。

那可是他擅長的伎倆，被人搶先讓他火大。

但這是對的。因為他會感到憤怒，這情感就足以證明自己沒有被魯德拉支配。

優樹臉上露出無畏的笑容，回看魯德拉。

然而當事人魯德拉卻是用不可思議的表情看著優樹。

「怎麼了?自己的力量不管用,這讓你感到不可思議?」

「不——」

只見魯德拉看似困惑地回望維爾格琳。緊接著維爾格琳就呵呵笑,給了困惑的魯德拉答案。

「不行啦,魯德拉。這孩子沐浴在你的霸氣下,還以為自己遭到精神攻擊。你對他要更和善才行,否則在變成部下之前就會壞掉。」

「莫非這樣還不行?」

「是啊。能夠跟你對等對話的人太少了,我猜你應該是因為這樣才會難以控制力道吧。」

魯德拉看起來一臉困惑。

維爾格琳則是很開心的樣子。

優樹聽到他們兩人的對話,身體因屈辱顫抖。

(開什麼玩笑!根本沒把我放在眼裡?既然這樣,我就讓那份餘力消失。)

很快找回冷靜,優樹接著開口:

「好啊,要我承認也行。你們的確是這個世界的支配者。但是有這麼強大的力量卻沒辦法征服世界,在我看來簡直無能至極。」

他就像平常那樣先挑釁對方。

維爾格琳對這句話起了反應。

「真囂張。魯德拉,還是把他殺了吧。只是把那個小子拉進來當夥伴,用來對付金在戰力上並沒有多大提昇。反而只會讓人不愉快,這樣很吃虧喔。」

相對於維爾格琳,魯德拉倒是寬大以對。

「別這麼說。就算對妳來說是不值一提的對手，只要培育起來也會成為有用的棋子。而且對方拿出這種反抗態度，不也挺令人愉快的嗎？不喜歡親近人的貓其實也滿可愛的。寡人很中意。」

這番話完全認定優樹在他之下。

這讓他不悅地用鼻子「哼」了一聲。

關鍵人物魯德拉既然都這麼淡然，那他去挑釁就毫無意義。既然這樣，那就要靠蠻力了。

維爾格琳也在這裡，他不能花太多時間。必須第一招就使出最強大的攻擊，然後順勢連維爾格琳都壓制住。下定決心後，優樹進入戰鬥狀態。

「關於你說要我當部下的事，我個人是沒興趣對比自己弱的人投降。想要讓我服從，那你就要展現相應的力量！」

喊完這句話，優樹展開行動。

他不再跟人耍嘴皮子。

演戲也沒用。

究極技能「貪婪之王瑪門」會將自身慾望的大小直接轉變成力量。優樹自認自己是很貪婪的一個人，從瑪莉安貝爾那邊奪過來的力量會覺醒，對他來說也是理所當然。

正因如此，優樹相信獲得「貪婪之王瑪門」這個大罪系技能的自己是最強的，對此深信不疑。

要瞄準哪一個？

當然是要選魯德拉了。

他要支配魯德拉，拿來當作威脅維爾格琳的人質。只要能夠克服這個危機，那他也能因禍得福吧。

這種強勢的想法成了優樹的原動力，至今為止也讓他不斷成功。這次他也會贏得勝利，向前邁進一大步。優樹腦中就只有這個想法，他跑了起來。

還差幾步，拳頭就可以打中對方。

時間短到連眨眼都不夠，優樹的手就快要碰到魯德拉。

右手這邊發動「貪婪之王瑪門」的其中一個能力「吸命」，結合「能力封殺」運用。如此一來就能夠打造出足以貫通對手結界的凶惡攻擊。

這才是「奪命掌」原本該有的使用方式。跟對付達姆拉德的時候不一樣，優樹這次的攻擊就算把對手弄死也無所謂。

假如魯德拉死掉，那他只要集中攻擊維爾格琳就行了。雖然面對兩個強敵，要逃走很困難，但只剩下一個敵人的話，他有的是辦法。

若是魯德拉存活下來，那下次就輪到重頭戲左手攻擊。

左手裡面灌注的效果是「操心」。可以刺激對象物的情感，是連記憶都會受到影響的恐怖能力。

是比瑪莉安貝爾的「慾望」更加凶惡確實的支配力量。

優樹打算靠這兩段連續技殺出一條活路。然而他的盤算卻一下子灰飛煙滅。

「怎麼能讓你當著我的面對魯德拉出手。」

優樹已經將身體機能提昇到極限，維爾格琳仍用他眼睛跟不上的速度來到面前。接著輕輕鬆鬆就將優樹的右手彈開。

他大為震驚。

右手的掌打被人擋掉固然讓人驚訝，但更讓他感到衝擊的，就是維爾格琳灌注過來的能量含量。

那是一股狂猛的波動，甚至讓優樹吐血。只是一瞬間的交手，足以超越極限的魔素就侵蝕著優樹的身體。

優樹在瞬間感應到危險，硬是讓身體轉開，並拉開距離。假如反應再稍微慢一點，優樹的身體就會被完全破壞掉吧。

並不是維爾格琳做了什麼。應該說正好相反，除了把優樹的手擋開，她就沒有做其他的了。然而優樹還是受傷了，說起來算他自作自受，都是因為他透過「奪命掌」奪走了無法控制的能量。除了吐出鮮血，他還流下血淚和鼻血，同時在心裡想著。

（這怎麼……可能。竟然輕輕鬆鬆就超越我可以承載的範圍！如果是現在的我，甚至都能夠吸收一打的高階精靈了。竟然在一瞬間就被塞滿，「龍種」到底是多麼超乎常理！）

優樹以想對神抱怨幾句的心情開始發牢騷。

維爾格琳很可怕。

明明都被奪走那麼多的能量了，她卻一副不痛不癢的態度，看起來若無其事。換句話說，她甚至不用防禦來自優樹的攻擊，這點不言而喻。

這個我沒辦法對付吧——優樹領悟到這點。

（可惡，沒想到力量差距這麼大。怪不得沒把我放在眼裡。）

她肯定跟金是同一個等級。領悟到這點後，優樹事到如今才曉得世界有多麼寬廣。

正因為他體內的究極技能已經覺醒，才能理解這令人絕望的差距。

主動發動攻擊等同自殺行為。

既然都這樣了，那他就只能等敵人出招。

「別這麼不識趣。難得寡人都特地親自前來，去回應他想知道寡人有多少實力的願望，這也不失為

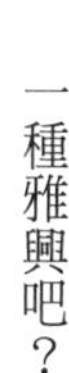

一種雅興吧？」

「壞習慣又來了，魯德拉。要是受傷就不好了，交給我吧。」

「呵呵，這樣他怎麼能接受。是不是？」

這是在挑釁。

對方奪走自己表現的舞台，這下優樹可是無法聽聽就算了。

「哈哈哈，你很清楚嘛。假如我接受現實，那我早就輸了。不過，我這個人就是不愛放棄。別以為我會簡簡單單投降。」

優樹知道這是自己輸不起，同時還說大話。如今他已經知道無論如何都無法戰勝維爾格琳，那他就要守住自己的尊嚴。即使會這樣死去，他也要到最後一刻都隨心所欲。

帶著這樣的氣魄，優樹瞪視魯德拉。

看到他這樣，魯德拉露出覺得有趣的笑容。

「還是讓寡人來對付你吧。先跟你說清楚，寡人最擅長的就是『支配』。能夠撐過去就算你贏，想去哪兒都行。」

聽到這讓人求之不得的提議，優樹瞇起眼睛。

魯德拉是說真的。

他當真認為讓優樹逃走也無妨。

優樹無法看穿魯德拉的意圖，但其實魯德拉的想法很簡單。那就是優樹會在這邊累積經驗，獲得更強大的力量。之後魯德拉要跟優樹再一次交涉，到時候再把優樹弄到手就行了。

優樹跟魯德拉的器量完全不同。

因此優樹才會覺得魯德拉不可理喻，氣他看扁自己。

（竟然說自己擅長支配？那我也一樣。就把一切賭在這個力量──賭在「貪婪之王瑪門」上。）

魯德拉玩味地看著這樣的優樹，睽違已久的對決讓他整顆心沸騰起來。

假如優樹能夠撐過自己發動的「支配」，那也許就變成養虎為患。即使想到有這個可能，魯德拉還是選擇跟對方一較高下。

（假如在這邊被對方打倒，那就表示寡人的霸業就只有這點程度。）

他完全不認為自己會輸。

若是優樹假裝服從，那也不失為一種樂趣。去馴養這樣的棋子，才配當想要稱霸這個世界的支配者，魯德拉充滿自信。

維爾格琳跟魯德拉認識很久了。他在想什麼，不用說也能明白。

因此維爾格琳知道去規勸也沒用。

「我知道了。那假如你輸了，我再替你報仇。」

說完這句話，維爾格琳後退一步。

「那是多餘的擔憂。」

臉上帶著苦笑，魯德拉來到前方。

緊接著，優樹也硬是讓發出悲鳴的身體站起來。

「你們還真是有趣。怪不得金會說你是攪亂遊戲棋局的鬼牌。」

「……為什麼說到這個？」

「呵，那些人是中庸小丑幫吧？剛才達也跟我報告過了。那個會長也落入寡人手中。順便連這件事情也告訴你吧，關於你的情報，寡人全都知曉。你挑戰的時候最好記住這點。」

達也指的是近藤中尉。魯德拉是透過某種手段跟近藤取得聯繫，對方向他報告目前卡嘉麗已經投降了吧。

搞清楚這點之後，優樹吐出嘆息，嘴裡說著「糟透了」。

也就是說，優樹有什麼樣的特殊體質，跟金對戰說過什麼樣的話，這些全都被皇帝知道了。

優樹曾經跟自己信賴的人提過，說他體內的究極技能已經覺醒。而達姆拉德似乎很有風度地保守祕密，但如今演變成這樣，那些都沒意義了。

卡嘉麗是優樹的心腹，優樹當然會跟她分享祕密。

（真是的，敗給他了。我有多少底牌都被看穿了是嗎……）

打從心底感到無計可施，這讓優樹很想放棄一切。然而在這裡退縮，他的自尊不允許他那麼做。

更重要的是——

（卡嘉麗並沒有死掉是嗎？魯德拉本身似乎是能夠支配他人的能力者，那想必近藤也能夠使用跟他借過來的力量。既然如此，與其逃走，倒不如乾脆——）

優樹在這瞬間擬定作戰計畫。

雖然是成功率很低的作戰計畫，但比起就這樣有勇無謀挑戰，那樣感覺在心情上比較輕鬆。

「那我還要感謝你這麼親切呢。只不過，這份從容會害你送命！」

「無妨。要凌駕在對手的全力之上，寡人才會認為自己完全贏得勝利，這就是寡人的本性。所以你也不要留下悔恨，要使出全力。」

話一說完，魯德拉向前更進一步。

接著他不拿武器，擺出獨特的對戰架勢。

魯德拉原本是劍士，掛在腰上的太刀就是證據。但他似乎打算如自己宣言的那般，只對優樹使用「支配」力量。

優樹已經看出魯德拉是什麼樣的性格。

他的本性很正直，不像支配者該有的，在對戰的時候會真誠以對。

也因此很好懂。

（說真的，我跟他硬碰硬沒勝算吧。萬一真的把魯德拉料理掉，還是有維爾格琳在。既然都沒辦法從這裡逃走了，那我就只能將魯德拉的「支配」無效化了吧？）

不，就連這也在魯德拉的預料之中。

而且他還擁有絕大的自信，認為自己可以支配優樹。

那麼優樹能做的就是──

「來吧，魯德拉！」

優樹將一切賭在微小的可能性上。

「皇霸──王權發動（Regalia Dominion）！」

魯德拉的動作非常漂亮，一瞬間就來到優樹面前。接著他發動「王者支配」。

那就是魯德拉能夠讓任何人臣服的技能──究極技能「正義之王米迦勒」的真髓。

跟借給近藤的代替品不同，沒有受到限制，威力也是不同層次的。

究極技能之間也存在「等級」差距。優樹的究極技能才剛覺醒，根本無法跟這個技能抗衡。

魯德拉從容不迫地站立著。

優樹則是當場倒下。

勝負已經很明顯了，但結果不明。

「真的不用殺他嗎？這種傢伙會假裝服從，然後試著背叛喔。」

「無妨。那才是有趣之處。屆時不過是當成抵抗寡人支配的獎賞放過他。」

跟這句話相反，魯德拉有著絕對的自信。

他確定自己必定能夠「支配」對方，對自己獲勝一事毫不懷疑。

「那就好。」

身為勝利者的魯德拉驕傲地笑了。

接著看向在房間角落宛如隱形人的達姆拉德，跟他親切說話。

「原諒寡人，達姆拉德。寡人現在還不能被你阻礙。」

「一切都如陛下所願——」

光只是這樣，那兩個人就心照不宣。

「等那個人醒過來，你負責照顧他。」

「遵命。」

似乎對這個回答很滿意，魯德拉帶著維爾格琳離去。

端正風氣的肅清行動正要展開。

既然皇帝出動了，那時代就會出現變革。

就連帝都也免不了波蘭萬丈。

這天——

雖是黑夜，但天空依然被染成一片赤紅，降下鮮紅色的雨水。

第四章

紅蓮之肅清

Regarding Reincarnated to Slime

目前武裝大國德瓦崗東部都市伊斯特受到大約六萬人的封鎖。

但那都是偽裝行動。

雙方陣營私底下互相結為同盟，這些雙方人馬都已經知曉了。為了避免一不小心引發不幸事故，指揮官們傷透腦筋。

在這之中，底層的士兵們倒是很輕鬆。

他們設立露營用的帳篷，在那邊盡情閒談。不過大家還是保持著適度的緊張感。

下至一兵一卒都是如此，可以說訓練有素到令人驚訝的程度。

他們會士氣高昂也是理所當然的。

因為他們的上司正在開最終會議。

要打倒帝國，樹立新的國家——這個夢想就要看那場會議決定。

除了對此引頸期盼，大家都用充滿期待的眼神看著帝都。

也因為這樣，許多人同時注意到一件事。

「好紅喔。」

「是帝都在燃燒嗎？」

「發生什麼事了？不，該不會是計畫穿幫了吧？」

在這個重要的日子裡，帝都那邊有事情發生。

大家都不認為這是偶然。任誰都理解到幹部們出事了。

序。

「要派出偵察部隊嗎？」

「不，還是組織起來行動會比較妥當吧。」

「笨蛋！若是做那種事，我軍背叛這點不就完全穿幫了嗎！」

上位者不在，這就表示無人指揮。混合軍團原本就被人嘲笑是亂拼亂湊的，這下又突然間失去了秩序。

有人對他們大聲喝斥，是之前一直閉著眼睛不說話的壯漢。

他的名字叫做傑洛。

優樹指派這個男人擔任副軍團長，是目前現場的最高指揮官。

「都給我安靜——！不許你們擅自行動。我們要在這裡等優樹大人他們過來。這些方針一切都沒有變動！」

由於傑洛如此斷言，因此意見相左的人們也找回冷靜。目前不曉得該怎麼做才是對的，因此他們決定服從上位者的命令。

然而就算這麼做，他們依然感到不安……

而他們的不安也以最壞的形式化為現實。

「晚安，笨蛋們。因為是個舒服的夜晚就過度興奮，這可不行。」

看起來很悠哉。

輕鬆的模樣就像在散步。

有個女人從街道上走過來。

是有著藍色頭髮的絕世美女——她就是維爾格琳。

「妳、妳是什麼人？」

在街道外緣的士兵們開始吵鬧起來，逼問維爾格琳的身分。敢對布陣的大軍說話，她應該不是尋常人物。

更重要的是，若無法發現維爾格琳不尋常，這樣的人在混合軍團之中是混不下去的。除了要確認對方的真實身分，他們也去稟報上級。

士兵們有所行動，將維爾格琳團團包圍。

這個時候對身手小有自信的人挺身而出。

「妳這女人，我不知道妳是誰，但勸妳最好別跟這麼多人作對。別看我們這樣，混合軍團可是帝國最強的——」

「弱者說自己是最強的，這樣果然很滑稽。之前准許你們那麼做，都是想提昇士氣，但現在看來還是別許可區區軍團那麼做會比較妥當。」

「什麼？」

維爾格琳這番話是高高在上的人才會說的。

面對軍隊這樣的組織，她可以高高在上下令。這樣的人是何方神聖？那已經足以讓低階士兵也察覺到對方是個危險人物。

當然身為副軍團長的傑洛也發現情況不對勁。

聽說對方只有一個人，所以傑洛就過來親眼確認對方的真實身分。他一聽到報告就趕赴現場。

接著他看見維爾格琳。

「元、元帥閣下……」

傑洛並沒有見過「元帥」的樣貌。然而看看那身氣息，就跟時常在簾幕對面釋放壓倒性氣息的存在是同等的。

「哎呀，這裡有個孩子稍微聰明一點。也好。有人叫我別把你們都殺光，在近藤他們過來之前，就陪你們玩玩吧。」

說完這句話之後，一場慘劇揭幕。

●

蓋札每天都過得很憂鬱。

戰爭一直持續，光這樣就是個頭痛的問題。

然而比起那些——

聽到珍帶來的報告，他更覺得自己都要胃穿孔了。

（竟然讓部下們也進化成真魔王，利姆路到底在想什麼啊！）

若他在這邊，我就能說教了——蓋札想到這邊發出重重的嘆息。

說真魔王有語病。

「魔王」是一個稱號，意味著統治領土的魔物之王。相對的，「真魔王」表示一種魔物狀態。

因為「魔王種」覺醒進化，所以才用「真魔王」表現罷了。事實上正確的界定方式應該是未滿天災級，相當於災禍級的最高階。

（——不，災禍級並不多，更不要說是最高層級的了。）

所謂的災禍級，那是用來區別魔王的界定標準。目前就只有八個魔王適用。

而利姆路底下誕生了好幾個實力相當於災禍級前段班的部下。

光想就覺得這是個令人頭痛的問題。

總之蓋札先去找艾爾梅西亞抱怨。

他不能容忍只有自己在煩惱。因為這樣想，才讓艾爾梅西亞也跟著苦惱一下。

他們得出一個結論，那就是直到發生問題之前，都要持續觀察利姆路他們。

雖然就像在逃避問題，但因為他們無計可施，這也是逼不得已的。若認為他們真的會構成危險，那將會出現一場賭上人類存亡的大戰吧。

「希望事情不要變成那樣。」

如此這般，蓋札一個人在那唉聲嘆氣。

這個時候又有壞消息傳來給他。

「不好了。混合軍團有動靜！好像正在跟某人交手。」

聲音聽起來很平靜，但蓋札感覺到裡頭透露著密探不會有的慌亂。還來不及聽詳細報告，他就要人傳令下去，把矮人們全都叫過來。

緊接著幾分鐘之後——

『不會錯的。那不是人類可以應付的對手。是怪物。而且連魔王都比不上，是超乎想像的怪物。』

『是龍種嗎？』

『對。這還是第一次看到，雖然有著人類姿態，但那個女人應該就是維爾格琳沒錯。』

這是在跟派去東部都市（伊斯特）的軍事部門最高司令官潘進行「魔法通訊」。

蓋札要對方傳送影像過來，讓這邊的人一起掌握狀況。

最糟的情況總是在意想不到的時候發生。如今蓋札對這點有了切身體悟。

天空在燃燒。

一個美女若無其事地跳著舞，地上倒著許多強者。

那些火焰攻擊很美麗，還具備讓人看了聞風喪膽的魄力。

然而真正的恐怖還在後頭。

維爾格琳被監視魔法專用的水晶球映照出來，她的目光對準蓋札他們。

蓋札原本以為是偶然，結果就在下一瞬間，水晶球跟著破碎。

「那傢伙也在看我們嗎──」

「真、真讓人不敢置信。竟然有這種事……」

「不會吧？也不想想距離有多遠！」

「這是真的。大概是感應到魔法，追蹤到施術者吧，但沒想到還能影響魔法傳送過去的地方。這種事就連我──不，以人來說是不可能辦到的。」

蓋札靜靜聽著夥伴們的對話。

照剛才的情況看來，對方肯定是他們的敵人。

可是那個對手……

不行喔，怎麼可以偷看──照理說應該聽不見這句話，但蓋札卻彷彿聽見了。

（龍種是嗎？還真是如假包換的怪物。）

如今蓋札才知道最強這個字眼背後的真正含義。

聽說帝國和維爾格琳之間有交集。雖然沒辦法判別是真是假，但就算對方真的打過來，他們也要能夠撐住，因此蓋札做過很多情況假設。

不過——

蓋札這才領悟到那或許都是痴人說夢。

還不清楚帝國為何事到如今才讓維爾格琳出動。

皇帝魯德拉在想什麼，不管蓋札怎麼想都想不明白。

他能做的就只有一件事。

「朕也出征吧。」

「陛下，太危險了！」

「話雖如此，也只能出動了。就算在這個時候對潘見死不救，德瓦崗也無法得救。德魯夫和陛下你最好都要做出心理準備。」

聽到珍這麼說，德魯夫也只能閉嘴。他原本就不打算對潘見死不救，而且換個角度想，就算在這個時候勸諫蓋札，情況也不會有所改變。

「那我去做準備，好讓我們立刻出動。」

「拜託你了。」

蓋札重重地頷首，閉上眼睛。

要做的事情堆積如山。

必須對各個同盟國發出消息，也必須對剩下那些國民下達對應辦法。

若他們能夠戰勝就好，可是一旦勝敗，到時候該怎麼辦……

國民們無處可逃。

除了對帝國臣服，就沒有其他求生的辦法了吧。那表示德瓦崗這個國家將會毀滅——為了避免事情變成這樣，蓋札他們可不能在這裡輸掉。

「東部都市（伊斯特）那邊沒有多餘空間容納全軍吧。後續部隊就讓他們在地面上行軍，指揮工作交給那些老人吧。珍，就拜託妳去說服了。」

「我明白。那蓋札王打算如何？」

「我先過去。太慢過去就沒機會出場了，就這麼辦。」

說完這句話，蓋札露出桀驁不馴的笑容。

他扮演強而有力的王，這是為了緩和大家的不安。

就這樣，他們盡速編制軍隊。

蓋札一行人不等這一連串動作完成，只帶著德魯夫率領的天翔騎士團出征。

一邊在空中飛翔，蓋札不經意地想到。

（利姆路是為了讓部下都能夠存活下來，才賜予他們力量嗎？如果是的話，那我必須說他實在太天真。）

察覺到真相後，蓋札為之苦笑。

一想到無法捨棄天真想法的師弟利姆路，嘴邊的笑意就止不住。

「吾王，您怎麼了？」

「沒什麼，只是在做些無聊的妄想。」

「您的意思是？」

「呵呵，明明情況如此絕望，我卻想到利姆路的事情。想了以後，不知為何覺得這次也能設法度過難關。」

就連蓋札自己也覺得這樣想太過樂觀，但總比悲觀好，想到這邊蓋札就笑了。

「說得也是。之前遇到暴風大妖渦(Charybdis)的時候也一樣，利姆路陛下很亂來呢。他跟魔王蜜莉姆之間的人脈關係令人驚訝。」

一面如此回應，德魯夫也跟著笑了。

「說到這個，希望也能提到在監視的我們是有苦勞的。不管報告什麼都被當成是胡言亂語，這樣讓人有點厭惡。」

雖然偶爾會說話酸人，但平常都沉默寡言，只針對別人的問題回答，就連這樣的安莉耶達都那麼說了。這下連蓋札和德魯夫都難掩驚訝。

「呵呵呵，抱歉。以後會妥善處理的。」

「原來安莉耶達小姐也會感到不滿啊。」

「這是當然！」

「哇哈哈哈哈！那麼安莉耶達，妳直接去跟利姆路那傢伙說吧。我也很困擾呢。雖然很相信你們，但利姆路做的事情實在太超乎常理了。聽到珍帶來的報告，說真的當時我還懷疑珍是不是瘋了呢。」

「哈哈，都怪那個報告太誇張。」

「平常都是我要跟人報告，這次可以事不關己，拿來取樂了。」

聽到安莉耶達這麼毒舌，蓋札和德魯夫都哈哈大笑。

天空中出現響亮的笑聲。

「順便跟您稟報一下。兼作牢騷，我也跟利姆路陛下通風報信了。」

「是嗎？」

只見蓋札點點頭，面向前方。

心中的不安已經消失了。

散發著跟英雄相襯的霸氣，蓋札朝著戰場飛翔。

●

時間回溯。

跟艾爾梅西亞小姐對飲完隔天，太陽已經高高掛在天頂上。

「您起得還真早，利姆路大人。」

「對不起。」

滿面笑容的朱菜好可怕。

這種時候先道歉就對了，我先發制人。

除了喝醉還貪睡——這就是我努力的成果，因為這樣被罵是哪招？

只見朱菜吐出大大的嘆息，用不悅的目光看我。

「那有得到結論了嗎？」

「在、在說什麼啊？」

「您昨晚也很煩惱對吧？就連我也在擔心您是不是又要勉強自己——不，不只是我，大家都很擔心。」

聽她這麼說，我不禁一陣感動。

沒問題。我並沒有要勉強的意思。

若是不行就逃跑，我打算到時候去跟金抱怨，要他想想辦法。

只是在那之前會盡我所能去做。

「我會想辦法的。這次也要把安全擺第一。」

雖然我用開朗的語氣回答，但朱菜依舊帶著不安的表情。

看樣子很難騙過擁有獨有技「解析者」的朱菜。是說就算沒有那種東西，或許也會被她看穿。

好吧。

其實說真的我也不想做這種危險事。

雖然說安全第一，但目前還不清楚敵人有多少戰力。尤其是近藤中尉、維爾格琳、皇帝魯德拉這三個人，不管怎麼看都是強敵。

別說是無法戰勝了，還有可能當場被殺掉。我曾經想過要怎麼樣才能避免這種事情發生，但這點就連智慧之王拉斐爾大師都回答不出來。

既然不知道，那就直接上吧。

我們也會投入最強大的戰力，只能盡量將危險減到最低。

所以說——

「其實我在煩惱要帶誰去。這一次只要讓比較厲害的人去。這樣說雖不太好，但實力不夠的人或許

會成為絆腳石。」

「——好的。哥哥他從一大早就信誓旦旦說他一定要去。」

看樣子我的想法真的都被大家看穿了。

我從昨天早上開始就一直陪艾爾梅西亞小姐，還沒跟所有人說過我和金的對話內容。然而朱菜卻一臉全都理解的樣子，臉上帶著笑容。

真是敗給他們了，我露出苦笑。

面對這樣的我，朱菜用自然的態度報告。

「昨天晚上那個非常可疑的拉普拉斯過來了。他說有話要傳達給利姆路大人，但他都沒有事前申請會面，所以我讓他等著。」

話題突然改變，但感覺重要度似乎沒有那麼高。若是真的很緊急，蓋多拉那邊應該也會聯絡我們才對。

要傳話給我的人大概是優樹，究竟有什麼事呢？

「雖然很麻煩，但就去見一見吧。」

「說得也是，我其實很想把他趕回去，但好歹算是同盟關係。那麼我這就帶他去接待室。」

朱菜應該也很討厭拉普拉斯吧。

她很少表現出好惡，但稀奇的是對待小丑們的態度卻很露骨。拉普拉斯他們就是害大鬼村落滅亡的元凶，她果然打心底無法原諒他們。

雖然是同盟對象，但這一點可不能忘了。

「在我跟拉普拉斯對談的時候，妳把已經起床的幹部們都找到會議室去。」

我拜託朱菜做這件事。

雖然有很多事情需要思考，但我打算這些都等跟帝國的對決有個著落之後再來煩惱。我捨棄迷惘，決定先解決眼前的問題。

在會議室裡頭，包含我在內總共來了二十個人。

有利格魯德和他底下的四個長老——魯格魯德、雷格魯德、羅格魯德，再加上莉莉娜小姐。其他還有凱金和培斯塔，以及摩邁爾老弟。

「聖魔十二守護王」其中的七個成員。

紅丸、紫苑、迪亞布羅、戈畢爾，還有戴絲特蘿莎、烏蒂瑪、卡蕾拉這三個女惡魔。

剩下的就是蒼影、白老和哥布達，另外還有蓋多拉。

我打算拜託蓋多拉在帝國境內當我們的嚮導。說真的就連我自己也覺得這樣有點過分，但不管發生什麼事情，最不會讓我感到悲傷的就是蓋多拉，所以他就變成這次作戰計畫的犧牲品。

話說回來，邦尼也主動說要當我們去帝國的嚮導。然而失去力量的他只會礙手礙腳，所以我拒絕他的提議。

有蓋多拉在就夠了吧。

接下來——

感覺我們好像一直在開會，但這部分去抱怨也沒用。我們的國家太過遼闊，沒辦法靠我個人意志來決定一切。

話雖這麼說，這次只是要說出我已經決定的內容罷了。

朱菜就像平常那樣端茶給大家。確定她靜靜地退出去後，我緩緩開口：

「之所以把大家找過來，都是為了跟大家說和帝國最終戰有關的決定事項。在這之前。進來吧。」

我已經決定要帶誰過去了，事到如今用不著驚慌。

現在要做的是把來這邊當使者的拉普拉斯介紹給大家。

至於拉普拉斯為什麼要來這邊，果然如我所料，是為了傳達跟合作事項有關的內容。他們要用封鎖德瓦崗東邊出口的軍團進攻帝都，希望我們可以跟著響應。

這就跟我和金談過的一樣，因此沒什麼好拒絕的。只不過，我得出的結論並不是要透過大軍來決勝負，而是靠精銳人員進行頂尖對決。

我不想對民間人士造成傷害，最後得出的結論是必須跟優樹詳細討論。因此才趕緊召開這場會談。

這提議已經透過拉普拉斯跟優樹商量好了，日期就決定是明天的中午。

我要跟聚集在這裡的人們親口說明。

其實我很想交給拉普拉斯解釋，但他實在太可疑了，只好作罷。

這讓我重新認識到信用是很重要的。

「大家好啊～窩素拉普拉斯。擔任『中庸小丑幫』這個萬事屋的副會長，這次素窩的老大優樹要窩來當使者的。」

唔哇，這傢伙果然很可疑。

為什麼要在這個時間點上跳舞，我實在不懂。但這傢伙好歹是派過來當使者的，我還是不能對他失禮。

看樣子感到煩躁的不是只有我一個人，蒼影正打算做些危險的舉動。我懂他的心情，但這個時候要

請他先忍忍。

「蒼影老弟，把那個暗器收起來。」

「——遵命。」

蒼影這邊也要多加留意呢。

雖然他老老實實坐回位子上，但還是不能大意。

還是趕快介紹完吧。

「這位拉普拉斯先生就是我們跟優樹的溝通橋梁。」

「你可以直接叫窩拉普拉斯沒關係啊。」

「喔，是嗎？那我就不客氣了。」

他本人都這麼說了，這種時候就恭敬不如從命吧。我不管他是不是使者了，決定照自己的意思做。

「我明天要跟優樹會談。事出突然，但拉普拉斯好像會把我們帶過去那邊，所以我們不用在意移動會花的時間。重點是要帶誰一起去。」

這時終於要切入正題。

「窩同時可以帶六個人過去。窩跟利姆路陛下似乎素不能更動的，可以告訴窩剩下的四個人素哪四個嗎？」

說真的，我很想投入最大戰力。

但現在，反正也不是所有幹部都到齊。

蘭加還在我的影子裡頭睡覺。

蓋德也還沒有醒過來。

至於九魔羅、賽奇翁和阿德曼這些迷宮成員也都還窩在自己的領域之中，沒有醒過來的跡象。

看樣子進化睡眠似乎存在個體差異，那就先這樣吧。我們現在要來確認可以出動的成員是哪些人。

「紅丸，我很想帶你一起過去，但你的身體狀況如何？」

「怎麼啦，該不會素感冒哩？」

雖然拉普拉斯用精明的目光問出這句話，但我可不想跟這傢伙說覺醒的事情。反正之後應該也會被他們發現，但我可沒有親切到願意特地為他說明的程度。

「沒問題。我的狀態非常好。」

紅丸臉上帶著桀驁不馴的笑容。他完全無視拉普拉斯，依然保持著酷酷的態度。

跟我不一樣，肚量還真大，這種時候就讓人佩服。

我讚譽有加地想著，仔細看看發現紅丸已經在不知不覺間改變種族了。看來他已經好好搞定紅葉和阿爾比思，順利進化了。

根據後來聽說的。紅丸好像花了兩個晚上依序陪兩個新婚妻子。

該說「真辛苦啊」，還是「可惡好羨慕」……

他捨棄肉體，重新獲得新的身體，變成完全的精神生命體。

種族名稱叫做「焰靈鬼」，是聖靈的一種。跟「龍種」一樣，同時具備聖屬性和魔屬性這兩種性質，應該叫他聖魔靈吧。

而所謂的靈魔靈是比「龍種」還要低階的存在。跟「龍種」一樣，存在著各式各樣的屬性，而焰比火更高階。

屬性是構成這個世界原理的法則，一共有八種。

有自然屬性「地水火風」和「空間」屬性。這是所謂的五大屬性。

火剋地、水剋火、風剋水、空剋風、地剋空。

火焰會把大地燃燒殆盡、水能夠把火澆熄、風可以把水吹散、空間能夠將風隔離、有大地空間才能夠獲得指標——大概就是這種感覺，五大屬性互相相剋。

除了這五大屬性，還有「光」和「黑暗」這些相反屬性，以及不被任何事物囚禁的「時間」屬性，這超越所有的屬性。

就連像焰之巨人這樣的精靈也會被那些物理法則束縛。而體現這個世間法則的存在就是精靈，好像有八種屬性。

「光」和「黑暗」比較特殊，光衍生出天使，黑暗則衍生出惡魔。目前所確認到的天使族和惡魔族追根溯源的話，說他們是精靈好像也行。

若是去問迪亞布羅，他應該會詳細解釋給我聽，但就算知道也沒意義，而且我並不是特別感興趣。

重要的是聖靈比精靈更高階，這也有八種。而在這些聖靈之中最高階的就是「龍種」，目前只確定有四隻。

「星王龍」維爾達納瓦從星星來聯想應該是空間和大地屬性。搞不好擁有更多種屬性也說不定。

「白冰龍」維爾薩澤應該是水屬性。

「灼熱龍」維爾格琳大概是火屬性，這也是我猜的。

至於我們家的維爾德拉，他不只能夠操控水和風，甚至能支配空間。看起來不怎樣，但意外的是個厲害的傢伙。

總而言之把「龍種」當成聖靈的頂點看待就沒錯了。而紅丸可以說是進化成類似「龍種」的存在了吧。

「焰靈鬼」除了是精神生命體，甚至還擁有肉體，能夠確實對物質世界造成影響。似乎再也不會有壽終正寢的一天，說他是鬼神也不為過吧。

他的進化真的很特殊，令我感到佩服。

至於關鍵的魔素含量，這部分也大幅度增加。

照我估算應該有卡利翁的好幾倍。雖然最大值大概不及魯米納斯，但我想也有得拚了。

如此一來，在跟帝國的「個位數」作戰的時候也不至於比他們差吧。

「很好！那第一個人就決定是紅丸了。接下來是第二個人——」

蓋多拉是固定班底，剩下的名額還有兩個。

我也打算帶紫苑和迪亞布羅過去，這樣就剛好四個人了吧。

「嚮導是蓋多拉，還有我的祕書紫苑和迪亞布羅。」

要拉普拉斯帶過去的就是我、蓋多拉，還有紅丸、紫苑和迪亞布羅。

「包在我身上，利姆路大人！只要有我在就能放心，保證安全！」

紫苑帶著滿面笑容如此回應。

安心——這就不一定了。

雖然讓人非常不安，但紫苑是個可靠的護衛。就連比她還強的蘭斯洛都能打倒，一談到戰鬥就不能忘記紫苑。

「咯呵呵呵呵。雖然不知道金有何企圖，但可不能勞煩利姆路大人出手。就讓我同行，將利姆路大人的煩憂全都消去吧！」

還是一樣，好大的自信。

但是交給迪亞布羅能夠放心，這點是肯定的。他很能幹，這種時候就讓我依靠他吧。

雖然是少數精銳人員，但光這樣還是不能放心。剩下這些成員也要當後繼者，之後再讓他們過來帝國那邊。

我正打算如此宣布，但在這之前就有人表達不滿。

「請等一下，利姆路大人。如果需要人帶路，小女子認為自己更合適。請您准許我同行。」

是戴絲特蘿莎。

印象中戴絲特蘿莎好像是來自帝國那邊，似乎對地理環境也很熟。再加上她身為外交武官的表現也很亮眼，又擅長交涉。

戰鬥能力也無可挑剔——搞不好比我還要強。

帶蓋多拉去的好處頂多就是可以在我跟優樹之間緩頰。然而仔細想想，會覺得就算他不在也總有辦法。

別看蓋多拉這樣，他其實很強，但遠遠不及戴絲特蘿莎。還有，雖然只有一點可能性，但就怕他會輕易背叛。

部分原因也是因為這樣，所以我認為不管發生什麼事情，都不會為他悲傷，但一方面也覺得他這樣有點可憐。

這次就接受戴絲特蘿莎的提議吧。

「我知道了。那就不帶蓋多拉過去，請戴絲特蘿莎一起過來吧。」

「感激不盡。」

戴絲特蘿莎臉上浮現美麗的笑容。

哎呀，還真是豔麗呢。

蓋多拉似乎也沒意見，就這麼決定了。

「那麼看樣子似乎都決定好哩，窩去準備咧。要出發的時候再叫窩。」

「這沒問題，但你要準備什麼？」

我在納悶他是要準備什麼，結果問完就讓拉普拉斯露出被戳中要害的心驚表情。

「這、這個……」

「是溫泉啦。這傢伙昨天一直在食堂和溫泉間來回，一副當成自家的樣子，盡情享受我們的保養設施。」

蒼影在報告的時候看起來非常火大。

對喔，他有在監視對方嘛。

「哈哈哈，穿幫哩嗎？蒼影你好壞喔。」

怎麼可能不穿幫。

拉普拉斯的膽子果然很大。

「你應該有確實支付費用吧？」

「這個嘛，窩素客人嘛。打算今後用勞力來償還，這次就拜託先讓窩記帳。」

虧你說這些都不會臉紅。

「你這傢伙……」

「哎呀，別生氣、別生氣，都怪這個國家太棒咧。如今這塊土地可以說素全世界中最先進的哩！素

極樂淨土。任誰都會想在這邊享受一下！」

拉普拉斯大力強調這個國家有多好。

對方都誇獎成這樣了，聽起來也不覺得討厭。

讓我對拉普拉斯另眼看待，認為這傢伙其實也不錯嘛。

「您被他騙了，利姆路大人！」

「紅丸，放心吧。就算利姆路大人掉以輕心，我也會負責緊盯。」

這可不妙。

聽到紅丸他們的對話，我趕緊收拾散漫的心緒。

嘴裡咳了一聲。

「你自己要有分寸。」

「窩知道！那窩就先走咧。」

打完招呼後，拉普拉斯興奮地離開會議室。

我目送他的時候心想這傢伙還真我行我素，接著我們決定談下個議題。

＊

「只帶五個人過去敵營，這樣會不會太過危險？」

「我也這麼覺得。假如利姆路大人出什麼事情，不管我們在戰鬥中獲勝多少次都無法彌補。」

「正是如此。要進行頂尖對決，雖然老夫也認為帶大批軍隊過去沒用，但若是有什麼萬一，還是要有人來當利姆路大人的盾牌吧。」

說話人依序是蒼影、戈畢爾、白老，他們對剛才的方針持反對意見。剛才因為拉普拉斯在場，他們才沒有說出來，但看樣子私底下很不滿。

「白老師父說得沒錯。就連我都做好覺悟了，若是出什麼事情，我願意代替利姆路大人犧牲。那就叫做肉盾吧？」

「喂，哥布達。」

「啊！」

你說肉盾？

我可以想像他要表達什麼。但我個人真的不希望他這麼做。

「白老，拜託你別教哥布達那種事。」

「明白了。但是先教會他在那種場合該做出什麼覺悟也很重要，請您體諒。」

白老的主張我也不是不懂。

只是我個人內心就是無法接受……

「你們擔心我，我很高興，我也很重視大家。但我不想要拿出從一開始就以犧牲為前提的作戰計畫，為了避免這種情況發生，大家才要集思廣益吧。」

「說得也是。看來老夫的思想有點過於偏激了。」

我猜白老大概不能接受吧。

關於這個問題，紅丸他們感覺都跟白老的看法一致。

我也一樣，若是改變立場，搞不好會跟他們有一樣的心情。

可是……

大家的心意固然讓我開心，但我還是不想犧牲任何人。

我覺得這樣很任性，可是這次希望能以我的心情為優先。

「總而言之會出現犧牲者的作戰計畫是不行的。我們就以這個為前提，討論要怎麼跟帝國進行最終階段的作戰吧。」

聽我這麼說，大家都點點頭。

姑且不論心情如何，他們似乎都能冷靜擬定作戰計畫。

「利姆路大人，我有一個提議。」

「什麼提議，蒼影？」

「目前我讓自己的『分身』潛伏在帝國境內。雖然有很多干涉，導致沒辦法進到帝都，但他們的警戒網好像比以前更鬆散了。關於拉普拉斯要『傳送』過去的地點，我打算也靠著『影瞬』過去會合。這樣可以嗎？」

原來如此，這樣更讓人放心。

蒼影原本就是一個非常優秀的「密探」，像這種時候更讓人有此體認。

而且他的戰鬥能力也沒話說。

仔細看會發現他好像不知不覺間進化了。

蒼影已經不是妖鬼，不知不覺間變成叫做「闇靈鬼」的種族。看來因為紅丸進化的關係，蒼影也受到祝福。

以前在大鬼村落，蒼影被培養成紅丸的影子侍衛。

紅丸在明，蒼影在暗。即使是上司和下屬的關係，他們依然是好朋友。

說起來就很像是跟紅丸對比的存在。

因為他們兩人是這種關係，因此紅丸覺醒才會對他造成最濃厚的影響吧。我在想蒼影應該被當成紅丸的隨從了。

不過他的態度都跟之前一樣，所以這部分不至於構成太大問題。

「闇靈鬼」是黑暗屬性的聖魔靈，跟紅丸一樣，雖然是精神生命體卻有肉體。

地位大概相當於紅丸的從屬神吧？

雖然算不上高階，但蘊含中階的魔素含量。大致上都比不上紅丸，但還是比半覺醒的克雷曼還要厲害。

強度很足夠。如果是現在的蒼影，就算面對卡利翁或芙蕾這些之前在當魔王的人，他也能壓過對方吧。

因為獲得如此程度的強化，所以他才能夠突破帝國的警戒網吧？

雖然這麼想，但不管答案是什麼都無所謂。

若是連蒼影都一起過來，那就是如虎添翼了，我沒意見。只是這樣一來就留下一個問題，那就是誰要當正幸的護衛。

「這樣更讓人放心。不過，正幸那邊該怎麼辦？」

「我會繼續讓自己的『分身』進行監視。若是有事情發生，我想應該足以應付。」

蒼影回答的時候充滿自信。

而且連旁邊的迪亞布羅都插嘴。

「這樣的話，我就讓威諾姆過去假扮正幸的夥伴，潛伏在他身邊吧。若是也對那小子保密，他應該能夠同時擔任護衛和監視工作。想必這樣一來蒼影先生的負擔也會減輕，我想這也能變成一種保險措施。」

嗯，這個提議不錯。

威諾姆不像惡魔，性格上還算有常識，而且也變得滿強的。感覺跟正幸會合得來，搞不好他們會相處融洽。

交給他去做似乎也挺有趣的。

「但這樣一來，你不就沒有副官了。」

「咯呵呵呵，沒問題。還有戴絲特蘿莎她們在，而且對我本身的工作不會造成影響。」

那這樣就沒問題了吧。

「蒼影也覺得這樣妥當嗎？」

「比起暗中保護，直接加入該群體更確實。若能夠如此，我就能夠節省分給『分身』的力量。」

那就這麼決定了。

「那麼，就拜託你們朝這個方向執行。」

「遵命！」

「就交給屬下吧。」

如此這般，威諾姆變成正幸的護衛，而蒼影會去現場跟我們會合。

那剩下的問題就是要不要出動軍隊……

「在跟德瓦崗一起戰鬥的時候，我們有必要對帝國示威吧？」

在遺體回收工作結束後，第一和第三軍團就一起回國了。

也就是說全軍都滯留在這個首都「利姆路」。

第二軍團的軍團長蓋德還因為進化陷入睡眠，沒辦法出動第二軍團。這麼一來──

「利姆路大人，這次輪到我出馬了吧？」

「等等啦！應該我們過去才對！」

戈畢爾就算了，哥布達難得會拿出幹勁。

然而這次跟上次不同，感覺要靠大批人馬作戰會很危險。假如對方那邊有一大票軍隊，我想他們應該不至於發動大規模攻擊波及到自己人，但這次對手都是少數精銳人員。搞不好他們會毫不客氣地使用核擊魔法，或許我們還會遇到更強烈的攻擊手段。

若是雙方都要用魔法來對付軍隊，那就要看軍團魔法的強度了。在這部分被擊破之前，雙方都會派出精銳部隊發動強力攻擊，但只要對手都是一定水準以上的強者，那低階士兵就只會礙手礙腳。

「白老，跟我說說你的看法。」

「呵呵呵。老夫也明白利姆路大人在想些什麼。您的看法是正確的吧。」

「也就是說見習生就不用提了，連下級士兵最好也不要帶去是嗎？」

「為了盡量避免出現犧牲者，或許該這麼做。」

「那這樣的話……」

「我這邊就只能派出狼鬼兵部隊對吧？」

「那我的軍團就只派出『飛龍眾』！」

就這麼辦吧。

狼鬼兵部隊在合作上的綜合戰力達到A級。在這次戰爭中也漂亮完成擔任誘餌的任務，他們應該不會一下子就被人幹掉吧。在逃跑這方面，他們的身手可是一流的，我想應該沒問題。

「飛龍眾」就無可挑剔了。因為戈畢爾覺醒的關係，所有人都超越A級。雖然在力量控制上還是有疑慮，但我想應該沒問題吧。

「那哥布達和戈畢爾就朝那個方向做準備——咦，等等？」

我本來打算說「就這麼定了」，這個時候卻想到一件很重要的事情。

「哥布達，你們目前可以呼喚當搭檔的星狼族嗎？」

「咦？」

「沒什麼啦，只是蘭加還沒覺醒，他的眷屬們不是也都在睡覺嗎？」

「啊！」

看來他都沒試著呼喚過。

「那你們還是看家吧。」

「可、可是……」

「哥布達啊，莫非你看不清自己的實力？」

「對不起。」

雖然哥布達變得垂頭喪氣，但這也是沒辦法的事情。

狼鬼兵部隊之所以占有優勢，都是因為星狼族具備高度機動力。每個騎乘者都只有A⁻等級，可不能帶他們過去。

「這不是你的錯。你就去幫忙利格魯，好好維持治安吧。」

「我知道了啦！」

就這樣，很可惜哥布達他們要看家。

如此一來，其他能夠出戰的部隊就是……

「『紅焰眾』這邊沒問題嗎？」

「沒問題。所有人都達到A級了。」

果然厲害。

哥布亞是一個優秀的指揮官，除了她，這次似乎還有好幾個人受到祝福進化成鬼人族。若是讓他們參戰應該也很靠得住。

「『藍闇眾』呢？」

「我讓他們四散在各地，去蒐集情報和搜索敵人。若有必要，我就把他們叫回來——」

「不，讓他們繼續執行檯面下的工作。」

「遵命。」

用不著硬是把他們叫回來。情報很重要這點自然不用多說，就請他們繼續進行下去吧。

「那剩下的就是『紫克眾』——」

「包在我身上！我隨時隨地準備萬全，在等待表現的機會！」

「嗯——是呢……」

談到紫苑的覺醒情況，那就是沒看到有出現任何變化。然而「紫克眾」的戰鬥能力大幅度上升，甚至有人來到A級。

不容易死掉的特性也是一大長處，就算讓他們參戰也沒問題，我是這麼覺得——然而「紫克眾」若沒有跟紫苑搭配在一起，就無法發揮他們真正的能耐。若是沒有人能夠指揮他們，他們就會隨意行動。

我看這次還是讓他們跟哥布達等人一樣，留著看家好了。

「他們還是留下來吧。」

「怎麼這樣！」

「『紫克眾』不像是軍隊，更像護衛集團，只要紫苑跟我一起來就夠放心了。」

「原來如此！」

這麼說也對呢──紫苑說完那句話之後就輕易認可了。

情況就是這樣，我們連要出戰的部隊也決定好了。

有「飛龍眾」百名和「紅焰眾」三百人。加起來總共四百人，但所有人都超越A級，是很優秀的戰鬥集團。

單看人數似乎不怎樣，但他們的戰鬥能力沒話說。

然而光這樣還是無法放心。

「那麼，烏蒂瑪、卡蕾拉，我也有任務要給妳們。」

「我願意我願意！要做什麼儘管說！」

「是什麼任務呢，主上？」

「希望烏蒂瑪可以繼續用情報武官的身分跟隨戈畢爾的部隊。這次卡蕾拉不用去支援蓋德，麻煩妳去輔助哥布亞。」

「咦……又是去跟蜥蜴？」

「就交給我吧。我會暗中幫助他們。」

那反應還真是讓人不安。

看樣子烏蒂瑪似乎開始對戈畢爾反感了，卡蕾拉自己說她會低調行事，這很難讓人相信。

「怎麼了，原來烏蒂瑪小姐對我不滿嗎？」

「是不滿啊，非常不滿！你們的興致很噁心，或該說行動上已經跳脫我的常識了。」

「哈哈哈，用不著擔心！我們在作戰的時候會很認真呢！」

「在作戰的時候透過敵人攻擊做實驗，那樣不算認真吧？」

「說這是什麼話。為了讓戰況有利於自己，去嘗試各式各樣的戰術才是對的。實驗也是其中的一環，當然很認真應對啦！」

「才不是那樣！那種事情應該在戰鬥開始前就做好了！是說為什麼我得像這樣講解啊！」

怪不得烏蒂瑪會受不了戈畢爾，會這樣或許很正常。

就連我聽了也覺得烏蒂瑪說得很對。

「抱歉，這次可不可以先忍耐一下，去陪陪他們？」

「既然是利姆路大人的命令，那我也會加油的！反正不好好教他們一下，我看這幫人也會完蛋，我要看得樂觀一點，把這個當成好機會。」

雖然露出不滿的眼神，但烏蒂瑪還是很可愛，她用像在打量戈畢爾的眼神邊看他邊回答。

他們兩個人好像合不來，但拜託她照顧戈畢爾應該沒問題吧。

「那卡蕾拉這邊，妳用不著刻意低調沒關係。」

「哦？」

反正她一定會亂鬧，要她低調是不可能的。比起這個，我更希望卡蕾拉能夠學會選擇合適的時機。

「小心不要讓我方出現傷亡，要把這件事擺在第一位。還有就是在戰爭開始之前，妳要安分一點，這樣就可以了。」

「聽起來簡單明瞭真不錯！」

會嗎？

我叮嚀她說自己沒有更多要求，要她一定要遵守這些。希望這樣就能搞定才是。

「白老，你能不能也一起跟在哥布亞身邊？」

「老夫遵命。」

「麻煩你管束卡蕾拉。」

臉上帶著苦笑，白老點頭答應。

這下我就放心了。

那接下來，到這邊已經決定好要出擊的成員了——才想到這邊，蓋多拉就舉手要求發言。

「利姆路大人，或許說這個是多餘的，但老夫有個提議。」

「是什麼呢？」

「能不能也讓魔王守護巨像參加這次的戰鬥。」

原來如此。

把那個拿出迷宮會構成些許問題，但就算損壞也不會造成人員傷亡。即使是搭乘操縱那個，我想蓋多拉也能平安無事逃脫。

因為蓋多拉身上有「復生手環」和緊急歸還魔法。不管把他下放到多麼激烈的戰區裡頭，我都能放心在一旁觀看，這是一大好處。

只不過，公開那個東西的戰鬥能力不會構成問題嗎？

「培斯塔，你認為呢？」

我向培斯塔徵詢意見，結果他臉上露出得意的笑容。

將眼鏡向上推，培斯塔開口了。

「這算是最合適的展示地點了。我也已經跟蓋札王詳細報告過，他從之前開始就在說很想看看實體。我也想要蒐集它在各種情況下的數據，實際上戰場又能有多大的表現，這部分我個人也很感興趣。」

培斯塔果然是個研究員。

兵器的價值是看它能夠發揮多少威力來決定。若我們的目的是拿來示威，卻沒有拿出去用給人家看，那也沒意義。

按照這些觀點來判斷，這次的戰場算是很棒的示範現場。培斯塔是那麼想的吧。

的確，如果是魔王守護巨像的話，那有別於大規模破壞兵器，也適合用在區域戰上。一方面也能給予對手壓迫感，削減他們的鬥志。

我都允許那三個女惡魔有所表現了，基於道義，拒絕似乎不太妥當。

「假如被敵人奪走，技術會外流嗎？」

「老夫發誓不會出現這樣的失誤！」

「假如事情真的變成那樣就算了，下次我會開發性能更棒的魔偶。追求技術是永無止境的，話雖如此，為了對應這種情況，我也預先裝載自爆裝置了，不用擔心技術外流。」

等等。

看你說得頭頭是道，但我剛才聽到某個字眼讓人無法忽略喔。

「自爆裝置？」

「沒錯。這是來自維爾德拉大人的提案，他說無論如何都要裝上去。我原本還想這是在開什麼玩笑，但不愧是維爾德拉大人。他早就看出會有這一天，所以才想到那個點子吧。」

不是。肯定不是。

我原本還在猜該不會是他吧，結果提出這種白痴提案的果然是維爾德拉嗎？

會想到自爆裝置的，不是一天到晚從我這邊拿漫畫去看的菈米莉絲就是維爾德拉。

真的很想叫他們別在把精力浪費在這種沒用的地方。

但有裝確實比沒裝好。

「我知道了。其實被弄壞落到敵人手中也無所謂，只希望你們不要太勉強。」

「也就是說？」

「對，准許出擊。或許沒有蓋多拉出場的機會，但你要一起參戰，才好應付突發狀況。」

「遵命。老夫也不想在之前的同僚面前出糗。既然現場會有連老夫都不曉得的新型兵器在，那就該派魔王守護巨像上場！」

既然是這樣，我就放心交給他吧。

蓋多拉是個牆頭草，若我們很有可能打敗仗，他也許會背叛。或許我私底下也希望能夠早早為這種情形做打算，才先讓他離開迷宮。雖然會這麼想，但去追究這個並不合適。

這種時候我要正面思考，想辦法讓蓋多拉不會有二心。也就是說只要在跟帝國的作戰中大獲全勝就行了。

就這樣，蓋多拉也決定參戰，要出征的成員就此定案。

＊

會議在傍晚的時候結束。

解散之後，大家都開始各自為明天做準備。

至於我，是想去食堂享受一下悠閒時光。

關於明天的預定行程，早上要去鼓舞即將出戰的成員。之後會利用「傳送術式」將大家送出去。中午開始要去找優樹會談。拉普拉斯會送我過去，時間上很充裕。

我預計當天來回，用不著大動作準備。當然我也不打算為優樹準備見面禮，要用輕鬆無負擔的心情迎接明天。

「這麼悠哉行嗎？」

「沒問題吧。你才是，丟著紅葉和阿爾比思小姐不管好嗎？」

紅丸跟我一起來到食堂。他才剛跟人結婚，應該在家裡面悠閒度過才對。

因為那麼想我才會這樣問，卻讓紅丸笑了一下。

「今天她們兩個都去跟朱菜學做菜。她們好像定了協定，說兩人都不能偷跑，我是因為這樣才被趕出來的……」

喂喂喂，才剛新婚怎麼會這樣？

這樣是不是不太好啊——想歸想，去管其他人的家務事未免太不懂事。

「這、這樣啊。」

所以我就改成用很誇張的動作點點頭。

這個時候迪亞布羅喜孜孜地將餐點端過來。

那模樣就像真正的管家。

不，惡魔始祖做這種事情好嗎？但他本人似乎很樂在其中，所以我也沒道理阻止他。再說我習慣了，事到如今用不著去說那個。

「謝謝啦。」

「您太客氣了，這也是我的職責所在。」

是這樣嗎？

好吧，既然他本人都能夠接受這樣了，那就沒問題。

「利姆路大人，請您也喝喝看這個。」

有人說完這句話替我倒酒，那個人就是紫苑。

當然製作這個酒的人並不是她。所以我可以安心飲用，但不知道為什麼，總是有種喘不過氣來的感覺。

今天的餐點是我很熟悉的，只是很一般的豬排蓋飯。就算不用人家服務，我也能夠自己輕鬆吃。

然而迪亞布羅和紫苑卻站在我背後，這樣反而讓我更疲憊。

「你們也一起坐下來吃吧？」

「感謝您說出如此體貼的話。」

「用不著！我已經吃得很飽了，您用不著在意我！」

「因為紫苑都會在廚房偷吃。」

「迪亞布羅，你這傢伙！」

他們一有機會就吵架。

去擔心也顯得白痴，我跟紅丸就丟著那兩人不管，開始享用餐點。

「對了，你打算相信優樹嗎？」

「很難發自內心相信他，但也只能相信了吧。再說我也很想去信任他。」

「那麼我就追隨利姆路大人吧。這些作戰計畫都是以信賴優樹為前提立案的。」

「那如果他背叛呢？」

「雖然那樣會不妙，但還是能想辦法解決吧。」

「是嗎？雖然會給你添麻煩，但拜託你了。」

「我很樂意。」

紅丸臉上的笑容看起來還真可靠。

既然要打仗了，那我們就必須相信身為友軍的同盟對象。若是在這種時候懷疑對方，那不管是什麼樣的作戰行動都難以成功。

假如對方背叛，那我們會有很大的損失，可以說要被逼著做出艱難的抉擇。

然而我選擇相信優樹。

既然都這樣決定了，去煩惱也沒用。

「有件事情讓我更在意，你有必要吃飯嗎？」

我拿這句話問在我眼前跟我一樣吃著豬排蓋飯的紅丸。

「硬要說需不需要的話，其實是不用吃的。」

「啊，果然。」

「可是利姆路大人也一樣吧？還好我的味覺沒有消失。」

「我懂。若是不能滿足三大欲求，說真的我認為人生也完蛋了。在我的努力下，我的食欲和睡眠欲望都復活了，所以現在每天也還是過得很開心。」

「說得對。我原本也很擔心這個，但還是跟原本一樣，這下我就放心了。」

我們兩個朝彼此感同身受地點點頭。

就在這個時候我突然發現哪裡怪怪的。

「咦？你說都跟之前一樣，那就是說三大欲求都保留？」

「對。幸好全部都保留了。」

「連睡覺也是？」

「我已經沒有睡眠的必要，但一直冥想就會進入睡眠狀態。而且還能消除疲勞。」

這算什麼，我花了一番功夫辛辛苦苦才能夠睡覺，結果他從一開始就能睡覺是嗎？而且還能獲得比我更棒的效果。

不對，更讓我好奇的是——

「連性慾也在？」

我偷偷壓低音量問紅丸。

結果紅丸變得有點害羞，他微微點頭說對。

「這是怎樣啦。你不是因為未來會無法生孩子，之前才沒辦法進化嗎……？」

「確實是這樣。紅葉和阿爾比思都已經懷孕了。」

「那真是恭喜你——咦，那這樣性慾還是沒有消失？」

「我原本也以為會消失，但就算沒辦法再生孩子，性慾還是保留著。看來這樣子就不會害那兩個人悲傷了。」

也太讓人羨慕。

就連我身上消失的機能都具備是嗎？也進化得太完美了。

可惡，為什麼我就……

「那很好呢。」

「是啊——咦，為什麼要搶走我的飯！」

「吵死了！你這個背叛者！」

我的嫉妒心大爆發，把紅丸的豬排蓋飯搶走。

我身上只剩下吃東西這樣樂趣，這個臭小子卻——我會這麼想也是情有可原吧。

總而言之那天晚上我們也是吵吵鬧鬧度過一個愉快的夜晚。

這是稀鬆平常的光景。

然而——

這一切突然結束。

＊

「不、不好哩！好像出大事哩，窩要立刻趕回去才行！」

拉普拉斯邊嚷嚷著這句話邊衝進食堂。

緊接著又有別的人進來。

「糟糕了，利姆路大人！剛才有人以蓋札王的名義聯絡我。說維爾格琳出現在布陣好的混合軍團面前，向我們請求緊急支援！」

情緒激動的培斯塔如此大喊著。

聽到這令人驚訝的內容，我不禁從座位上站了起來。

「趕快把預計要出戰的人統統找過來！」

「遵命。」

一聽到我的命令，紅丸立刻展開行動。

這樣大家很快就會來集合吧。

「拉普拉斯，稍等一會兒再回去。我們也會過去。」

「可、可素……」

剛才看到拉普拉斯慌慌張張的，我原本懷疑他在演戲。可能又有什麼企圖，想要陷害我們。

但緊接著又聽到來自培斯塔的報告，我才發現不是那樣。

就連拉普拉斯也無法掌握，帝國那邊出大事了。

這種時候必須保持冷靜。

「我知道出大事了，但你別慌張。我們目前是同盟關係。與其讓你一個人回去，我們跟過去會更方便吧？」

「說什麼方便，這怎麼行。」

若是敵人那邊最強大的戰力出現在混合軍團面前，反過來想也可以說是一個機會。優樹他們似乎也遭到襲擊，如果能夠把這些人打倒，那之後的交涉進行起來就會對我們有利。

想到這邊，我決定跟拉普拉斯打聽詳細情報。

「那麼，發生什麼事了？」

稍微猶豫了一會兒後，拉普拉斯回答我的問題。

「蒂亞聯絡窩，她說會長卡嘉麗大人叫窩回去。聽起來他們好像被近藤襲擊哩。」

近藤中尉是嗎？是其中一個棘手的對手。

這種時候果然還是應該幫忙拉普拉斯，先去打倒近藤才是正確的吧。

然而靠優樹他們的戰力也沒辦法搞定是嗎？這點讓我在意。

「優樹在做什麼？那傢伙也輸了？」

「聽說老大的對手素達姆拉德。」

「達姆拉德？他是『三巨頭』的頭目之一，真實身分是帝國皇帝近衛騎士團的副團長吧。他果然背叛優樹了？」

我還以為那個人是優樹的夥伴，原來不是嗎？

我沒見過這個人，沒辦法看出這個人有何打算。

「窩也不曉得。而且蒂亞和福特曼的說詞變來變去。總而言之，達姆拉德確定在跟老大作戰沒錯。」

嗯——我不懂。

話雖如此，聽起來很棘手的敵人確實分散在不同地點。

總而言之現在要先確認情況。打定主意後，我也不想浪費時間，因此當場發動物理魔法「神之眼」。

我已經知道座標了，精確鎖定混合軍團的駐紮地。現場的狀況映照在食堂牆壁上。

「這、這是……」

也不曉得是誰不由自主發出這聲呢喃。

眼前有個臉上浮現豔麗笑容的美女。特徵在於頭上盤起髮髻的藍色頭髮。

那名女性身上穿著中國風豪華服飾，肩膀上披著軍服。

如入無人之境，就佇立在六萬大軍前方。

不——那不叫做大軍，應該說她待在原本是大軍的人們前方。

飄起來的東西都是屍體吧。

一根紅色的柱子貫穿天地——那是……對了，這是超重力力場。

因為降下血雨，所以力場都被染成紅色。

「『重力崩壞』是嗎？真受不了，竟然隨便使用我的絕招。」

卡蕾拉嘴上開玩笑，表情卻很認真。

這也難怪。那號人物疑似是維爾格琳，她行使的魔法比卡蕾拉用過的更加精準許多。

完美指定範圍，並未出現失控情形，徹底控制。

沒有看到破壞的痕跡，由此可見只對重力造成影響。

「這是在操控重力，不對大地造成影響，只把軍隊人馬吹起是嗎？」

「正是如此，主上。而且更可恨的是，連一顆沙粒都沒有捲進去。只把當成敵人看待的人類轟到天空中。」

這種事情有辦法辦到？

不，有辦法吧。

結果都擺在眼前了，去懷疑又能怎樣。

「我們要跟那玩意兒作戰嗎？」

「咯呵呵呵呵，不愧是維爾德拉大人的姊姊。真有趣。我早就想認真起來跟她對決了。」

雖然迪亞布羅氣勢很強，但說真的我不認為他能夠戰勝那種對手。

《否。若派出所有戰力挑戰仍有機會獲勝。》

聽起來固然讓人心安，但派出所有戰力不太妙。那樣一定會出現傷亡，可以的話想要避免跟對方作戰。

這麼說來，比起維爾格琳，我們更應該鎖定皇帝魯德拉。

要讓金和魯德拉分出勝負，結束這場戰爭。那樣就不會有人白白犧牲了吧？

「但是我不懂，為什麼不把魔法完成？」

「跟我們不一樣，她是不是不想破壞大自然？」

「應該不是。你們看。那裡堆滿血被抽乾的屍體。」

戴絲特蘿莎指向影像的一角。

那裡確實堆著好幾個屍體。

我將畫面分割，讓那個部分擴大放映。結果那裡出現一個穿著軍服的男人，和眼熟的女性。

「是優樹的祕書——卡嘉麗小姐啊。」

「她素創造出窩們的父母，中庸小丑幫的會長。可惡！雖然不想相信，但看來素真的。福特曼和蒂亞透過『念力交談』告訴窩哩，聽說卡嘉麗大人被近藤操縱哩。」

「你說操縱，那是能夠支配精神的法術嗎？」

「沒錯。而且最糟糕的素，蒂亞和福特曼沒辦法違逆卡嘉麗大人。窩從剛才開始就沒辦法跟他們用『念力交談』，應該素卡嘉麗大人不准他們這麼做。」

情況糟糕透頂。

精神支配這類奪取他人自由意志的招數最爛了。

——更重要的是——

眼下情況不妙。

「那卡嘉麗小姐受到支配會造成多大影響？你這邊沒問題嗎？」

因為他戴著面具，我看不出來，但看樣子拉普拉斯真的很懊惱。假如這樣的拉普拉斯也跟蒂亞和福特曼一樣，沒辦法違抗命令，那問題就大了。

「窩沒問題。雖然確實素卡嘉麗大人創造出窩，但就只有窩不用遵守命令也沒關係。更大的問題素，優樹老大找來的夥伴幾乎都被下『咒言』。當然要擔心的只有那些幹部，只是其他人都變成那樣哩，事到如今毫無辦法哩。」

的確，優樹的軍隊已經不行了。就算有人活下來，他們也沒辦法逃離那個魔法吧。

在魔法的影響範圍外，似乎還有一些人平安無事，但是看到這個慘況後，他們好像都失去鬥志了。還談什麼「咒言」，他們甚至已經沒辦法作戰。

就因為情況是這樣，拉普拉斯個人沒問題也算是個好消息。

「總之就算只有你一個人沒事，這也算是好事一樁。」

「就不用安慰窩哩。窩們的夥伴已經完蛋哩。」

拉普拉斯說這些話的語氣非常平淡。

聲音很平靜，看起來好像沒什麼感覺，但我不認為事情是這樣。

看到夥伴被操控，他剛才表現出不甘心。他那個樣子肯定是發自內心。

我什麼都沒說，只是拍拍拉普拉斯的肩膀。

結果他看著我，好像很驚訝的樣子。

我刻意裝出很自然的樣子，用開朗的語氣對拉普拉斯說話。

「現在放棄還太早吧？卡嘉麗小姐也還沒死掉。既然她被那個叫做近藤的混帳操控，那打倒元凶就能讓她恢復原狀對吧。想必優樹應該也還在奮戰，我們趕快去幫忙他，出面反擊吧。」

雖然這一方面也是在安慰他，但總比陷入負面思考好。

總而言之，要感到絕望，以後有的是機會。

眼下我們能夠做什麼？

去想這個才是重點吧。

「你這個人還真怪，竟然跟老大說出一樣的話。迫害窩們把窩們趕出去的素人類，對窩們伸出援手的也素人類啊……真是敗給你們哩。」

拉普拉斯開始自言自語，面具下的他似乎在苦笑。

雖然我看起來像人類，但好歹是個魔物……

也不是啦，雖然我現在是史萊姆，但原本可是人類。去吐嘈這點是不是太不會看場合了？

「窩可以問你一個問題嗎？」

「什麼問題。」

「你身為魔王，有什麼打算？」

原來要問這個啊。

這部分一直都沒變吧。

從轉生到這個世界之後，我的野心就只有一個。

「我要跟大家一起開開心心過生活。所以要打造城鎮、開創國家，跟其他國家交流。還要重視多元性，想要跟志趣相投的人們好好相處。」

「你不想要統治這個世界？」

「咦，那什麼鬼？聽起來好麻煩。」

「啊？若素能夠統治整個世界，任何事情都能隨心所欲耶！」

「所以說啊，那樣到最後一定會很膩吧。有各式各樣的想法存在，可能性才會愈來愈多，才會誕生讓人意想不到的有趣作品啊！」

看我大力主張，拉普拉斯很錯愕。接著他趕緊揮揮手，嘴裡嚷嚷著「等等」。

「太奇怪哩！怎麼會扯到作品，現在又沒有在說那個。不素在說得到整個世界之後要做什麼嗎！」

這傢伙怎麼講不聽。

「就跟你說啦，若是要讓一切都隨自己的意思進行，這是要我去管理其他人的思想嗎？還是說你認為像卡嘉麗小姐那樣被人精神支配比較好？」

「不，這個……」

「思想、言論、表現，我認為應該保障這三種自由。這樣是在尊重基本人權，才會出現多樣性，變成讓文化發展的原動力。」

「啥？這樣子會讓任性又只會講講的臭小子變多，原本好好的秩序也會陷入混亂不素嗎？那樣哪有辦法治理一個國家啊！」

這樣說也有道理啦。

要說民主主義的最大弱點是什麼，那就是該如何切割國家利益和個人情感。

然而所謂的多樣性也包含這些。

「沒關係。這就當成今後的課題，我預計要找大家一起集思廣益。我這個人基本上也很任性，還是不想讓國家朝著自己不希望看到的方向發展。」

我這個人就是嘴巴很會講。

「就算當上國王也不去治理」。

就將這句話放在心裡，像之前那樣做就行了。

幸好有很多人都可以當我的範本。

可以像魯米納斯那樣拿宗教當保護色來統治，或是像艾爾梅西亞小姐那樣，立於國家的頂點來支配大家，這些都可以當參考。

反正未來還很漫長，用不著現在就立刻決定要怎麼做。

「所以說呢，國家政策之類的晚點再說。比起那個，更重要的是文化發展。就是娛樂、娛樂。若是沒有這個，那國家發展起來也沒意義了。」

這個可是一大重點，重要到考試都會出啊。

為了快快樂樂過上有趣的生活，必須生出許多的娛樂作品。為了實現這點，我就不應該去限制思想和表現。

看我這樣解說，拉普拉斯用困惑的眼神望著我。

「窩不懂，不能理解。那個人……老大答應要征服世界，打造出能夠快快樂樂生活的世道。所以窩相信老大——決定去相信他。可素你這又算什麼。」

「在說什麼？」

「你用這樣半吊子的覺悟，素在小看窩們的野心嗎？」

「我沒有小看你們啦。只是征服世界沒有想像中那麼開心，而且感覺超乎想像地辛苦。」

當我這樣回答完，拉普拉斯暫時陷入沉默。

接著他小聲開口：

「……這種事窩知道。」

只見拉普拉斯無力地蹲坐在地上。

他的臉對著被魔法映照出的影像，眼睛盯著堆積如山的屍體，還有站在那些屍體前方的卡嘉麗。

「剛才你們問她在那邊做什麼，就告訴你們吧。這素重大機密。窩想你應該知道窩們素妖死族，現在要說的素如何增加人數。」

嗯？

等等，聽起來好像真的是很重要的事情喔。

「你冷靜點。還有，這不是可以在食堂說的話吧？」

「沒關係。反正現在也不素說這種事的時候哩。聽好哩，窩們素被卡嘉麗大人創造出來的。這就素身為『咒術王』的那位大人所擁有的真功夫，可以聚集死者的屍體和怨念，來創造出強大的魔人，那素一種禁忌的咒術——也就是禁忌咒法『妖死冥產(Birthday)』。」

雖然是在食堂，這裡好歹是幹部會用的房間，沒看到一般人，但拉普拉斯還是太亂來了。

沒想到他竟然在這種地方說出機密事項。

這裡就只剩下下完指令後回來的紅丸和蒼影，還有迪亞布羅、紫苑、白老和三個女惡魔，以及報告完畢後一起看影像的培斯塔。

不知道是什麼時候的事情，戈畢爾也跟大家下完指令了吧，他已經回來了。

雖然是很重要的事情，但幸好被這邊的人聽到都不會怎樣。

「那還真是讓人懷念的咒術。」

「你知道這個啊，迪亞布羅？」

迪亞布羅對魔法很有研究，這種時候剛好也能派上用場呢。幸好他知道。

「利姆路大人賜給我的肉體，也是應用妖死冥產催生的產物。以我的情況肉體沒有『靈魂』，用來當作讓我降臨的肉體是最棒的了。至於原本的使用目的，是要整合超過萬具的屍體，將這份力量納為己用。」

像這類不人道的邪惡法術，通常都被稱之為禁忌咒術。不過奪走那些「靈魂」的我沒資格說這種話，這部分姑且不論。

「要將這股力量變成自己的東西，那是不是就要讓特定人士的意念寄宿在上面？」

「這應該要看情況，但這樣解釋也算是正確的吧。」

「就跟迪亞布羅先生說得一樣。福特曼、蒂亞、克雷曼，他們都素卡札利姆大人故鄉那邊的生還者。失去祖國，為哩不忘記這份屈辱，才會使用禁忌手段。」

就連拉普拉斯也肯定迪亞布羅的說法。

看來我的推測是正確的。

這麼說來，那種咒術一旦完成就糟糕了。

「在那邊的混合軍團成員大概有六萬人。若使用那麼多的素材，大概就可以製造出跟克雷曼不相上下的妖死族十名吧。」

「喂喂喂……」

「而且更棘手的素，那裡很多人都擁有強韌的靈魂。跟福特曼和蒂亞不一樣，如果素那些人，或許可以掌控更強大的力量。」

我問拉普拉斯是怎麼一回事，結果拉普拉斯一臉厭惡地給出答案。

他是這麼說的。

福特曼和蒂亞被強大的力量吞噬，精神一直處於不夠成熟的狀態。因為當初卡札利姆在製造妖死族的時候，在靈魂和力量的分配上還不純熟。也因為這樣，才給他們過多的力量。

聽說卡札利姆也學會了這個教訓，順利創造出克雷曼。

只不過，若說福特曼和蒂亞是否是失敗的例子，其實也不盡然。雖然因為精神面尚未成熟的關係，在知性方面成長遲緩，就只有力量特別大。

例如眼下，進化之前的蓋德就打不過福特曼。按照這點來看，如果光看戰鬥能力，他們兩個算是比克雷曼更棒的成功案例吧。

假如想要利用六萬具屍體創造出力量特別強大的妖死族，那這個時候大概就要濃縮成六到七個人。為了讓覺醒者誕生，那些傢伙犧牲百萬大軍也在所不惜。只是這點程度的小事，他們應該連煩惱都不用，就直接做了。

「——那個時候大家都還素小孩子。如今蒂亞還像個小孩子一樣，福特曼就更不用說哩。只有克雷曼長大。不過就連那個克雷曼也出現愚蠢的失控行為，最後自取滅亡。雖然如此，窩不認為窩們對不起你們。反正這個世界說穿哩就素弱肉強食。去測試不能信任的對手本來素理所當然，只要能夠擴大自己的勢力，就算犧牲其他人也沒什麼。這素窩的真實想法。就算這樣，也要跟窩聯手嗎？」

其實那些話他不用說的，但拉普拉斯是故意這麼說的吧。

在這裡激怒我們沒有意義，甚至是下下策。

即使如此，拉普拉斯還是要說這種話，那是因為——

「別小看我們。你們去煽動半獸人，把食人魔村落毀滅掉，這件事情絕對不可饒恕。不過，既然利姆路大人都決定跟你們聯手了，我就沒意見。」

「紅丸說得對。村落裡的大家有多麼不甘心，光想到這件事情就讓心都快碎了。可是，就算把你料理掉，我們也不會因此釋懷吧。利姆路大人希望的世界——直到打造出大家都能笑著過生活的世界，我才會忘記這份不甘。」

「呵，你是想讓大家都把憎恨放到你身上，藉此斷絕禍根吧，太天真了。我們的憤怒可沒有這麼容易消除。沒有小到虐殺你們就能夠消除。」

「好吧，是那樣吧。就如同你說的，弱肉強食代表一切。要說誰最該被怪罪，那就是當時還不夠成熟的老夫等人。你們也曾經因為自己的不成熟哭過吧？既然這樣，應該也能理解我們的心情。」

不只是紅丸、紫苑和蒼影，連白老都開口了。雖然心裡還是懷著對拉普拉斯他們的憎恨，但決心要將這種心情吞下，跟拉普拉斯他們攜手一起戰鬥。

當然無法原諒拉普拉斯他們做過的事情，可是也打算跨越過去。從前發生蓋德事件就讓我有這種想法了，那就是紅丸他們肚量很大。

「給我聽好了，我並沒有原諒你們，也沒有完全相信你們，但目前我們是同盟。就讓我們忘記這些不愉快，一起奮鬥吧。」

「——窩才要拜託你們。求求你們，幫助老大和會長他們。助窩一臂之力。」

拉普拉斯深深地低下頭。不像輕浮的男人會有的舉動，態度很真誠。

假如這是在演戲，那我從此很難再相信他人。

就只有現在，我想要相信這傢伙。

*

面對拉普拉斯的請求，紅丸他們也點點頭答應。

這個動作好帥氣，讓我看到入迷。

「好。那我們就按照預定計畫行事，六個人一起潛入，去救優樹吧。」

「說得對。為了讓他之後跟我們好好道歉，我們去把那個臭小子救出來吧。」

紅丸幹勁十足。

不過這可是在說那個優樹。他搞不好已經打倒達姆拉德，在那邊若無其事納涼。

該怎麼對付維爾格琳，這個問題更大吧。正打算針對這點做出指示，紫苑就說出讓人驚訝的話。

「那個叫做近藤的男人就是幕後黑手對吧？既然他都能夠操控卡嘉麗了，那或許克雷曼以前也被他操控。」

「「「……」」」

我們幾個不禁陷入沉默。

一臉驚訝的紅丸整個人僵住，拉普拉斯則是說著：「妳說啥！」

「咯、咯呵呵，第一祕書說了很有趣的話呢。」

迪亞布羅原本想用這句話打哈哈帶過去，但可能是想到曾經發生過的狀況吧，他似乎發現自己找不到理由否認這句話。

「是有那種可能……」

就連白老都這麼說。

不，會這麼想還滿合理的。

根據拉普拉斯所說，優樹似乎下令過，要克雷曼安分一點。

半獸人騷動的那個時候姑且不論，但這就表示他之後失控並非出自本意。

《是。根據新獲得的情報，嘗試重新定義情況。發現個體名「克雷曼」的行動出現一些不明點，假如近藤有從中干涉，那就符合邏輯。回導出一個答案，那就是能夠獲得最多利益的是帝國。》

嗯，我想也是。

「——那這是什麼意思？都是那個近藤在搞鬼，才會害我們遇上麻煩？」

「這個王八蛋。」

「說那種話太沒品了，紅丸。若是你不改一改，我就去跟朱菜大人說。」

「別這樣。我會改啦。」

紅丸跟紫苑的拌嘴先擺一邊。

「雖然不甘心，但看樣子也只能認同紫苑的說法。我也嘗試分析過犯罪心理，克雷曼在行動上確實有令人不解的地方。就連應該更加慎重行動的場合，他都不知道為什麼很焦躁，讓人發現他出動過軍隊的痕跡。我以前當他太愚蠢，看看就算了，但若是有第三人從中干涉，那就說得通了。」

唔哇，迪亞布羅的看法和智慧之王拉斐爾大師一樣。

既然這樣，那就沒什麼好懷疑了。

「雖然不知道真相是什麼，但我們在行動的時候，要假設克雷曼也是被近藤操控。換句話說，在跟近藤對決的時候，大家要保持警戒，因為自己有可能被操控！」

「「「是！」」」

或許提醒他們也沒用，但有提醒總比沒提醒好。

總而言之要注意近藤這個男人。搞不好他比維爾格琳還要棘手。

為了讓大家有共識，我要他們記住近藤的臉。

那接下來就來統整作戰計畫吧。

「戈畢爾你們負責去應對蓋札王的救援請求。只不過，不要跟維爾格琳正面對上。我猜就算靠幹部們也很危險，如果換成士兵八成只會白白送命。」

「屬下明白。我也不想去挑戰偉大的『龍種』。」

「呵呵呵，那不是我們可以戰勝的對手。」

戈畢爾和白老都很清楚這點。

援軍的目的在於爭取時間。

等我們救出優樹之後，再來對付維爾格琳。

「可是那個儀式丟著不管沒關係嗎？」

這個時候烏蒂瑪提出疑問。

所謂的儀式，應該是卡嘉麗正在進行的妖死冥產吧。

「這部分可以放心。那個咒術發動起來需要一些時間。要生出一個最少也要兩小時。假如有濃縮能量，那應該需要更多時間吧。」

迪亞布羅跟她這麼說。

自從儀式開始後，連一小時都還沒經過。

只要我們去跟優樹會合，打倒皇帝魯德拉。然後再趕回去的話——

「並不素這樣。如果按照原先的方式，那就跟迪亞布羅先生說得一樣，但卡嘉麗大人能使用祕技。」

「祕技——該不會！我懂了，所以維爾格琳大人才會去幫忙。」

迪亞布羅似乎聽出話中玄機，但我們都一頭霧水。可是現在又沒時間在這邊聽他詳細解釋。

「簡單來講，我們還有多少緩衝時間？」

「咯呵呵呵。在最壞的情況下，應該只要兩個小時就能夠創造出許多妖死族吧。」

兩個小時啊。

只有這麼一點時間，我們有辦法打倒皇帝魯德拉嗎？

不，用不著煩惱這個。也只能硬著頭皮上了。

我朝拉普拉斯看去。

「你是他們之中最強的吧？最起碼比克雷曼還要厲害，看起來也比其他兩個專攻力量的人還強。」

「大概吧，因為窩素特製的。」

「那這樣一來，我們就可以無視卡嘉麗正在進行的咒術了。」

「咦，那樣可以嗎？」

戈畢爾很驚訝。

「可以。你想想看，戈畢爾。拉普拉斯雖然很強，但我們不是也有辦法搞定嗎？如果是其他那兩個人，現在的你們也能戰勝吧。」

以下是我的看法。

雖然拉普拉斯把實力隱藏起來，但騙不過我的眼睛。給人一種究極技能還沒覺醒的感覺。要戈畢爾去對付他很難，但如果是蒼影，應該可以打成平手。

也就是說如果能夠催生出像拉普拉斯這樣的妖死族，那就麻煩了，可是程度不如他的話，我們總是有辦法搞定。成長之後會很棘手，因此不能放著不管。不過我認為他們構成的威脅並沒有達到一定要阻止的程度。

「若是維爾格琳在協助施行咒術，那對我們來說反而是好機會。可以的話，我們就去干擾她，讓她不能專心。如果沒辦法，那把維爾格琳丟著不管也無妨。該說那樣我們就不會去踩到老虎尾巴了。」

當我這麼說完，戈畢爾和白老互相對望，之後點點頭。看來他們也認同。

然後，若是出狀況——

「假如她把矛頭指向你們或是蓋札王，到時候就讓烏蒂瑪和卡蕾拉去對付。」

她們在我的部下中也算是最強的，就算面對維爾格琳這樣的強者，還是能夠爭取時間吧。

雖然不管卡嘉麗的儀式進展如何都可以忽視，但維爾格琳一旦出動，軍隊就會被毀掉。這點一定要避免，因此我才會鐵著心下令。

「多謝主上把任務交給我！雖然那是維爾德拉大人的姊姊，但我不會手下留情的！」

「說得對，能不能打贏，試試看就知道了。我可是還在更新自己戰無不勝的紀錄，可要讓我好好樂一樂。」

烏蒂瑪和卡蕾拉都英勇地接受了。那我之前聽說有人輸給賽奇翁這件事情就先當作沒聽到好了。

我還在想這下方針已定，沒想到下一刻——

「請先等一下。只靠烏蒂瑪和卡蕾拉來對付維爾格琳大人不太夠吧。是我自己說要當嚮導的，深知說這種話很失禮，但我也想去當維爾格琳大人的對手。」

這句提議來自戴絲特蘿莎。

聽她那麼說，我開始煩惱。這個提案很有魅力，可是若要侵入帝都中樞，我認為帶著最強大的戰力去挑戰會比較確實。

除了有被金當成勁敵的人要與我們對決，那邊還有四名以上的「個位數」當護衛。若是要對付這麼多的強大敵人，我實在不想把戴絲特蘿莎排除在戰鬥成員之外。

不過，假如她能夠對付維爾格琳來爭取時間，我認為這樣也未嘗不是件好事。

這麼說來，果然還是要找蓋多拉——

「就讓我代替她同行吧。這樣可以稍微縮短時間，作戰的成功率應該也會提昇。」

蒼影這個提議好像不錯。

至少會比帶蓋多拉過去還好。

有紅丸、紫苑、蒼影，再加上迪亞布羅。只要有這四個人，不管碰到什麼樣的對手，我都覺得我們不會輸掉。

「就這麼辦。拜託你了，蒼影。」

「遵命！」

戈畢爾他們的主要目的是爭取時間。若是可行，還會去排除近藤等等的敵方勢力。

萬一出狀況，那就輪到戴絲特蘿莎她們出馬。這在目前我們能用的方法之中是最妥當的了。

「就這麼決定了。戈畢爾你們也是，在我們回來之前，切記不要逞強。」

「「「遵命！」」」

就這樣，我們匆匆忙忙決定方針。

那個時候，一直在看影像的培斯塔突然高聲叫喊。

「喔喔！看樣子蓋札王也到了！」

聽他這麼說，我的目光移到影像上頭，裡頭映照出在天空中飛舞的天翔騎士團英姿。

「快過去吧。趁蓋札他們還沒出現傷亡，去跟他們會合，告訴他們作戰計畫！」

「包在我身上！不才戈畢爾將依令擔此大任！」

「那麼大家各自展開行動！」

我發號施令。

就這樣，漫長的夜晚開始。

＊

用「傳送術式」將戈畢爾他們送出去之後，我們跟著拉普拉斯一起飛往帝都。

為了因應各種突發狀況，我從一開始就變成人類姿態。

「到啦。這裡就素窩們的祕密基地——咦，這裡素哪裡？」

雖然是用魔法過來的，但拉普拉斯的樣子不對勁。

就在這個瞬間，我心中湧現難以消弭的不祥預感。

轉頭看向四周，發現這是一個不存在於我國的遼闊大廳。

有許多雕刻過的柱子聳立著，地上鋪著看起來很高級的絨毯。

看起來會讓人誤以為是哪一座皇城的謁見大廳，可是卻總給人一種扭曲的感受。

「喂。」

「不、不素啦！平常都只會跳躍到正確的目的地，出這種狀況還素第一次！」

看拉普拉斯回答得如此焦急，我賞他白眼。看起來不像在說謊，可是這樣一來，這又是怎麼一回事。

我邊想邊轉頭朝四周張望，在距離五十公尺遠的地方，那裡有一塊區域稍微高一些。

可以看到一個很像帝王寶座的東西，我想這裡應該是謁見用的房間沒錯。

有個看起來高高在上的人坐在椅子上，身邊陪著一個藍色頭髮的美女。她頭上那很有特色的髮髻不

可能看錯，我想她就是維爾格琳本人。

「維爾格琳？不對，她一直到剛才都還待在戰場上，應該不可能出現在這裡吧？」

「用傳送的應該就能夠趕上，但看起來不像是那樣。」

紅丸回答我的問題。

他看起來也一頭霧水。蒼影和紫苑亦不例外。

「我們被包圍了是嗎？看來這是一個陷阱。」

有人冷靜告知，是迪亞布羅。

我也注意到了，在這個大廳裡頭有幾十個人的氣息。

而且那些都是一流高手才會有的氣息。

「拉普拉斯，你這傢伙，目的果然是陷害我們嗎——」

蒼影對他厲聲逼問，拉普拉斯看起來卻像是沒閒工夫管這個。

「這怎麼可能。難道有人干涉了窩的法術？真的假的，太扯哩……」

他困惑至極。

看樣子就連拉普拉斯都沒有預料到。

我想這不是拉普拉斯搞出來的陷阱。

我們加強警戒，結果有個男人來到我們前方。

「嗨，拉普拉斯你做得不錯呢。巧妙欺騙魔王利姆路一行人，我看了也非常開心喔。」

那個人是優樹。

身上穿著帝國的軍服，臉上浮現笑意。

「老、老大？等、等等啦。這素怎麼一回事？」

「啊哈哈。你就別再演戲了。只要在這邊收拾掉魔王利姆路，我們不就獲勝了嗎？」

聽到優樹這麼說，紫苑和蒼影開始散發殺氣。然而紅丸——意外的是就連迪亞布羅也一樣，他們都冷靜聽著優樹和拉普拉斯的對談。

看他們這樣，我很佩服。

『你們也相信拉普拉斯對不對。』

『啊，不是。只是想等他們兩個露出破綻再一口氣幹掉。』

『喂！』

『咯呵呵呵，紅丸先生果然高招。在對敵人釋放殺氣之前就幹掉對方，這是最基本的。』

大笨蛋，你們是哪裡來的黑手黨啊！

我國根本不存在這種基本原則好嗎！

傻眼的我就先去說服他們兩個，要他們看看情況再說。還順便安撫殺氣瘋狂外洩的紫苑和蒼影。

就在我忙著做這些事情的時候，優樹和拉普拉斯的對談愈來愈激烈。拉普拉斯拚命跟我們強調他是無辜的。

「相信窩啦——！這次窩真的沒做任何壞事！」

他愈是拚命就愈可疑，只能說優樹這招實在高明。

我開始同情起拉普拉斯，打算結束這場鬧劇。

我拍拍拉普拉斯的肩膀，嘴裡這麼說。

「你冷靜一點。我想那傢伙雖然是優樹，但又不是他。」

「咦？」

「很遺憾，我看他八成是被近藤操控了。」

是敗給達姆拉德之後才被操控的嗎？還是跟達姆拉德打到一半被人偷襲？不管怎麼說，有個人被敵人支配心靈了，這下情況更複雜。

假如我們真的不相信拉普拉斯，那大概早就開始自己人打自己人了。

「啊，原來素這樣啊！去欺騙他人很愉快，可素自己被騙就很火大哩。」

拉普拉斯這個人的個性還真是不錯啊。

知道我相信他，他似乎也重新振奮起來了。

然而狀況並沒有改善。我們還是一樣被人包圍，依然身陷危機。

「嘖，沒想到一下子就被人看穿了。真想讓你們多懷疑一點，來個自相殘殺。」

優樹也真是的，就算被操控，性格還是那麼惡劣。

這就是他的本性吧，我決定這次大人不記小人過，聽聽就算了。

「陛下，很可惜，我的作戰計畫失敗了。」

「這餘興節目還真是乏味。無妨。在戰鬥開始之前，寡人也有些話想說。」

當優樹跟坐在高台上的人物說完話之後，那個人就起身邁開步伐。

優樹乖乖退到一旁讓路。按照這點判斷，可知優樹已經臣服於皇帝魯德拉。雖然也有可能是在演戲，但還是別想得太樂觀比較好。

維爾格琳跟在魯德拉身邊，追隨他的腳步。除了她是個美女之外，其他部分看起來都像普通人，但那明顯是有資訊受到隱蔽。

我能夠看見。

維爾格琳在自己和走在前方的男人身上都施以薄薄的「結界」。受到那個「結界」阻擾，所有的氣息都受到遮蔽。

「好大的壓迫感。看起來不像是冒牌貨。」

「同意。就近看才發現原來她這麼厲害。」

紅丸對我的話表示認同。但也有人出現不一樣的反應。

「會嗎？我常常陪維爾德拉大人做訓練，在我看來感覺都差不多。當然我是打不過對方啦。」

紫苑……原來妳還有跟維爾德拉一起做過特訓。

這些傢伙口中的訓練，都是在迷宮裡頭進行實戰。因為是賭上性命的對決，因此成果豐碩。

還有，既然贏不了就別講了。這不成炫耀也算不上輸不起。

「那的確是很厲害的『結界』。可是就如同紫苑所說，感覺跟維爾德拉大人並沒有太大差異。」

迪亞布羅的看法也跟紫苑很類似。

是太小看維爾格琳了，還是對維爾德拉的評價過高？就連我都不知道該怎麼判斷。

然而就連很有自信的迪亞布羅都不敢斷言他會贏。

這才是重點所在。

其實迪亞布羅意外地不會說謊，因此不會說出自己辦不到的事情。所以我想八成就是這麼一回事吧。

「雖然原先並沒有這方面的安排，但來場首腦會談似乎也挺有趣的。」

魯德拉說完就露出笑容，原來如此，確實跟正幸很像。

頭髮顏色是閃亮亮的金髮，髮型也有點不一樣。還有眼睛的顏色也是，魯德拉是藍眼睛，正幸是咖啡色的。仔細看看會發現不同點也很多，但不知道為什麼，氛圍上很類似。

這麼說來，正幸曾經說過奇怪的話。

「最近我的頭髮——」

「你禿頭了？」

「對對對，因為壓力——才不是，那怎麼可能！是說我頭髮的顏色好像變淡了，從黑色變成類似咖啡色的顏色呢。」

「嗯——是不是黑色素流失之類的？」

「是這樣嗎？那大概是我想太多了吧——」

當時那聽起來就像是微不足道的少年煩惱。原本我是這麼想的，但不知為何如今卻回想起來。

雖然在意，但現在沒空去深入思考。

因為魯德拉已經來到眼前。

「的確，你是沒安排跟我見面。但我也有話想說。」

「正好。來吧，先坐下來。」

只見魯德拉說完這句話就揮揮手，接著那邊出現兩張椅子。

這是在變魔術嗎？

我完全不明白其中原理，但我想他應該不至於弄出陷阱或是耍什麼小手段。

這種時候就重視氣氛，我不客氣地坐下。

紅丸站在我右邊，迪亞布羅硬是要占據左邊的位子。紫苑則是動作飛快地來到我正後方，她的右邊是蒼影。

這下拉普拉斯變得無所適從，他的目光游移一會兒後，人滑到紫苑的左側。

看我們這邊的人馬都決定好位子後，維爾格琳出言調侃。

「哎呀，先坐下未免太失禮了。」

失禮？

關我屁事。

人家都叫我坐了，所以我就坐下。

「別這樣，維爾格琳。他那樣也沒錯。這個人好歹是魔王，那他跟寡人一樣都是一個國家的統治者。寡人認為雙方地位是對等的。」

不愧是皇帝陛下。看來他說的是真心話，肚量還真大。

「只要你能接受，我也沒意見。」

看樣子維爾格琳也輕易接受了。

其實她覺得這點小事怎樣都無所謂吧，真希望她不要再繼續對我們施壓。

魯德拉大方坐到對面的椅子上。

維爾格琳自然而然來到他右邊待命。

後方相隔一步之處有四個身穿神話級裝備的騎士並排站著。這四個人就是邦尼說的四騎士吧。

最後是一個穿著黑色軍服的男人，他站在魯德拉左邊。看起來不像日本人，我想這傢伙就是達姆拉德。

優樹眼明手快地站到達姆拉德旁邊，表明自己的立場。我也就不計較了，打算先把他當成敵人看待。

話說回來，除了近藤，帝國的上位者們都聚集在這裡了。我們這邊也帶來地位比較高的幹部們，但

是在人數上壓倒性地不利。

看看帝國那邊，有好幾十個在帝國皇帝近衛騎士團中排行前段的人。而且最高段的「個位數」還有五個人。

除此之外，就連維爾格琳都在，說真的我也沒把握一定能贏。

再加上還有優樹。

說這是前所未有的危機也不為過。

按照魯德拉的話來推斷，導致這種情況的元凶並不是拉普拉斯，似乎是一開始就安排好的。原來一切都在對手的掌控中是如此讓人不安……

我設法不讓對方發現自己心裡這麼想，裝出天不怕地不怕的態度開口：

「這次是你們稍微領先了呢。我是有想到你已經料到我們會過來，但沒想到事情會變成這樣。」

這是在說謊。

我原本想利用精銳人員來突襲對手，以為自己站在主導的立場。

「哈哈哈，用不著這麼謙虛。寡人也沒料到事情會變成那樣。早就想到派去進行侵略的機甲軍團會戰敗，卻沒算到完全不會有生還者，而且也沒有誕生覺醒者。」

其實是有誕生，只是被迪亞布羅打倒了。

雖然不能一一細講，但我認為訂出這個計畫的傢伙很優秀。不過以人類來說，那種思考方式實在太邪門。

「那提出這個計畫的人是誰呀？」

反正魯德拉也不會告訴我吧，我就試著隨口問一下。

接著讓人意外的是，魯德拉開心地開口告訴我。

他說了。

提出這個計畫的人是近藤中尉。

我是想說全都如我所料，但計畫比我想像得更加邪惡。

・在派去侵略的軍隊當中，要讓幾個人覺醒。然後再假裝敗逃。

・至於過來追擊的大軍，他們要用混合軍團迎戰。可是這個軍團有可能背叛，所以要當成敵方勢力論處。

・一旦確定混合軍團背叛，那就一起排除。這個工作讓「元帥」負責。

計畫就是在這個階段生變。

因此近藤似乎大幅度變更計畫。

・拉攏飄忽不定的優樹這幫人。根據從魔王克雷曼那邊得到的情報判斷，優樹他們肯定會背叛。

・要打倒優樹這幫人。先確認完他們的企圖後，再對計畫進行最終調整。

・集結起來的混合軍團成員大約六萬。拿這些人當祭品，去量產魔人。

・這個時候「元帥」會出征，藉著華麗演出來吸引金他們的注意力。

・把棘手的對手都集中起來，一口氣打倒。因此要讓戰力集中在一個點上。

・大動作會帶來一個好處，那就是帝都看起來會疏於防備。這樣一定有人會過來襲擊，而且肯定都是精銳人員。這部分要用最大戰力去處理掉。

・再來是最重要的項目。推測魔國那邊的戰力也會降低，會派出「元帥」這個最大戰力去解決。趁金將注意力放在別的地方，要把最強的棋子「暴風龍」納為己用。

這些就是計畫全貌。

剛才提到從魔王克雷曼那邊得到的情報，看來克雷曼果然是被近藤支配。之前原本只是懷疑，這下都弄明白了。

然而重點不只是這個。

對我揭露情報到這種程度固然讓人驚訝，但那姑且不論。

在剛才說的那些話裡頭，還有更大的重點。

讓我背脊發寒。

喂喂喂，先等一下。

在這個計畫之中的「元帥」——維爾格琳到底有幾個人啊。

就是這個。

之前一直覺得納悶，照理說目前在變成戰場的矮人王國東方都市(伊斯特)那邊也有維爾格琳肆虐。

這樣一來，在我眼前的這傢伙又是……

《——！已察覺。有種究極技能的能力是能夠創造出跟自己相同的存在。那就是——》

「——『並列存在』——？」

我在心裡祈禱拜託別說中，並將智慧之王拉斐爾大師考察出來的結果說出口，然而現實非常殘酷。

「哎呀，原來你知道啊。真聰明。」

維爾格琳的笑容非常美麗，而且也很恐怖。愈希望猜測不會成真，就愈容易變成真的。

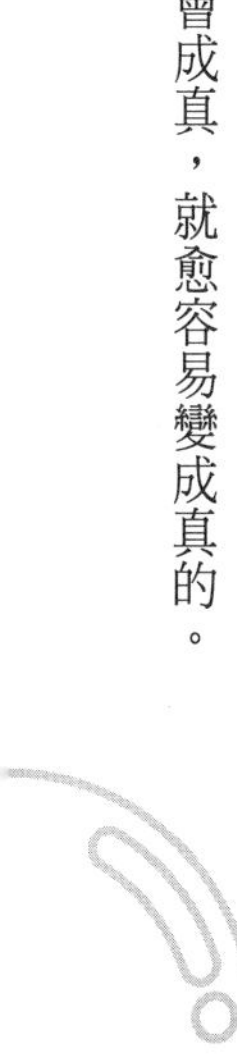

那樣怎麼可能打得贏啊！

以上就是我目前最真實的心境。

怪不得戴絲特蘿莎斷言她無法戰勝。

我之所以會老神在在，都是想說可以在這邊把維爾德拉叫出來，讓我們跟對方勢均力敵。可是看看現在，我發現眼下情況根本就沒餘力。

根據智慧之王拉斐爾大師所說，「並列存在」好像是非常恐怖的能力。

乍看會覺得跟蒼影擅長的「分身術」沒多大差異。如果是蒼影，他能夠同時操控好幾個「分身」。根本沒辦法看出哪個才是本尊，不管有多少「分身」被打倒，只要本尊安然無恙就沒問題。

在魔力沒有耗盡的情況下，可以不斷叫出「分身」實在很犯規。而且本尊和「分身」的身體機能並沒有差異，其實就等同有好幾個蒼影。

只不過，這裡我要先說一下背後祕密。

關於這個「分身術」，要同時操控其實是有技巧的。並非能夠同時讓意識分裂，而是透過「思念網」來做即時的操縱。反應也靠「思考加速」來調整，因此看起來就像同時順暢活動。

我之所以不太用「分身術」，都是因為這是一種非常困難的技藝。

說起來蒼影就像是很會玩電玩遊戲的高手，手感很強。我這個門外漢不可能像他那樣巧妙操控。

另外還有一點。

雖然身體機能不相上下，但是說到魔力當然是本尊那邊更多。因此有個缺點，那就是沒辦法使用所擁有的全部技能。蒼影的「分身」之所以只能使用魔力消耗量較少的技能，原因就在這裡。

正因如此，只要熟悉這些條件限制，就能夠看出哪個才是本體。只要打倒本體，「分身」也會跟著消失，因此不算無敵就是這個技能的特徵。

然而——

說到維爾格琳使用的「並列存在」，將能夠完全分割自己的意識。同時能夠讓好幾個本體存在——這麼想就對了。

換句話說，假設這邊的是「別體」，就算把她打倒，只要還有其他的「別體」殘留，就會變成本體。

而且還不用分割魔力。

所有的「別體」都像是跟本體連繫在一起，不管要互相補充多少魔力都行。

但在最大值上還是有極限，一旦把魔力分派出去，包含本體在內，其他的「別體」在魔力的最大值上也會降低。

這似乎成了攻略的關鍵，然而那個對手可是以魔素含量龐大而聞名的「龍種」。恢復速度比消耗速度更快，不夠力的消耗大概沒辦法造成什麼傷害。

說穿了就是我不曉得該怎麼做才能打倒對方。

雖然我不是戴絲特蘿莎，但也不由自主想要斷言「不可能戰勝她」。

我一邊回望維爾格琳，同時故意露出傲慢的笑容。

「多謝誇獎。因為我有個優秀的搭檔。論知識量可不會輸人。那麼，看樣子你們似乎打算讓我們掉進陷阱裡，可以告訴我是基於什麼目的嗎？」

像這種時候就只能虛張聲勢了。

我早就看穿你們的企圖嘍——我說話的時候故意營造出這種感覺。想要讓對手動搖，若是能讓對方對我們產生警戒也算賺到。

然而事實上，事情不可能這麼順利。

「還真猖狂。不願意老實承認自己輸了，跟我那個愚蠢的弟弟真像。」

蠢弟弟說的是維爾德拉吧。

有這樣的姊姊在，想必維爾德拉以前也吃了不少苦頭。

我彷彿聽見他在對我說：「你懂我啊，利姆路！」不過魯德拉開口了，所以我的注意力就跑到那邊。

「目的是嗎？若是你對謀略很有自信，就用不著寡人解釋了吧？」

就算你跟我這麼說，我也搞不懂啊。

若是想讓我們消失，那應該早就跟我們開戰了才對。會像這樣跟我們談判，就表示還有交涉空間。

根據這些推測出答案，是不是想要收買我們？

《是。八成是這樣。只不過，也有可能是在爭取時間，推測若真是如此，那他們可能打算打倒個體名「維爾德拉．坦派斯特」，讓他變成夥伴。》

看來我也滿聰明的。猜對一半。

印象中剛才近藤提出的計畫有說到要派「元帥」維爾格琳去收服維爾德拉。我原本以為那不可能辦到，所以聽聽就算了，但既然都能夠使用「並列存在」了，該不會目前維爾格琳正要去攻略迷宮吧？

感到在意的我透過「靈魂迴廊」詢問維爾德拉。

『喂——你還好嗎？』

『笨蛋，我現在沒空啦！大、大事不好了。姊姊、姊姊她要修理我。現在她還在迷宮外面，但這樣下去會打進來的！』

看來他正忙得不可開交。

『有辦法應付嗎？』

『只能我出馬了。總比讓她就這樣打進迷宮好吧。』

如果是維爾德拉，就算遇到「並列存在」的對手也不會輸吧。基於這樣的考量，我允許維爾德拉盡全力戰鬥。

『我會負起所有責任，拜託你想辦法處理掉維爾格琳。可以交給你嗎？』

『哦？既然這樣，就包在我身上吧！嘎哈哈哈！』

『拜託你了！』

這下我放心地結束通話。

交給維爾德拉就安心了。而且我也搞清楚魯德拉的企圖了。

我們再次展開交涉。

「你們的目的是要收買我們吧。還有一個。要利用跟我們的談判來爭取時間，以免我們去妨礙你們跟維爾德拉的作戰吧？」

我心裡想著「怎樣」，一臉得意地回答。

維爾格琳臉上的表情有點驚訝。

魯德拉則是露出開心的笑容。

「這傢伙還真有趣。讓你去跟達也比誰比較聰明似乎滿有趣的，但現在沒空把時間浪費在那種餘興節目上。既然你都知道這麼多了，那事情就好辦了。來當寡人的部下吧。寡人保證會讓你保有目前的領地，還會賜給你相當於大公爵的地位。」

「魯德拉！讓沒有血緣關係的人當大公爵，這樣其他貴族會有意見喔！」

「無所謂。若是能夠協助寡人，那就有這麼高的價值。」

比公爵更高的地位，那就是大公爵。

一般而言都是皇帝的血親才能夠當，有時能夠世襲，有時不能，而魯德拉答應我會給我這樣的地位。

這以帝國的角度來說應該是過去未曾有過的禮遇吧。聽說他們有時甚至不容許跟自己對戰的國家投降，為了增加領土，還不同意合併。

帝國時常透過侵略戰爭來擴大領土，卻替我準備了最高的地位。說真的，我看對方對我的評價八成比想像中更高。

可是——

只可惜我的答案就只有一個。

「我知道這是很棒的提議，但答案是『ＮＯ』。我這邊倒是有個提議，我們要不要在這和解？我方不會要求賠償，希望雙方可以締結互不侵犯條約。」

不管追隨自己的人們出現多大犧牲都無所謂——去追隨有這種想法的人，那根本就形同自殺。以為自己會是例外，那種天真想法將會直接跟滅亡劃上等號。

所以說，我堅決拒絕接受魯德拉的提案。

更重要的是——

機會難得，我要說出自己的要求。

我個人認為我們這邊並沒有出現傷亡，所以不打算要求對方賠罪。只要他們能夠答應不再繼續找我們麻煩，要我們不去計較這次的侵略行動也行。

也許我們這邊會有人抱怨，但若是不會再有更多人流血，可以圓滿收場的話，我覺得那樣是最好的。

我知道這樣很天真，也明白約定並非堅不可摧。既然對方不能夠信賴，那總有一天他們將會背棄條約吧。

然而更重要的是爭取時間。

若是能夠在這達成和平協議，那我們就有時間可以去彼此理解。只要有時間能夠讓我們深入理解對方，那未來將能夠避免戰爭——還有這個希望可言。

若繼續這樣作戰下去，就只會把路愈走愈窄。與其這樣，我寧可試著去為那微小的可能性做賭注。

然而魯德拉的回答卻是一陣冷笑。

「你果然沒有成為支配者的器量。不明白寡人的慈悲，竟說些戲言。」

「真的很囂張。魯德拉都已經做出最大的讓步了，你居然不屑一顧。」

照理說他們都失去百萬大軍了，說話語氣卻非常高高在上。他們是真的發自內心不認為自己戰敗。因為自己的命令害將領士兵失去性命，他們也不認為這是多大的損害。

我認為這樣的魯德拉非常可怕。

「寡人認為人類是能夠互相理解的生物。最後會統整成一股意志，創造出更美好的世界。為了實現這點，必須要靠強大的武力統一世界。」

我認為魯德拉那番話跟我說過的理想很像，然而其中卻存在無法弭平的巨大鴻溝。

這點讓人非常不愉快。

明明是在同一個起跑點上出發，卻得出跟我相反的結論，這就證明鴻溝確實存在。

原本以為他是比我更過頭的理想主義者，結果卻不是。魯德拉認為自己的獨善是絕對正義，完全不認可其他人的想法，有著獨裁者的思想。

我們果然無法相容。

主張都這樣天差地別了，我們再談下去也不會達成共識吧。

「人類是擁有自由意志的生物。世界上沒有不變的正義，想法也千差萬別吧？不去認可這些，那樣只會造成爭端吧？」

「愚蠢。寡人的想法才是最好的，是正義。去配合愚蠢人民的任性，這樣並不會創造出理想世界，你要認清這點。」

「每個人都會犯錯吧！」

「寡人不否認這點。就連寡人都會去聽值得信賴的家臣們有何看法。相較之下，不可能去聽所有愚民的心聲。若是這麼做，不就天下大亂了嗎？」

咕唔唔，或許是這樣沒錯……

感覺跟他吵架也吵不贏。雖然不願意承認，但魯德拉身為支配者的老練度遠遠在我之上。

「那麼，在這裡爭辯也沒意義。寡人只希望你們可以對我們效忠。魔王利姆路，就拋棄金，成為我們的夥伴吧。」

對方再次邀約。

他打算要跟金一決勝負吧。

如果我在這邊跟魯德拉聯手，天秤確實會傾斜。因此也可以說，如今我們是因為那原因才能活到現在。

話雖如此，我的答案跟剛才一樣。

既然談判破裂，那就無法避免戰爭了吧。

似乎看穿我這樣的心思，維爾格琳面帶冷笑，優雅地揮揮食指。

輕輕揮動兩次。

緊接著，空無一物的空間中浮現影像。

跟我的神之眼是相同原理。影像中映照出目前戰場的情況。

裡頭的影像是——

戴絲特蘿莎、烏蒂瑪、卡蕾拉三個人倒在維爾格琳面前。那景象讓人驚訝。

在我國之中堪稱最強戰力的三個女孩竟然敗給一個人。

「這不是真的吧！」

我不禁喃喃自語。

在影像裡頭，戴絲特蘿莎她們再度站起來。看樣子還沒喪失鬥志，然而面對無法顛覆的實力差距，她們被迫陷入苦戰。

這讓我不得不承認她們沒辦法撐太久。

「就連你仰賴的『始祖』在我面前也成了這付模樣。你可要想清楚。你這麼聰明，應該能夠看得出來，我這還算是有手下留情了。」

就算她沒說，我也明白這是在威脅。

假如維爾格琳真的有心，除了那三個女惡魔，其他夥伴也不可能平安無事。

不曉得這是誰的計畫，但魯德拉他們已經做出最大的讓步了。

再說戈畢爾他們也沒有餘力去幫助那三個女惡魔。不知不覺間，戰場天空中出現飛空艇，裡頭陸陸續續出現帝國的大軍，要來參加這場戰爭。

地面上也有近藤的人馬。

除了正在進行儀式的卡嘉麗，以前曾經是優樹夥伴的人們都跑去跟矮人軍隊作戰。

「蒂亞！連福特曼都淪陷哩！」

拉普拉斯的叫聲讓我注意到這件事情，就連那些棘手的面具魔人都跑去幫忙敵人了。眼下戰況接近大混戰，情勢並不樂觀。

糟透了。

感覺得到紅丸在擔心我。

但我不會在這邊屈服。

「我知道你們的目的。若是要讓維爾德拉變成夥伴，來拉攏我會更容易。那傢伙隨心所欲，就算上頭跟他下令，他也絕對不會遵從。」

不過我說的話大多都會聽就是了。

因為我三不五時會罵他，或許他有點怕我也說不定。

總而言之，那就是魯德拉想要收買我的理由吧。這麼想的我就是不願意回應魯德拉的邀約。除此之外，我還打算找找有沒有其他的辦法讓對方妥協，不過——

「別指望寡人會跟你交涉。就直接明講要還是不要吧。」

就在這個時候，他逼我做出選擇。

假如拒絕，那我們就要直接面臨獲勝機率不高的戰爭。

然而接受的話，我就得去打自己不願意打的仗。

像這樣非出自自己本意，而是去按照其他人的意思行事，也許會造成不小的犧牲。

「你剛才說要整合成唯一意志，創造出更美好的世界，但那是大家都能笑著過生活的世界嗎？」

「什麼？」

「就算沒有戰爭，不會感到飢餓，但是連自由意志都被人奪走，那樣不就連活下去的意義都沒有了？你在做的事情，不就是奪走人類的可能性嗎！這部分你有仔細想過嗎！」

「可能性？根本不需要那種東西。若是讓人們保有自由，那他們將會迅速走向毀滅。不只是寡人，就連金希望的都跟這種行為背道而馳。這麼一來，為了避免人們走上歪路，當然需要有人出面管理吧？」

「這我在某種程度上都能夠理解，也不否認。可是這樣人們還會有笑容嗎？」

若是放眼大局，我要做的事情也是在管理人類。但我認為這麼做的時候，還是要在某種程度上讓人類可以憑自己的意志決定。

過度保護會奪走成長的機會。

人類比想像中更加強韌，我認為沒必要全面管束。

「笑容？在說什麼傻話。不管會出現多大的犧牲，只要能夠換來長治久安，那都是逼不得已的。要引導不理解這點的人們，不需要去一一徵詢他們的同意。為了未來的廣大幸福，或多或少的忍耐是有必要的。」

這我不是不懂，但我們果然還是沒辦法共存。

魯德拉想做的事情都沒有在考量個人。這部分不管怎麼看都是一種違反我個人正義的行徑。

「我果然沒辦法追隨你。你想要做的事情感覺會讓更多人不幸。這我絕對無法認同。」

「竟然不回應寡人的友善邀約，愚蠢。」

「愚蠢也沒關係。你是為什麼才來當國王的？想要擺架子，還是只是想要享受榮華富貴？」

「說什麼傻話。當然是為了人民著想。」

「大騙子！我自認也是為了大家才來當魔王的，但我希望能夠讓更多人笑著過日子。出現犧牲是一定的，但我花了很多苦心就是希望能夠盡量降低犧牲者。我沒辦法像你那樣，有這麼無情無義的想法！」

我希望這個世界再也不會出現犧牲者，但那是不可能的。畢竟在我當上魔王的時候，已經有很多人犧牲了。

那在我看來都是對方自作自受，並沒有任何悔恨，但是在犧牲者的親朋好友看來，就算跟他們這樣解釋，他們八成也無法接受。

這是我應該承擔的罪。

同樣的，魯德拉應該也要承擔無法雲淡風輕帶過的罪責。

聽到我這麼說，有那麼一瞬間，魯德拉用火熱的眼神看著我。不過，他很快恢復冷靜，看我的時候說著：「真年輕。而且太天真。」

「魯德拉？」

「別擔心，維爾格琳。寡人也真是的，好久不曾有過這種熱血沸騰的感覺。雖然沒能說服對方，但寡人覺得把他消滅掉太可惜了。」

「真是壞習慣，魯德拉。對那邊那個優樹也是這樣，我實在不能理解你的蒐集癖好。」

別把我們說得像玩具一樣——我很想這樣抱怨，但還是住口了。

更重要的是如今談判破裂了，那我們就要準備作戰。

當我跟大家使眼色，夥伴們就擺出準備萬全的樣子。看來在我跟魯德拉對話的時候，他們也有確實做好手邊工作。

我們要在這裡打倒魯德拉。

做好這個決定後，我打算開口。

然而——

「話說回來，很可惜沒能說服魔王利姆路。那孩子意外變強了呢。我的話都聽不進去，所以我想稍微管束一下。一直維持『並列存在』欠缺壓迫感，睽違已久，我要拿出全力了。」

「哦？沒辦法說服他是嗎？」

「他都不聽話。算了，這很像那孩子的作風。」

我的注意力下意識放到維爾格琳身上。

因為我很擔心維爾德拉。

雖然不認為那個無敵的「暴風龍」會輸，但對手也是超乎想像的怪物。不管發生什麼都不奇怪，害我突然間擔心起來。

「哎呀，你擔心那孩子啊？既然這樣，希望你能夠跟魯德拉合作。這樣我也用不著去凌虐那個可愛的弟弟。」

維爾格琳再次讓影像浮現。

那裡映照出變成龍型姿態，帶傷戰鬥的維爾德拉。

「有件事情想問你，你是怎麼收買這孩子的？」

「啊？」

「我在問你是怎麼收服維爾德拉的。」

沒呀，我又沒有刻意去收服他。

「我跟維爾德拉是好朋友。就只是這樣罷了。」

「是嗎？看來你不打算告訴我。可惜了。」

看起來似乎真的覺得很可惜，維爾格琳嘆了一口氣。

「那麼，我就沒辦法手下留情了。因為那孩子就只有魔素含量在我之上。」

一說完這句話，維爾格琳就消失了。

我很驚訝，大感動搖。

我明白魯德拉他們的目的是要爭取時間，才可以打倒維爾德拉並收服他。之所以知道這件事情還配合，都是因為我們也在爭取時間。

維爾格琳的「並列存在」雖然接近無敵，但還是有缺點。那就是能源會枯竭。

若是把她們一一消滅，那就能夠消耗掉分割出來的魔素。這不會立即恢復，因此整體看來是有可能讓維爾格琳變弱。

分割出去的魔素減少，將不能夠使用大絕招。因此我才認為維爾德拉會占上風……

然而按照那些影像看來，就算只有一個維爾格琳的「並列存在」，維爾德拉似乎也沒辦法完全將對方打倒。

不僅如此，我還透過「靈魂迴廊」感受到維爾德拉的焦急。

而透過浮在半空中的畫面也能看出在對付戴絲特蘿莎她們的維爾格琳消失了。那三個女惡魔都那麼賣力爭取時間了，還是落空。

我心想這下糟了。

維爾格琳的力量超乎我預期。

對方看穿我的想法，就像在嘲笑一樣，拿來利用……

「很在意是嗎？那麼在這場戰鬥結束後，寡人再給你一次機會。只要你知道自己有多愚蠢，想法應該也會跟著改變。」

魯德拉的聲音聽起來好遙遠。

雖然不甘心，但現在的我無計可施。

如今維爾格琳消失了，或許應該趁這個時候打倒魯德拉才對，但不知道為什麼，我有種不祥的預感。

因此我決定要把維爾德拉的戰鬥看到最後。

在維爾格琳留下的第二個影像中，深紅色的龍發出咆哮。

「龍種」之間要上演一場世紀大戰，接下來將會愈演愈烈——

終章
激怒

只能說這景象就像一場怪獸大決戰。

不，這可不是在開玩笑。

就只能這麼形容。

有兩隻龍在作戰。

樣貌不同，但兩者的共同點就是都很巨大。

「灼熱龍」維爾格琳的本體看起來非常美麗，有著成熟的型態。具備比維爾德拉更加高雅的外貌，外型上很適合在天空中飛翔。

這究竟會成為怎樣的一場大戰……

明明是深夜，天空卻很亮。

朱拉大森林在燃燒，將夜幕染成鮮紅色。

首都「利姆路」都放到迷宮裡頭避難了，因此沒有受害，若是還讓首都處在外頭，那應該會灰飛煙滅，連點痕跡都不剩吧。

證據就是用來連接迷宮和外界的大門都被破壞了。恐怕迷宮上層也受到毀滅性的傷害。

對決陷入膠著狀態。

維爾格琳解除了「並列存在」。

看到森林的慘況或許難以想像，但那兩個人其實都漂亮地控制力量。明明是極大能量互相碰撞，卻打出一場非常高境界的戰鬥。

在速度上不相上下。

維爾德拉也有了驚人的成長。

他已經很會控制力量，能夠實現超高速飛行。絲毫沒有對維爾格琳退讓一步，跟對方較勁著。

維爾德拉似乎暗中偷偷在修行，如今就展現修行的成果。

按照目前的情況看來，維爾德拉稍微占上風。

力量——如果單純只有比較魔素含量的大小，維爾德拉更勝一籌。除了增加到比被封印的時期更多，還學會一些技術。因此才造就出今天這個結果。

然而我依然感到不安。

這是因為維爾格琳在魔力控制上更出色。如今維爾格琳把心思都放在維爾德拉身上，可以說勝負從現在才要開始。

話說回來——

魯德拉的從容令人介意。

充當絕對防禦的維爾格琳明明就不在，他為什麼這麼冷靜？

如果是我的話，因為隨時都能叫出維爾德拉，才會這麼篤定。想說不管遇到怎麼樣的危機，只要有維爾德拉在都能克服。

想必魯德拉真的很強。

畢竟他是連金都認可的人，而且還能輕易支配優樹，這也是一大威脅。

不過，我也擁有究極技能。就像我對紅丸做得那樣，還留有祕技，可以在我的操控下賦予權能。

說真的，帝國皇帝近衛騎士團的前幾號人物根本算不上威脅。

就只有最前面的五個「個位數」和優樹才要警戒。

尤其是那個叫做達姆拉德的男人，看起來好像很危險……

但並非無法打倒的對手。

就算不把拉普拉斯算進戰鬥人員之中，我們應該還是能夠打一場對我們有利的仗。

以上是我的看法，但也因為這樣才更讓人不安。

因為我在納悶魯德拉為何不會感到不安。

是因為就算不靠維爾格琳，跟我們之間還是有著壓倒性的實力差距？

但就算是這樣，照理說他也沒必要待在這裡冒險。

這麼有自信的理由是什麼？

那固然令人在意，但我也很在意維爾德拉他們的戰鬥走向。

維爾格琳發動火焰攻擊，維爾德拉會用防護罩抵擋。這次換維爾德拉回敬對方，然而那暴風攻擊還是被維爾格琳避開了。

好厲害的戰鬥。

就連我都渾身顫抖，是一場神話之戰的再現。

這是我第一次看到維爾德拉認真起來作戰，完全超乎想像。沒想到維爾德拉能夠跟大勝戴絲特蘿莎她們的維爾格琳勢均力敵……

不過，想想也覺得有道理。

維爾德拉很會善用自己的究極技能「探究之王浮士德」，因此才能夠跟維爾格琳抗衡。

論技量，維爾格琳在他之上。可是維爾德拉的「探究之王浮士德」很犯規。

智慧之王拉斐爾大師曾經告訴過我，那技能的能力是「機率操作」。而且還擁有解析系能力的最高級權限「真理之究明」。只要有了這個，馬上就能看穿對手的能力，似乎就能夠做出合適的對應。

維爾德拉是不是專攻戰鬥方面強化到讓人匪夷所思的程度啊。

老實說是否有人能夠戰勝巧妙運用「探究之王浮士德」的維爾德拉，這點甚至會讓人想破頭。

因此我完全相信維爾德拉會獲得勝利。

就連現在他也對維爾格琳放出看不見的攻擊。

即使透過影像也無法識別，維爾格琳看起來就像突然受到傷害一樣。

然而我是知道的。

剛才那是維爾德拉創造出的必殺技之一，好像叫做收束暴風攻擊。之前他還來跟我瘋狂炫耀，實際上看到卻覺得很佩服。

乍看之下是毫無意義地放出好幾道波動，接著讓它們在事先訂好的座標上交差。這個時候才會發揮效果。

等到注意到的時候，已經為時已晚。

因為那個時候就已經中招了，不可能迴避掉，也沒辦法防禦。

哎呀，真是的，竟然開發出這麼亂來的技巧。

就因為每一個波動都沒意義，才會一不小心漏看。在不知道的情況下就會中招，是第一次用能夠百發百中的攻擊。

維爾格琳也不偏不倚遭到收束暴風攻擊的直擊。維爾德拉果然厲害，這下我的不安也跟著煙消雲散。

可是——

就在我相信這樣下去維爾德拉能夠贏得勝利的瞬間，情況突然急轉直下。

而且還是朝著最糟糕的方向發展——

突如其來地，有一艘飛空艇出現在戰鬥空域中。

在船艦的前端部分，有個穿著特別樣式軍服的男人站在那裡。

是近藤中尉。

我趕緊向另一個影像看去，剛才應該在那邊的近藤等人已經不見了。就在維爾格琳解除「並列存在」的那一刻，儀式也結束了。

看來我之前急迫到沒空去注意這件事情。

《警告。禁忌咒法「妖死冥產」大約在一分鐘之前完成。》

只有一分鐘，就一分鐘是嗎？

就在那一分鐘內，近藤來到維爾德拉和維爾格琳正在戰鬥的領域是吧。

不祥的預感無限蔓延。我不知道他們有什麼企圖，被一股焦躁的情感驅使，彷彿連不存在的心臟都在狂跳。

就在這個時候，飛空艇的前端出現另一號人物。

那傢伙跟目前坐在眼前的男人一模一樣——

正幸……？

不，不對！

「並列存在——！」

我太慢才發現。接下來的事情就在下一瞬間發生。

近藤用右手拿的手槍攻擊維爾德拉。

維爾德拉是最強的「龍種」，照理說槍彈對他起不了作用。這個想法才剛從腦海中閃過，槍彈就用不合乎常理的速度貫穿維爾德拉。

超過音速這個單位，達到亞光速。

貫穿維爾德拉身體的子彈並沒有穿透出去，而是留在體內。並釋放邪惡的力量。

維爾德拉開始感到痛苦。照理說應該會立刻恢復才對，然而這個瞬間足以致命。

影像中的魯德拉朝著維爾德拉舉起手。

「就告訴你吧。那是『王權發動』。可以支配所有擁有個人意志的人，是絕對無法反抗的能力。就算是『龍種』也難逃寡人的支配。」

話一說完，魯德拉從椅子上站了起來。

看來他的目的已經達到，正打算離去。

「喂，等等……」

「呵，這麼說來寡人和你約好了吧。雖然已經對你失去興趣了，但只要你願意當寡人的部下，寡人就帶領你看看新世界。」

對魯德拉來說，他根本沒把我放在眼裡。

而且看樣子，在這裡的魯德拉才是假的，是維爾格琳用「並列存在」創造出來的。雖然保有共通的意識，但去打倒這傢伙也沒用。

我從一開始就被魯德拉玩弄在股掌之間。

這表示我徹徹底底輸了。

「你別小看維爾德拉。」

明知道這只是不服輸，我還是那麼說了。

也不考慮我的心情，魯德拉說出殘酷的事實。

「真不愧是『龍種』。掌握起來比想像中更加費力，但總算徹底支配了。」

魯德拉是說真的。

就在下一秒，我的胸口一陣刺痛。

就連痛覺無效也沒辦法消弭這股劇烈疼痛。

像是要把「靈魂」硬生生從我體內抽走——

《警告。主人與個體名「維爾德拉」之間的「靈魂迴廊」遭到破壞。之後再也不能使用究極技能「暴風之王維爾德拉」的「暴風龍召喚」和「暴風龍復原」。》

聽到被告知的疼痛原因，我很震驚。

你說什麼？

意思是有人把維爾德拉從我身邊奪走？

從我這裡……奪走維爾德拉……？

「開什麼玩笑，可惡！」

我接著大喊，要過去扁魯德拉。

神速——這是我目前能夠拿出的最高速度。

然而魯德拉甚至不打算閃避——因為沒那個必要。

我的拳頭撲空。

魯德拉解除「並列存在」，讓這邊已經沒了用處的魯德拉消失。

「這就是答案？也罷。原本寡人想要連你也收為部下，可惜了。看來寡人的能力也不是萬能的，要『支配』更多似乎很難。」

「什麼——」

「看在這段時光過得很有意義的份上，就稍微給你一些思考時間吧。無論如何，當你們被叫來這個夢幻要塞的那一刻，你們就被困住了。期待你們自動投降。」

留下這句話，魯德拉就此消失。

像在響應他那句話，魯德拉的部下們也透過「傳送」離去。

我沒心情過去追，心中有強烈的失落感，還有強烈的怒意。

「開什麼玩笑……」

會有這種結果，都怪我太大意。

原本是想把對方殺個措手不及，卻完全中了對方的圈套。我們在警戒拉普拉斯，對方就連這點都看出來了，才會使出這麼陰險的策略。

用不著魯德拉提醒，被叫到這個地方來的時候，我就已經注意到了。

發現這個地方是扭曲的隔離空間。

光是要逃出去就不容易。但如果是我，一定有辦法。就是這樣的想法讓我在不知不覺間大意了吧。

原本以為自己還滿慎重，結果對方更上一層樓。這是戰爭，我不可能每次都獲勝。

就算不說，那種事情我也明白。

「可惡！」

我一邊吶喊一邊毆打自己的臉頰。

沒有痛覺。只是更加突顯那心碎欲裂的疼痛。

「請您住手，利姆路大人！」

我聽不進紫苑的話。

兩次、三次。

原本還打算再打第四次——

但是被待在我後方的紫苑制止。

不只是紫苑，就連紅丸、蒼影和迪亞布羅都一樣，大家趕緊過來制住我。

「——抱歉。剛才太衝動了。不夠沉著是我的壞習慣。多虧有你們在，我才能找回冷靜。」

這是假的。

憤怒的情緒排山倒海而來。

但我還是勉強按捺激昂的思緒，從那裡站了起來。

雖然生氣到用全力毆打，但我的臉還是很乾淨。

早在紫苑和紅丸他們做出反應之前，智慧之王拉斐爾大師就先開啟自我防衛機制。

這讓我重新認識到自己受大家保護。

因此我更沒辦法原諒自己。彷彿是想要蓋過那股失落感，憤怒無止境地湧現。

這股憤怒究竟該找誰發洩……

不，我想起來了。

目前還在打仗。

那就是手下留情的人不對。

我也傾盡所有的力量來對付對手不就得了。

這是在洩恨？

或許是吧。

但那又怎樣？

帝國把我惹毛了。

既然他們想，那就給他們吧。

賜予他們名為滅亡的祝福。

那些愚蠢傢伙觸碰到我的逆鱗。

憤怒的我解放平常壓抑住的力量——

後記

好久不見，我是伏瀨。

年末罹患了流行性感冒，當時還真是難受。去年的年尾是截稿日，但最後卻超過很多天。

I氏責任編輯替我延長截稿日，真是感激不盡。下次我會稍微注意一點，這樣才會有更多緩衝空間！

我彷彿聽見他在說「只有稍微注意一下嗎？」，但這部分就別在意了。

這次本書內容跟網路版的劇情發展有點不一樣。至於有哪些部分改變，就讓大家親眼確認，東方帝國的全貌正逐漸明朗。

封面的美女究竟是誰？

——我想大部分的人都能看出她是誰吧。

呆頭龍的姊姊很漂亮對吧。

我硬是要求みっつばー老師，要他挑戰畫出妖豔的性感氣息。

某漫畫的主角曾經說過一句名言「胸部屁屁大腿」，這是男人永遠的夢想三要素。這次的插圖沒有太過暴露，若隱若現的感覺還真棒。

這就叫做小露性感——啊，話題扯遠了。

都怪交稿後情緒太High，麻煩各位別計較了。

事情就是這樣，みっつば～老師，感謝您每次都畫出那麼棒的插圖！

還有給予支持的各位讀者們。我也有收到你們寄來的來信等等，對我是一種勉勵！

雖然很想回信給各位，但我性格上很懶得寫信，而且好像也抽不出時間。我全部都看過，會很珍惜地保管起來。

還有還有，要感謝所有跟本作品有關的工作人員！

多虧各位聲援，動畫第二季也決定要製作了。

各位對本作品《關於我轉生變成史萊姆這檔事》的期待，身為原作者已經確實感受到了。

為了呼應我對各位的感激之情，今後也會繼續努力，期許自己能夠把作品寫得更棒！

那麼下次見～

災禍再來的預感

畫：川上泰樹

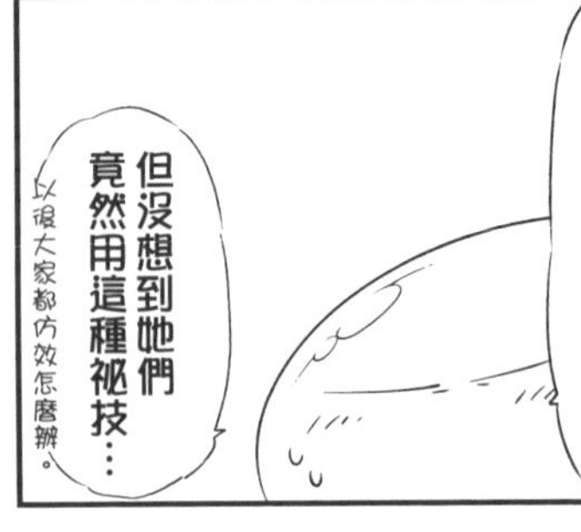

來自《關於我轉生變成史萊姆這檔事》川上泰樹老師

14
女惡魔三人眾
最棒了。
來自《魔物王國漫步法》岡霧硝老師

祝 第14集!!
恭喜
伏瀨老師!
SHIBA
2019.
喜歡蟲組。
來自《轉生史萊姆日記》柴老師

あけちしずく
祝第14集!!
恭喜。
來自《転生しても
社畜だった件》明地雫老師

恭喜伏瀨老師來到第14集！

來自《關於我轉生變成史萊姆這檔事異聞～在魔國生活的三人組～》戶野妙老師

轉生成蜘蛛又怎樣！ 1~13 待續

Kadokawa Fantastic Novels

作者：馬場翁　插畫：輝竜司

人魔大戰落下帷幕，
「我」將直接與「女神」面對面——

為了消滅妖精，魔族軍與帝國軍一起開始朝向妖精之里進軍。然而，我錯算了一件重要的事，那就是成為新任勇者的山田同學等轉生者也動身前往妖精之里了。我必須一邊阻礙他們的腳步，一邊搞定其他種種問題，簡直忙翻天了！

各 **NT$240~260/HK$75~87**

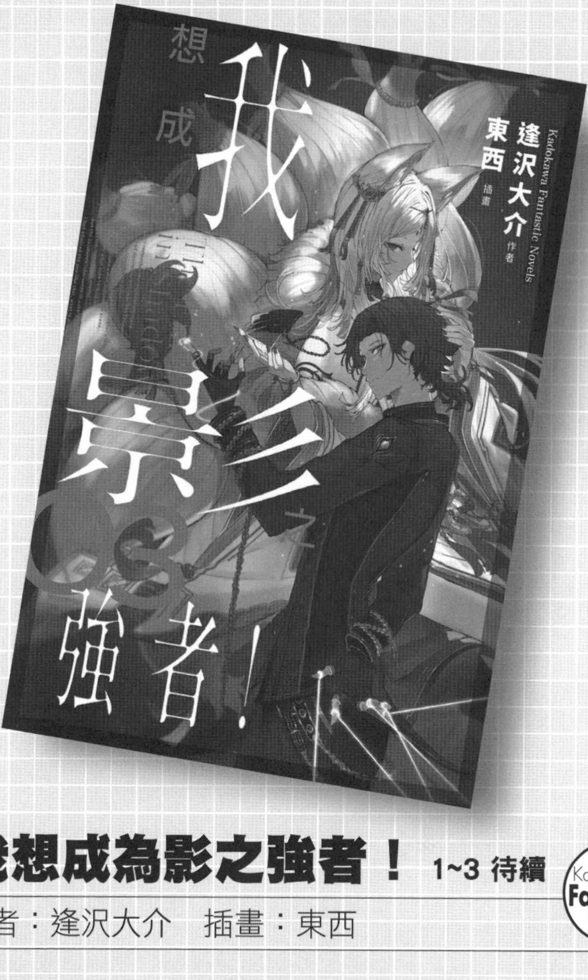

我想成為影之強者！ 1~3 待續

作者：逢沢大介　插畫：東西

「傳說的始祖」覺醒時刻逼近——
大規模的「影之強者」風格事件這次也大量發生！

在克萊兒提議之下，席德參加了討伐吸血鬼始祖「噬血女王」的任務，來到無法治都市。出現在他眼前的，是自稱「最資深的吸血鬼獵人」的神祕美少女瑪莉，以及無法治都市的三大勢力。為尋求「始祖血脈」和「惡魔附體者」的關連，戰場變得一片混亂……

各 **NT$260/HK$87**

國家圖書館出版品預行編目(CIP)資料

關於我轉生變成史萊姆這檔事 / 伏瀨作；楊惠琪譯
. -- 初版. -- 臺北市：臺灣角川, 2021.07-
冊；　公分. -- (Kadokawa fantastic novels)
譯自：転生したらスライムだった件
ISBN 978-957-743-957-4(第14冊：平裝)

861.57　　　　109010199

Kadokawa
Fantastic
Novels

關於我轉生變成史萊姆這檔事 14

（原著名：転生したらスライムだった件 14）

2021年7月29日　初版第1刷發行
2023年9月22日　初版第4刷發行

作　者：伏瀬
插　畫：みっつばー
譯　者：楊惠琪

發行人：岩崎剛人
總編輯：蔡佩芬
編　輯：黃怡珮
美術設計：宋芳茹
印　務：李明修（主任）、張加恩（主任）、張凱棋

發行所：台灣角川股份有限公司
地　址：104台北市中山區松江路223號3樓
電　話：（02）2515-3000
傳　真：（02）2515-0033
網　址：www.kadokawa.com.tw
劃撥帳戶：台灣角川股份有限公司
劃撥帳號：19487412
法律顧問：有澤法律事務所
製　版：尚騰印刷事業有限公司
ISBN：978-957-743-957-4